JN058725

陶都物語 三
～赤き炎の中に～
著 まふまふ
イラスト 一乃
時代考証 上川畑博
第99章 でこ娘
『そう、あんたが大原のとこの鬼っ子ね』
女中さんが止めるのも聞きもせず。
娘さんの手が草太の頭をぐりぐりとこね回した。

『よくやった、草太…』
祖父の手が肩に置かれたのがわかった。
『なんと白い…』

わあっと、
窯場が騒然とした歓声に包まれた。
代官様の手にとられた一枚の皿が、
株仲間の手を気忙しくめぐり、
そして職人たちの手に渡される。
第96章 初の窯出し

「『鶏図』か」
第121章 カステラ将軍
なんと将軍様と直接目が合ってしまった。
どうやら草太に話しかけているらしかった。

陶都物語

～赤き炎の中に～

三

著　まふまふ
イラスト　一乃
時代考証　上川畑博

口絵・本文イラスト　一乃

目次

第87章　天領窯の再建

「小助どんには悪いんやけど、いま7つある連房の数を減らしたいと思う」

小助どんが大変な思いをして有田の窯を再現したのは知っている。

小助どんはもともと木附村（現在の春日井市高蔵寺付近）の出身で、どういった経緯かは知らないけれどもここ林領根本に移住してきて、代官様に新窯の設置を嘆願したのだという。

新しい家産を模索する林家の希望とも合致して、美濃焼23筋とは別に窯の設置に着手したのがこの天領窯の始まりだった。

窯の創始者としてのプライドは無論あることだろう。しかし試し焚きにも失敗している欠陥窯をまた再建されても困ってしまう。限られた再建資金を圧縮するうえでも、最初のモデルとなる第一窯は規模を縮小すべきであった。

「減らすって、どういうこっちゃ」

「予算は限られとるし、磁器は焼成温度が命。房の数を4つまで減らして、小型で温度を上げやすい『古窯』【※注1】にする」

「たわけか、なんもしらんガキが知ったふうなことを言うな。いまどきの焼物の値段なんぞ一度に数を叩かんととてもやないが儲けが出んのやぞ！　それを房の数減らしてどうしようっちゅうんや。あほらして話にならんわ」

案の定、小助どんは顔色を変えて怒り出した。

普通であるならば小助どんの意見はもっともなことであるのだけれど。おとなしく安物を量産して西浦屋に「買っていただく」のならばそうなのであろうが、根本的にそれは草太の考えるビジネスプランとは合致しなかった。

「数が少なくても十分に利益は出るようにする。そもそもこの窯でこれから焼くのは、ぜんぶ『旦那商売』の高級品やから」

「『旦那商売』って、…なんのことや」

「この窯では今後価値の高い『磁器』しか焼かんから。小助どんには少し考え方を改めてほしい。…これからこの窯で生み出される焼き物は、いま流行しとる瀬戸の新製焼を上回る上質の磁器やし。安もん作って小銭稼ごうとか下ばっか見てないで、もっと高いところにある目標を目指さんと。小助どんにこれから作ってもらわなあかんのは、有田にも勝てる日本一の磁器なんやよ」

「日本一の…磁器」

そのためにわざわざ京都にまで行って『絵付師』を引っ張ってきたんだから。

その絵師はまだこの地にやってきてはいないものの、おっつけ彼の元に星巌先生から文が届くであろう。

円山派の正統を継いだ絵師であるというから、相当に期待している。

星巌先生からその絵師スカウトの協力を取り付けるまで、3日ほど付ききりで書生のような真似事をさせられたのは、我ながら黒歴史に分類すべき経験であったけれども。

どうやら彼の覚悟を試していたらしい星巌先生の無茶振りの数々は……大先生の内弟子になるとこういうこともさせられるのかと、遠い目をしてしまいそうになる体験が目白押しだった。

わざわざ厠まで呼びつけられて、尻を拭かされたときは正直心が折れかけた。

どうにかお眼鏡にかなった草太は、母里牛酬という名の絵師を獲得することに成功した。

円山応挙の弟子　吉村蘭陵の孫弟子にあたる人であるらしい。放浪癖があるとのことで、そのとき本人は京都にはいなかったが、師匠が二つ返事で快諾したというから、もしかしたら「痛い子」の可能性もなくはな……いや、いまは余計なことは考えまい。

「『古窯』は房の一つ一つが小さいし、中に補強の支柱もいらんから、築窯の難易度が一気に下がる。もとの連房窯を作るよりもずっと早く形になるやろうし、なにより規模が小さいから余計な金がかからんのがいい。…別にケチりたいわけやないよ。それとあわせて、そこのろくろ小屋の隣に『錦窯』【※注2】を作る」

「『錦窯』？　…そういえば上絵付けの絵師がくるんやったな……そうか、上等な上絵付けの磁器なら新製焼になんぞ負けとれんな」

「有田とかにも負けてもらいたくないんやけど……この『天領窯』は磁器窯として生まれ変わるんやよ。やから…」

「『古窯』の構造はあんまり分からんが、おまえは知っとるんか？」

「基本はあんまし変わらんよ……房のなかを無理に大きく作らん代わりに、邪魔な支柱を入れんでよくなる。房をつなぐ狭間【※注3】は『縦』で、炎を天井にぶつけて掻き回す仕組みやよ。小さくまとめるからこそ窯の温度を上げやすくなるし、なにより薪が節約できる……高級磁器専用の窯としては最適に近いと思う」

「高う売るから、焼くのも少なてええっていうことか…」

「いずれは規模を求めるときがくるかも知れんけど、築窯の経験も乏しいいまは、『古窯』で必要充分やわ…」


とりあえず躊躇なくチート知識を反映させていく。

組み上げるレンガは旧天領窯の瓦礫の中から使えそうなものをできるだけ再利用するが、回収したまともなやつは数が知れている。数が知れているからこそ、小型な『古窯』として再建するのが理にかなっている。

それでも足りないときは、草太が以前開発した例の耐火粘土で煉瓦を作るしかない。房と房のつなぎ目である狭間穴は、小助どん作の旧天領窯では有田風の横サマ【※注４】であったので、今度の窯は縦サマ【※注５】を採用する。

横サマは炎の流れが不規則で器の焼色に味が出ると言われているが、草太の欲する高級茶器にそのような揺らぎはむしろ害である。炎をきれいに循環させる縦サマが良チョイスであるだろう。

小助どんもさすがは専門家であるので、草太の言わんとしていること、彼の狙いなどをすぐに汲み取ってくれる。なにもないところからぶっつけで連房式登り窯を再現したこの人物が、愚かであるはずもなかった。

草太と小助どんが綿密な打ち合わせののち縄張りした設計の通りに、窯の再建が始まった。

安政２年（１８５５年）の３月も終わりの頃。

時期的に農繁期なのだが、草太により《天領窯株仲間》から示された人足代が村人たちにとっては破格であったらしく、田植えもそっちのけで人が集まってきて、代官所が慌てて人を追い払う一幕があった。現在は一家３人以上の男手がある家だけ、この窯再建の人足に応募できることになっている。

大原・根本の両村が総力上げて築き上げている新窯の噂は、瞬く間に近隣に広がっていたようだ。地元で久方ぶりに増える新窯の工事現場を見物しようと、大勢の野次馬がやってきている。

そのなかに草太のよく知る人物の姿もあって、現場指揮に駆け回っている草太を不思議そうに眺めていた。

「あいつ、あんなとこでなにしとるんや」

多治見郷の《西窯》で修行中の加藤弥助である。その周りにいる男たちは同じ窯で働く職人たちなのだろう。窯の職人たちは、窯焚きで何日も寝食を共にするために連帯意識がとても強い。こうして並んでいるのを見ると、ほとんど家族と同じぐらい馴染んだ空気を纏っている。

「あれは前にうちによく遊びにきとった大原の庄屋様の子供やろ。なんや図面みたいの持って指図しとるけど、なんぞごっこ遊びでもしとるんかな」

「弥助は遊び仲間なんやろ。一緒に遊んできたらどうや」

「オレはあんなちんちくりんと遊び仲間やなんかあらへんわ！」

むきになって抗弁する弥助を職人たちがげらげらと笑う。

ここまで彼らが見物に来たのも、『新窯』の噂を確かめに来たのであろうが…。

「まさかこんなとこに窯があったなんてしらなんだな……いつの間に作っとったんや」

「どうやら根本の代官様がこっそり作らせとったらしいが……いまどき『新窯』なんぞ認められるもんなのか」

「なんでも公方様のお許し貰って造っとる言うぞ。やから名前も『天領窯』やとか」

「…こっからじゃよく見えんが、ずいぶんとこぢんまりした縄張りやな。房も4つしかないみたいやぞ」

新製焼として磁器を生産し始めた瀬戸では、より大規模な『丸窯』【※注6】が絶賛増加中であるが、磁器の磁の字もないこの時代の美濃界隈では、窯といえば陶器を焼く『本業窯』【※注7】がほとんどである。

「もっと近くで見えーへんかな…」

「オレ、行ってくるわ」

そこで子供ならではの無邪気なあつかましさで、弥助が草太目指してゆるい坂を駆け下ってゆく。見物人たちがいるのはもっぱら天領窯を遠目にする小高い丘の上である。

本来なら見つけ次第代官所の番兵が追い散らしていたことだろうが、草太はむしろこの窯の存在を公知のものとして広げようとしていたので現在は見物し放題であった。

この天領窯が仮に普賢下林家の占有物であったらひた隠しにしたに違いないが、現状この窯は《天領窯株仲間》の共同の所有物であり、林のお殿様や代官様までかませているので公権力の強力な庇護の下にある。むしろその公然とした『庇護』をアピールしていたほうが、外向きには信用力の向上につながるだろうという目論見だ。美濃焼物取締役の西浦家だとて、さすがに大身旗本相手に既得権益を振りかざせはしないと思われる。

その西浦家も、おのれの支配力の及ばぬ『新窯』の誕生に平静でいられるはずもなく…。

《西窯》の職人たちの近くで、むっすりと口を引き結んだ初老の男の姿があった。

藍の着流しの上にぶっくりと何枚も上着を羽織ったその男は、この界隈で知らぬものとてほとんどない名士であった。

やや落ち窪んではいるものの炯炯とした眼光は見る者を竦ませるほどに強い。鉤鼻から頬へと刻まれる皺は引き結んだ口元で厳しく歪んでいる。

西浦屋当代、三代目西浦円治その人である。

「この本業【※注8】だらけの美濃に、いまさら小ぶりな窯なんぞ通用するものか…」

手にしたキセルをひとふかしして、多治見郷のドンは意味深な笑みを浮かべたのだった。

【※注1】……古窯。小型の磁器などを生産した窯。『古』とついていますが、このタイプの窯が現れるのは江戸後期からだそうです。

【※注2】……錦窯。上絵付け用の低温窯。上絵の具（色ガラス）の溶ける700～800度くらいまで温度が上がります。燃料の灰がつかないように、二重構造になっているのも特徴的。

【※注3】……狭間。連房式登り窯の房と房をつなぐ穴。むろん次室への炎の抜け穴となります。

【※注4】……横サマ。平地にある連房式登り窯は傾斜が小さく、狭間は小さな段差でつながれ、炎がほぼ水平に横向きに抜けていきます。窯の中の火のめぐりが不規則になるといわれ、焼き色に味が出るとされています。

【※注5】……縦サマ。傾斜のきつい連房式登り窯に多く、炎が狭間を通過するとき、一度お隣との段差、『土手』にぶつかって、上方向へと噴き上がります。それが天井にぶつかって、上から下への熱の流れが生まれます。焼き加減が安定するとされています。

【※注6】……丸窯。ある意味、連房式登り窯としての最終進化形態。房はお椀を伏せたように丸みを帯び、かつ大きいです。内部空間の大きさと傾斜のゆるさが特徴で、焼成時温度上昇がゆるく、破損のリスクが少ないので磁器の大量生産や大物磁器などの焼成に向きます。ただし温度上昇がゆるいために窯焚き期間が長く、薪を大量消費します。

【※注7】……本業窯(ほんぎょうかま)。かまぼこ型の房がたくさん連なる、ビジュアル的には典型的な連房式登り窯。この時代の美濃焼はほとんどこの窯。一度に多くの数を焼くため房の横幅がかなり大きく造られています。内部空間が広い分だけ温度が上がりづらく、磁器焼成には向きません。

【※注8】……本業(ほんぎょう)。この時代、『陶器』のことを本業焼きと呼んでいたそうです。

第88章　美濃郡代

普賢下林家が幕末に向かってその翼を広げたとき、まっさきにその障害となるであろうものは、乏しい資金でも技術的過不足でもないことは、草太も予想はしていたのだけれど。

立ちはだかったのは『人』……多治見郷の美濃焼取締役、西浦円治翁その人だった。

円治翁の初動の速さは、心のどこかでたかをくくっていた草太を鼻白ませるには十分だった。


「美濃郡代様のお呼び出しがあった。…急ぎ出頭せよとのことだ」


祖父からその知らせを聞いて、草太は後頭部を殴られたような衝撃を受けた。

美濃郡代とは美濃国における幕領の行政府であり、領民の訴えごとや諸々の許認可だけでなく、濃尾三川（木曽・揖斐・長良川）の治水に新田の開発、この当時物流の大動脈であった木曽川水運業の取り締まりまで行ったというから、現代でいう『県庁＋県警＋地方裁判所』というハイパー公権力の中枢でもあった。

その呼び出しというのは、分かりやすく言えば裁判所から出頭命令が出たようなもの。一般人なら無論びびりまくりのところである。

なにについての呼び出しなのかは不明であったが、ここは人任せにすべきところではなかったであろう。築窯に忙殺されていたところをわざわざ呼び戻されたときに嫌な予感はしていたのだけれど、その呼び出しの《書状》を持ってきたのが西浦家の下男であったあたりで、いろいろを察してしまった。

（西浦屋ッ）

がっくりと膝をついた草太に、祖父が気遣わしげに慰労の言葉をかけてくる。違うんです、おじい様。別に体が疲れていたわけではないのです。

そのとき草太の脳裏にフラッシュバックしていたのは、美濃郡代様を手玉にとって、恵那五ヶ村の《窯株》をまんまと吐き出させた先代西浦円治翁の黒い逸話であった。（※第1巻19章『西浦円治』参照）

祖父から聞かされたあの話でも、先代円治翁は美濃郡代様の威光をかなり便利使いしておのが利益をひねり出してきた。美濃国幕領の最高権威である郡代様の意向は、その支配地においては神の言葉に等しい威力を備えていた。

そうしていま、ここに再び美濃郡代様からのお呼び出しという霹靂の事態が出来した。

その書状を持ってきたのが西浦家の人間というだけで、その裏に潜む滴るような悪意を感じずにおれようものか。

「どのような話だと思うか」祖父の問いに、

「十中八九、我が家の《新窯》の経営に楔を打ち込むものであるだろうことはなんとなく分かります」


ってか、それしかありえないし。

こういう大事なポイントで、物を知らない人間を代理に立てるなど怖すぎて小心者には耐えられない。築窯の諸事は小助どんにとりあえず丸投げして、草太は急ぎ笠松陣屋までお伺いすることとなった。

もちろん行くのは彼だけではない。江吉良林家領内のことでもあるので、なんと代官様自らが出頭することになっている。移動は馬で。もちろん草太は同行のお役人様の馬に同乗することになった。


笠松、という地名を挙げて、岐阜の地方競馬場を連想する人は少なくないだろう。あの《オグリキャップ》伝説が始まったところだと言えばもう少し興味を持ってもらえるだろうか。

水量豊かな木曽川が大きく南へと折れ曲がる中流域辺りが、古くは傘町、やがて転じて笠松の地名で知られるようになる。明治初期、岐阜県という大きなグループでまとめられる前の時代、美濃国の幕領をまとめた『笠松県』の県庁所在地がこの郡代陣屋の所在する笠松であった。

《多治見本郷高帳》には「当村より笠松御役所へ十里御座候」とある。

名古屋までが下街道で七里であったから、それよりも12キロも遠いことになる。多治見という町は、すでにこの時代から岐阜よりも名古屋の商圏に飲み込まれる運命にあったといえるだろう。

10里（40キロ）をたった一刻で走破した早馬の画期的移動速度は、上方行を経験した草太にはまるで新幹線に乗ったような気分であった。

笠松陣屋に到着した草太たちは、すぐに中へと通されて、郡代岩田様に拝謁した。代官様が畳に額をこすり付けて平伏する後ろで、草太もまた同じように丸く小さくなった。

『郡代』と『代官』という肩書きだけを見れば身分的に接近しているように見えなくもないが、実際のところ役職としての貫目はえらく違う。直臣と陪臣でそもそも比べる物差しが食い違っているのだが、イメージ的には『郡代』は県知事、林家領『代官』は田舎町長ぐらいの差がある。

（…まあ貫目負け歴然だから、いつもの代官様の威光とかは無理っぽいな……うーん、どうしよっかな…）

陣屋のなかに客として案内されたのだから、そんな悪いことを言われるとは思えないんだけれど。頭ごなしに『新窯』の存在を違法と決め付けて罪人を裁く感じなら、部屋内ではなく訴状吟味のお白洲に連れて行かれたことであろう。

この『郡代』様は領民の争議を裁断する裁判官でもあるのだ。当然ながら訴状の詮議であるなら奉行所のようにお白洲でということになっただろう。

面を上げられよと促されて代官様が顔を上げた気配がしたが、草太はなおも平伏したまま周囲の会話を拾うことに全力を傾けていた。

「…まさか林丹波殿の代官自ら参られようとは思いもせなんだ。それほど急ぐものでもなかったのだがな」

軽く苦笑したふうの郡代岩田様の言葉遣いに、その人物像に想いをめぐらせる。

もちろん幕末の歴史好きでも『美濃郡代様』の名前など耳にしたこともない。どうせ全国各地の『〜奉行』よろしく、有力旗本たちの出世ポストのひとつという程度の役職であるのだろう。ひとをこんなに慌てさせているというのに、どこか暢気そうなその口調に切迫感などかけらもない。

「…わたしのほうもそれほど詳しくはないのだが、林丹波殿の領内で新しく『窯』の建築が始まったとか。前任の柴田殿にはむろん届けがあったのだろうが、懇意にしておる西浦屋から『祝いもの』が届いてはじめて知ったというのもなかなか恥ずかしい話なのだが、一度わたし自身で確認をしたほうがよかろう……そう思ったのだ」

「郡代様へのご報告は、窯再建がなってからと考えておりました。ご報告が遅れましたこと、ひらにご容赦のほどを」

「いやいやお顔を上げられよ。そのようなつもりでここへ呼んだのではない。…それよりもあの地揺れで崩れた窯は数多い。瀬戸のほうでは尾張様のご援助があって復旧も進んでいると伝え聞くが、いち旗本の独力で家産復興に乗り出す林丹波殿の並々ならぬお覚悟、この岩田鍬三郎、同じ旗本としてまことに敬服しておるのだ。郡代とはいえ差し許された予算では濃州復興もままならず、心配事ばかりで気鬱の抜けぬこのごろに、ようやく春の薫風が届いたかのように心が晴れた思いなのだ」

「…西浦屋より『祝いもの』とは、はて……当家とは特別に行き来もない御仁なのですが」

代官様が草太の疑問を代弁するようにつぶやいた。

問題はそこなのだ。商売を脅かす新興勢力が頭をもたげ始めようとしているのに、『祝いもの』とは何事なのだろう。なんとも搦め手臭くて想像をたくましくしてしまう。

「西浦屋の主人とは以前から何かと行き来があってな、此度の件もあの者の『進物』がなければいまだにわたしの知るところではなかったであろうな。…先日のあの地揺れで美濃焼を支える東美濃23筋の窯にも由々しき被害が出ておるのだが、手当てすべき幕領が多すぎて正直いまだに十分の手が回っておらぬ。その美濃焼が天災の打撃にあえぐなか、新たな窯が立ち上がることは美濃焼の将来に新たな火をくべいれるような慶事である、とあの者がそう申すのでな」

うわっ。ハメ手臭がぷんぷんする。

我慢しきれず草太が顔を上げかけたとき、郡代様が手を叩いた。

はっと思わず顔を上げてしまった草太を別段とがめるでもなく、役人がささげ持ってきた膳のようなものをふたりの前に置いて、

「丹波殿の『新窯』をわたしの名において『美濃焼《24筋》』のひとつと正式に差し許そうと思う……幕府にはすでに認められておる丹波殿の窯だが、聞けば私的な向きもあるゆえ確たる販路も決められてはおらぬとか。ならばわたしが正式に認可を与えれば、もはや誰の顔を気にすることもなくその産物を販売することができるようになるであろう」

「……えっ？」

目の前の膳の上には、それらしき折りたたまれた書状が置かれている。

その間抜けな応えは、代官様のものであったか、それとも草太のものであったか。

そうして草太は西浦屋のたくらみをようやくにして理解した。

(やられた!)

悔しさのあまり全身の血が駆け回って体が熱を発した。

正体不明の新勢力を前に、西浦円治は攻撃するのではなくむしろ彼らをそっくり飲み込もうとしたのだ。

正体が分からぬのなら、郡代という権威者によって正体を『確定』させてしまえばいい。正式に『美濃焼窯』として認定させてしまえば、自然とその産物の販路は《美濃焼取締役》たる西浦家の手中に納まる、というたくらみであったのだ。

訴状としてこちらを攻撃するのではなく、『祝いもの』などと持って回った攻め方をしたので、郡代様も西浦屋の『好意』を疑ってもいない。

どうしたらよい、と代官様が目配せしてきたので、草太はかしこまりつつも発言の許可を願い出た。

郡代様は最初から客のひとりとなっていた6歳児が気になっていたらしく、あっさりと発言を許可してくれた。

草太は下腹に気合をこめて、びっと郡代様をまっすぐに見据えた。

「お初にお目にかかります。《天領窯株仲間》筆頭取締役林貞正が孫、林草太にございます。まだ7歳（数え）にしかならぬ身なれど、《天領窯株仲間》勘定方兼技術指南の役方を負っております」

「なんと」

やはり郡代様も草太の大人びた口上にたまげられたようである。

まあ普通に考えてそれは当たり前のことなのだけれど。

頭ごなしに否定されなかったのは、やはり草太の『林姓』のおかげであっただろう。林丹波守、江吉良林家の当主の流れであると認識されたゆえに、それ以上無用な説明をする必要もなかった。200年も前に分かれた傍流の子であるなどと説明し出したらきりがなくなるところだ。

「《天領窯株仲間》は林家ご当主丹波守様も含めまして株仲間による合議にて動く取り決めが設けられております。ここにおられる坂崎様……代官様もその株仲間のおひとり……そのように取り決められております」

肯定するように、代官様が一礼する。

「…郡代様、たとえこちらの代官様といえども、《天領窯株仲間》に関しては一存で決めるわけにもいきませぬ。販売に関してもそれらは勘定方である自分の職域のことではありますが、やはりいったんは株仲間の合議にかけねばなりません」

草太はゆったりと構えている郡代岩田様を見据えて、現代人の得意技を発動した。

「いったん（社に）持ち帰りまして、合議ののちに改めまして御回答させていただいてよろしいでしょうか」

即断せずお持ち帰り。

特に普賢下林家が主導権を確立していない組織であるので、責任は組織全体でとってもらわなくては。この際貫目負けしないためにも大株主である江吉良林家に矢面に立ってもらったほうが何かと都合がいいだろう。

郡代様の後ろでくっくっくと黒い笑いを浮かべている西浦翁を幻視して、草太はぎりりと奥歯を噛み締めたのだった。

第89章　あーい

美濃焼業界の首領と書いてドン、濃州幕領で生み出される焼物をまさに牛耳る特権的独占問屋、『西浦屋』の当主からのおそらくは「挨拶代わり」の一手に、発足間もない《天領窯株仲間》は大いに慌てふためき、早くもその準備不足を露呈する形となってしまった。

美濃郡代様から『認可』の形で下されようとしていた致命の《楔》。

そのけれんみのない手管に草太は素直に感心したものだったが、それを《天領窯株仲間》に報告の形で伝えたとき、彼の危機感を共有しえるもののあまりの少なさにため息を抑えることができなかった。

「正式に郡代様がお認めになってくださるのならありがたいことやろう。…そんな一大事みたいに勢い込んどるからこっちも驚いたやないか」

「ですから、これは一大事なんですって！」

郡代様の認可が、今後《天領窯株仲間》にどういう影響を与えていくかの解説を懇々と加え、ようやくに理解を共有しえたのはその日の夜半のことであった。

「…なるほど、相手はお上のお役所仕事やからな。そういうことになるのかも知れんな」

「『役所は何でも管理したがるもの』か。うまいこと言いよるわ」


焼物の生産と販売には当然のことながら利権的思想が漏れなくついてくる。

むろん天領窯で生産される焼物にも《租税》は課され、販路のいたるところでも利権に対する対価として《冥加金》【※注1】というヤクザも真っ青な武家社会の『たかり』が発生する。

《租税》についてはこれは江吉良林家領内のことなので林家への納税となるのだが、販路まで勝手自由にされると美濃郡代の収益となる《冥加金》を天領窯に要求する根拠がなくなってしまう。

美濃郡代側としては、美濃焼物取締役たる『西浦屋』が利権を独占することで、《冥加金》の問題を簡便化している向きがある。要は「利益を独占させてやるから」と餌をちらつかせて、『西浦屋』から定期的に《冥加金》を引き出しているのである。郡代側としては、旗本領とはいえ金の卵を産む鶏を見逃すはずもなく、その『西浦屋』べったりの利権スキームに天領窯を組み込んでしまうのがもっともお手軽な『増収』手段であった。

目に見えるものは『正式な認可状』というこの時代的な《名誉》なのでたやすく食いついてしまいそうになるが、このたちの悪い《餌》に食いついた瞬間、《天領窯株仲間》はその秘めたる可能性を在来の既得権者たちに吸い尽くされてしまうであろう。

（…現時点では郡代様自身にまったく悪気がない、というのがまたたちの悪いところだな）

一度『美濃焼窯』として認可させてしまうと、郡代様の『面子』とか出てきてしまうから旗本領内のことと突っぱねるのも難しくなるだろう。

江戸本家としても、有力者である郡代様と角つき合わせるような事態は避けるだろうから、そのような状態に陥った時点で《天領窯株仲間》のＴＫＯ負けである。

まずは早急に郡代役所に遣いを送り、「お断り」を伝えねばならないのだけれど。さて、誰に行ってもらおうか。

組織というものの長所のひとつは、責任の所在を「組織全体」とすることで、個々の責任負担を軽減できることである。遣いは《天領窯株仲間》という『法人』の意向がそうなのだと第三者的な答弁が可能となる。

こういうときは当事者が出向かないのが味噌である。何かあったときに「そんなこと言った覚えはない」と強弁を張るための保険になるのだ。

代官屋敷の一室で鳩首会議する一同をじろじろと見回して、草太は某カプセルモンスター使いのように「おまえに決めた！」と脳内でびしっと決めポーズを取りたかったのだが…。

「…あ、遣いはぼくが行きます…」

冷静に考えて、筆頭取締役たる祖父が出張るのはまずいし、代官様などはこの後何か問題があったときの切り札、スイーパーとしてぜひ取っておきたいカードである。

今回はいわゆる「捨てカード」であるべきなのだが。

じいっと草太に見つめられて、代官所手附衆たちは居心地悪げに身じろぎした。こいつらにはピンで交渉役は無理でしょう。分かります。

「…森様。ぼくもついて行きますんで、代表お願いします」

「わっ、わたしがか…」

「一番年かさの方ですし。年齢が郡代様よりも上のほうがいろいろと塩梅もいいと思います……（一番あつかましそうですし）」

語尾をほとんど聞き取れないほどに濁して、草太は森様のごつごつした手を包むように握った。

「ふたりしてがんばりましょう！」

にっこりと微笑むと、柄にもなく森様がてれてれと目元を赤く染めた。多少は儲けさせてやるんだから、汗ぐらいかかさないとね。

　そろそろ草太の本性に気付き始めている代官様が若干引き気味であったけれど、いまさらだし取り繕おうとも思わない。

《天領窯株仲間》という組織は、いまのところ草太が動かねば何も始まらない状態であるのだろう。ともかくも一個の生き物のように組織が自律的に動き出すまでは、彼が風を起こし続けねばならない。

　われながら危ういほどの張り詰めように、『過労死』という嫌な言葉が浮かんだ草太であった。


　疲れた体を引きずって夜半過ぎに寝床へと入った彼であったが、明るくなる前に目が冴えてしまうあたり精神が病んできているのかもしれない。

　井戸水で顔を洗い、ぼんやりと明け始める空を眺めていると、どこかからトントントンっと、小気味よい包丁の音がする。

　朝餉を準備する女たちの朝は早い。女中さんたちが炊事を始めているのだろうとそちらへと足を向けると、ちょうど桶を抱えて水を汲みに出てきたお幸と鉢合わせになった。

「…だいぶ慣れたみたいやね」

「…うん」

先日、家に連れ帰ったお幸を見て祖父母は驚いていたが、息子(むすこ)たちの火遊びで散々苦労してきたことによる耐性(たいせい)か、小間使いだという彼の説明をすんなり受け入れてくれた。


「7×9は」

「…ろ、60、と3」

「3両を4人で割ったら、ひとりいくら?」

「…1両が4分やから、全部で12分……ひとり、3分」

「正解」


頭をなでてやると、お幸ははにかんだようにもじもじと身をよじった。

念のために言うが決してナデポなどではない。自分よりも小さい子に頭をなでられたことのある人間ならおんなじしぐさをしてしまった記憶(きおく)があるはずだ、とドヤ顔で断言しておく。

お幸は女中見習いとして林家のまかない方の戦力化をされる一方、ゆくゆくは草太の事業の秘書的な役割を与えるべく絶賛教育中である。

問題に正解したときはご褒美(ほうび)の金平糖(こんぺいとう)を一粒(つぶ)与(あた)える。こういう分かりやすい対価を与えることによってお幸は物欲パワーなのか簡単な四則演算をマスターしつつある。

結果に満足しつつ草太が3日後の「小テスト」を予告すると、従順であるべき見習い女中からありうべからざるブーイングが上がった。教育的指導でチョップしてやる。

「…草太さま、朝ごはんの用意、まだ。…おなか減った?」

「いや、たまたまこっちきただけやし。お幸は油売ってないで、さっさと働く」

「あーい」

林家の水に慣れたのか、だいぶ明るくなってきた気がする。桶をぶら下げて井戸に向かうお幸の背中を見送って、草太は勝手口のほうから母屋へと上がっていった。

釜焚き中の女中さんの一人から「若様、笑ってるし」と指摘されて口許に手をやった。笑っていた自覚はないのだけれど。

ただなんとなく気持ちが軽くなって、廊下ですれ違った女中さんに手を上げて「おはよう!」と挨拶していた。

【※注1】……冥加金。幕府、藩などが商工業者に便宜を与える報恩として得ていた金。時代が下り、半ば税金のような扱いとなっていました。

第90章　新興勢力①

明日には再び笠松役所まで行かねばならない。

また早馬に便乗できるとはいえ半日近くそれに拘束されてしまうので、やることが山積している草太は周囲の大人たちが呆れるほどによく動き回った。さすがは体だけは元気いっぱいの子供である。

まずは天領窯の再築現場に行って作業の進捗のチェックに、それに付随する窯頭小助どんとの打ち合わせ。

小助どんは窯内の『縦サマ』用の溝の幅が気になるようで、それを最小限にして窯容積を最大化する提案をしてきたが、床面にうがつ『縦サマ』用の溝がいかほどの幅が最善であるのか知っている草太は頑として退けた。

「小助どんの言いたいこともよう分かるけど、『古窯』を採用した理由は熱管理のしやすさやから、狭間穴の幅をケチって炎の循環を妨げるようなことはしたくない」

「むー、そうかのう。わずかでもええから床面大きくして焼ける量増やしたいんやが…」

「『量』より『質』やよ。多く焼く性能よりも、よりよく高温に焼ける性能が優先なんやって」

「ほんとにそんな高う売れる磁器が作れるんか…」

「作れるのかどうかじゃなくて、絶対作るんやよ！」


６歳児に背中をどやしつけられた小助どんは、名前の通りに小さくなってしまったが、この男が非常に土性っ骨気質で、へこたれないことを知っている草太である。窯の再築に関しては、小助どんに丸投げしていてもいまのところ不安はない。

かつての天領窯の度重なる不具合に直面しても、けっして音を上げることなく完成へと邁進した小助のしぶとさは一級品である。

ちょうどそこに砕いた陶石を運んできたオーガこと山田辰吉がやってきて、師匠と弟子の立場がすっかり逆転してしまっている珍景にむずがゆそうな顔をした。


「…ほんに、わけの分からんことになっとんなぁ」

「ふん、…どうせ大原の小天狗とか言われてええ気になっとるんやわ」


オーガの後ろには一緒にもっこを担いでいる小助どんの息子、周助がいた。

ここに期せずしてチーム天領窯の面子が勢ぞろいした格好だ。

それにしても『小天狗』とはまた初耳である。あれか、人間離れしてるとかの形容で引っ張られるあの『天狗』にことよせたってことか。誉めるというよりも揶揄だな、これは。

もっとも、前はぽっと出の飛び入り参加で『職人見習い』に過ぎなかった子供が、今では自分たちに頭ごなしに指揮することができる《天領窯株仲間》の経営陣の一人である。接し方に迷う気持ちもわからなくはなかったので、軽口のひとつでも叩いてやろうかとも思ったのだが、折悪しく近くにいた窯作りの人足に声をかけられてしまった。

人足からの質問は、少し欠けた煉瓦を使用してもいいのか、というものだった。たぶん耐久性に問題はないと思うのだけれども、狭間穴を含めた基礎部分はもっとも熱にさらされる場所でもあるので、程度のいいヤツから使ってくれと要望する。

草太は質問を受けるたびにはきはきと答え、遠慮なくいろいろな蘊蓄をたれていたのだが……それをチーム天領窯の面々がなんともいえない表情で眺めているのに遅まきながら気付いて、口をつぐんだのだが。

「あれがその天狗の知恵っちゅうやつやろうか…」

「むう…」

なんか納得されてしまったような会話の流れに、かつてないほどの恥ずかしさを覚えて、草太は再築現場から逃げ出した。

いいもんいいもん、仕事はまだほかにもたくさんあるし！

その後再建したろくろ小屋の裏に増築した水簸【※注1】小屋に入り込んで、甕のなかで熟成中の千倉磁土の塩梅をチェックし、ついでにそこの隅に放り出してあったやりかけの図面に墨を入れる。

磁器の上絵を焼くための低温窯、『錦窯』の図面である。

上絵付けといわれるものは基本下地となる器の釉薬層のうえに、色の違う釉薬をのせて溶融定着させるものである。本体の器となる磁器は粘土を無理やりガラス化させるのに１３００度以上の高温が必要になるが、釉薬自体はほとんどの場合溶けやすいガラス質なので８００度ほどで溶けてくれる。それほど高温にする必要がないために、窯自体もずいぶんとコンパクト化が可能となる。

彼の中の印象では、『大きな七輪』というのが最も近いかもしれない。外形はドラム缶大のアリ塚のようで、内と外の二重構造の壁を設け、壁の間に炭や薪を詰めて、それを燃やすことで内壁越しに間接熱を送り込む。上蓋は陶板とかで適当にかぶせてやればよかったはずである。まだ上絵付け文化のほとんどない美濃・瀬戸界隈では、見つけることのできない類の窯であろう。むろん構造の詳細を知っている人間もほとんどなく、簡単とはいえ草太が図面を引く必要があった。

（…はあ、電気窯があれば簡単なことなのに）

発電施設とニクロム線が手に入れば、光の速さで技術革新させてみせるのに…。

江戸時代では大量に手に入る安価な熱カロリー源など薪ぐらいのものであろう。

大体の構造と寸法を出した草太の図面は、現代の技術者が見たらお粗末な落書き程度のものであったろうが、小助どんからは「なかなか分かりええ図面やわ」とお墨付きをいただいている。平面、側面に斜視図をつければ、この時代の『勘』で動く職人たちが勝手に補正してよりよくしていってくれる。

科学技術は遅れていようとも、この時代の技術者たちは稚拙な図面から内容を適切に読み取ってそれを脳内補完することに長けていた。もはや職人技の一種であるのかもしれない。

黙々と作業をこなしつつも、草太は次にやらねばならないことを思い巡らせている。やるべきことがあまりにも多すぎるので、つねに実行していく優先順位を検討していかねば粗漏が起きかねないのだ。

彼の脳内ではいくつもの事項がタグつきになって整理されている。タグ番号順につぶしていく予定である。

①窯の建設（古窯および錦窯）。
②骨灰の入手とその品質の確認。
③ボーンチャイナの坏土作り。地場の添加磁土の選定とその入手ルートの確立。
④上絵付け用の顔料と磨り潰し用の薬研、定着用のフノリなどの入手。
⑤上方から迎える絵付師の住居とその作業場の準備。

⑥製品保管用の大型倉庫の準備。
⑦燃料である薪の入手ルート確立。
⑧製品出荷のための運送業者の選定。

特に懸案となっているのが②の『骨灰入手』と③の『添加磁土の入手』である。
骨灰については先の京都での交渉でとりあえず発注させてもらった骨灰第一陣30貫（約100キロ）の到着待ちである。灰化処理込みで1貫1分（1／4両）合計で7両2分、運び賃で5両の合わせて12両2分（約60万円強）を半金先払いしてあり、その現物の受け取り時に、同行した相手側代理人と今後の価格交渉を行う予定である。

こちらは金額さえ折り合えばあとは信頼関係を構築していくだけなのだが、『磁土』のほうは試験して実績のある蛙目粘土の産地が久尻（現在の岐阜県土岐市の一部）であるため、美濃焼取締役たる西浦屋の強い影響下にあるのが難点である。そのくびきを逃れるために瀬戸方面の業者を当たり、瀬戸新製で時代遅れになりつつあるという千倉石を入手しようという算段も別途立てている。

（土をたくさん買うのはいいけど、こうなってくると原料倉庫と水簸工場の拡張が必要になってくるかも……ほんと金のかかることばっかり）

実は明日再び向かう美濃郡代様にも、挨拶代わりにいくばくかの金子を用意することになっており、「手持ちなんかない」とケツをまくって逃げてしまった手附衆たちと急な連絡がつけられない江戸本家から供託を期待できないため、『冥加金』10両とささやかなものの、そのほとんどが普賢下林家の持ち出しとなってしまった。

（祝われている本人が礼金出すって、おかしいよなほんと…）

心配事ばかりでストレスが半端ない。

日もとっぷりと暮れ始めた頃に書きあがった図面を押しやって、草太は作業台の上に突っ伏したのだった。

【※注1】……水簸。自然の粘土がそのまま焼物に使えるケースは多くはありません。細かく突き砕き、水の中で沈殿分離させます。磁器土などは特に採掘時点で『石』のように硬い塊であるため、この工程が不可欠となります。

第91章　新興勢力②

美濃郡代様に黙って差し出した10両。

商人が権益確保の担保として納める冥加金としてはいささか小額であったけれど、直接受け取ろうとしない郡代様のかわりに呼ばれた小役人が、その包みを恭しく受け取ってありがたそうに一礼して下がっていった。

まだ売り上げさえあがっていない状況で手元資金の10分の1が無為に溶けていくのは非常に痛い。が、これは避けようのない必要経費であっただろう。


(西浦のクソじじいにいらん出血を強いられたな…)


美濃焼業界という閉塞した世界で、既得権者と新参者の静かな殴り合いが始まっているのだ。

相手はこちらの力量を測ってやろう程度のちょっかいであっただろうが、これは譬えて言うならヘビー級とモスキート級のボクサーがパンチを当て合ったようなもので、こっちはジャブ一撃でめろめろになりそうである。

「なるほど、いまだかつてない新しい焼物を作るうえで、既存の取引代金を当てはめられると商売が成り立たぬか。…美濃焼は西浦屋が取引値を決めておるゆえ、それらの雑器と一緒くたの値を押し付けられたらたしかに林丹波殿もお困りよのう…」

「器一つにかかる費用が比べ物になりませぬゆえ、美濃焼御蔵会所に一緒くたに集められてしまいますと、取締役である西浦屋の価格統制に縛られ運営が成り立ちませぬ。こちらの要望する価格を知ったなら西浦屋も絶句すること想像に易く、いたずらに美濃焼御蔵会所を混乱させるよりは独自に販路を切り開くべしと、林家を含めます《天領窯株仲間》にてすでに合議により決しております」

「…独自に、と申しても、濃州にて産する焼物は尾張様の独占するところは変わりはせぬぞ」

「…それも重々承知してございます。尾張様ご認可の蔵元とは別途話を進めておりますれば」

郡代の岩田様は、わずかな冥加金を受け取ってはみたものの、これっきりになりそうな話の流れにやや不機嫌そうである。

西浦屋の独占支配する美濃焼御蔵会所を介さずに商売するとなれば、当然ながら取引先の問屋は名古屋の瀬戸物問屋となり（※美濃と瀬戸の焼物はすべて尾張藩支配）、そこで上がる利益は当然ながら尾張藩に吸い上げられることになる。美濃郡代役所の手の届く範囲は、この濃州の幕領の中だけである。焼物で『冥加金』を無心できるのは美濃焼を独占し唯一の蔵元である西浦屋のみなのであった。

（実際、関係なんてないんやからびた一文払いたくないけど、ここで突き放して西浦屋と結託でもされたら、あとでとんでもないことになりかねないし……ああ、くそ！　やっぱ何もなしってわけにはいかないか…）

草太は平伏したまま畳の目をじりじりと数えつつ、損益を計算し続ける。

郡代役所を敵に回すわけにはいかない。濃州域内最凶の公権力と結びつけば、西浦屋はやりたい放題である。現に《美濃焼取締役》たる西浦円治は今回のように美濃郡代の権威をかさに着て、巧妙に利益誘導を行い続けている。恵那五ヶ村の《窯株》を訴訟の末吐き出させたのもそのよい一例である。

むろん郡代役所と西浦屋のつながりは目に見える『冥加金』ばかりではなく、今回の『お祝い』などという慶弔ごとのやり取りでも分かるとおり、人同士の交流もまめに行われているらしい。人は交わした言葉の数で信用を形成していくものであるから、目に見えない部分でのつながりも相当に強くなっていることだろう。

「おそれながら江吉良林も旗本領とはいえ在するはここ濃州にございます。いずれ事業が立ち上がり、それなりに利益が上がるようになりますれば、《天領窯株仲間》として郡代様には改めましてご報告と御礼かたがた『冥加金』を納めさせていただく所存にございます…」

「うむ、それが道理であろう」

さも「当然」という感じに郡代様が首肯した。

まあここは泣いておいてやる。だけど金をやるんだからそれなりの対価を貰わないとこちらも引っ込まない。

「…つきましては、われら《天領窯株仲間》の手になる新製焼、『美濃新製』が美濃焼御蔵会所の取引価格にさしさわりを与えぬよう、『これは美濃焼にあらず』と郡代様のご威光をもってお認めいただきたく…」

ここで『美濃焼にあらず』の御免状要求!

きっぱりきっちり、西浦屋の領分とは決別しなくては。

「《天領窯株仲間》最大の株主であられる江吉良林家ご当主、林丹波守様も、同業者たちのたつきの道をむやみに阻むことのないよういたせと、今までにない価格帯での焼物商売で《株仲間》の商いが既存の商売を壊してしまうことを気にされておいでにございます。窯の再建すらまだおぼつかぬ新参の窯元ゆえわたくしどもといたしましては郡代様のご配慮にすがりつきたいのは山々なのでございますが、《天領窯株仲間》は大株主であられます丹波守様のご意向に添うべく決議し、道なき道を汗をかいて切り開いていく所存にございますれば…」

「その『美濃新製』といわれる焼物、そこまで労を払う価値があると丹波守殿はお考えであるのか」

「勝手は重々承知の上、そこを伏してお願い申し上げまする」

草太が額を畳にこすり付けると、横に控える森様も同じく平伏した。

理屈はこじつけた。あとはひたすら拝み倒すだけである。

「お願い申し上げまする…」

息詰まるような根競べの末に、この拝み倒しに音を上げたのはやはり郡代様だった。

「この岩田鍬三郎しかと承った…」

よっしゃ！　御免状ゲッツ！

これで紙装甲であった対西浦屋防御力がいくらか上がっただろうか。

伏して畳の目を追いつつも、草太の口許に笑みが漏れる。

（これで郡代様の発言力も削いだぞ…）

郡代様は良く分かっていなそうだが、この『御免状』は西浦屋をどうこうするというよりも、郡代様自身を自縄自縛するためのものである。

役所というのは度し難いもので、一度誤って許可を出してしまうと、悪しき前例主義が働いて以後同じ問題が総スルーとなる。一度『美濃焼ではない』と認めてしまったがために、郡代役所は《天領窯株仲間》を非常に取り締まりづらくなってしまうだろう。こっちも御免状を逆手にとってごねるしね。

郡代様自身ならば、それを差し許したおのれの沽券さえも関わってくるのでなおさら口は出せなくなる。

郡代様はおつきの役人を呼ばわって、文台のうえでさらさらと書状を書きしたためた。それを広げて草太たちに内容を指し示し、手早く折りたたんで控える森様にそれを下げ渡した。

その書状を森様が懐に仕舞うのを確認して、草太はやっといくらか緊張を解いた。

「…『美濃新製』が『美濃焼』にあらずとは、なかなかにおかしな物言いではあるが、理解した。林丹波殿のご都合もあるだろうゆえ、年一度の『冥加金』納付を条件に林家所領内の焼物については美濃焼とせぬこととしよう。…そうなれば『美濃新製』では分かりにくかろう。今後はそうよな……そちらの代官役所のある郷の名を取って『根本新製焼』とでも称するがよか

ろう」

「はは、以後そのように称しまする」

期せずして焼物の名称が決定した。

『根本新製焼』です。代官所が『根本代官所』なので、『根本』が林家の所領の中心的な場所と公式にはみなされるものなのだろう。


話し合いが終わったあと、口上を務めた草太は郡代様にえらく関心を寄せられて、そのまま昼食に誘われた。出自について根掘り葉掘り聞かれるので変な誤解を受けないよう普賢下林家の由来からおのれの父母にまで何ひとつ隠さずに申し述べた。

江吉良林家の2代目、林勝正公を祖とする普賢下林家の歴史と、その末端に三男の庶子として存在する彼のおかれた立場。庶子と聞いて郡代様は驚かれたようだが、こうして林家の大事業に参画を許された草太が冷遇されているはずもなく、むしろその驚嘆すべき歳不相応の知識と胆力を賞賛して、「岩田家の養子に来ないか」とまで言い出したときはこっちが驚いてしまった。

この時代の武家の養子のやり取りは、現代では考えられないくらいに日常的なのだ。父祖から受け継がれた『血』よりも『家』の興隆を優先する発想は、現代人には到底理解できないものだろう。

もちろん草太は笑ってスルーするしかない。本流でない『庶子』というあたりが、いかにもその養子話を触発してしまうのだろう。

その後勝正公が差配したという濃州での大規模な治水事業の話などで場はおおいに盛り上がり、そして養子話は保留ということで散会となった。

「『新製』などと言うからには、やはりそれは磁器なのだろうな」

訪問時とは劇的に対応が変わって、帰りは郡代様自ら見送りに出てきた。

送られるほうは恐縮するばかりである。

「たしかに。『根本新製焼』は新磁器にございます」

「『瀬戸新製』は江戸表にも盛んに売り出されて、相当に振るっておるらしいな。もしもその『瀬戸新製』を上回るものが作られるのなら、『根本新製焼』の将来も明るかろうて。美濃の強みであった米の石高は、この時代ではあまり金にもならん。そちらで始められたような新たな殖産事業こそが新しい濃州の夢を築いてゆくにちがいあるまい。……日々精進し、しっかりと事業に励まれよ」

《天領窯株仲間》の権益を守るのに汲々としてしまっていた草太は、そのとき初めて郡代様という『人物』を見たような気がした。

祖父の貞正様のように、文武に励むのを美徳とする武士には識者が多い。

玄関口で端然と立って客人を見送るその姿は、ただそうしているだけでどっしりと重みを持っている。

草太は知る由もないが、美濃郡代岩田鍬三郎は、のちに『公武合体』の象徴となる和宮下向にも少々関わった人物であったようである。

いまは安政の大地震により退潮を示す美濃の産業を誰よりも憂えるひとりの行政官であった。

第92章　新興勢力③

「先方が、急に蛙目土は売れないと言ってきた」

錦窯作りの最中に何人かの人足たちと話し合っていた草太は、そこに居心地悪そうにたたずんでいる代官所の小役人、若尾様の青白い顔を見つけた。

神経質そうな細い面をさらに血色悪くさせて、草太を見つめながら不安そうに手を揉んでいる。

「理由は?」

「たずねても何も答えてくれん。どうしてなんかさっぱり分からへんが、もうここには顔出さんでくれとまで言われてまった…」

代官の坂崎様を仲間に引きずり込んだ草太は、代官所の眠れる人員をフル活用しつつある。もともと天領窯の試料集めに代官所の役人たちは各産地を行き来していたらしく、その頃のパイプも健在である。

おかげで幾種類もの原料がすでに手元に集まっているのだが。そうか、本格的に西浦屋の手が回り始めているのか。小領とはいえ２０００石取りの大身旗本相手に妨害工作するとか、相当に肝が据わっている。

「坂崎様にはもうご報告されたの？」

「いや、まだやわ。ご報告差し上げる前に、善後策を含めておまえさんの考えを少し貰っとこう思ってな」

『代官所』としての用向きであるならそんなことはしなかったであろうが、《天領窯株仲間》関連のこととなると、最近はこの若尾様ばかりでなくみな草太の意向を聞きにやってくるようになった。指示を出すキーマン、扇の要とみなされているようである。

久尻の蛙目粘土は若尾様担当だった。

その報告を受けながら、草太の脳裏に浮かんだのはあの美濃焼業界のビッグボス、背景を炎に包まれた西浦円治翁の姿である。

若尾様いわく、受け渡しの日時さえ決まっていた取引を急に白紙に戻され、何かに見つかるのを恐れるように集落からも急かすように追い出されてしまったという。懇意にしていた窯大将は顔も見せてくれず、食い下がることもできなかったらしい。

「先払い金は回収できたの？」

「前回の後払い分と相殺してくれと言われた。…わたしに落ち度などないのだぞ。一方的に言われて…」

「若尾様のせいやないと思うよ、たぶん。…事情は分かったし。久兵への遣いでお疲れやと思うけど、このあと代官様以外にも、関係者各位にひと通り事情を伝えてあげてください。ぼくが大丈夫やと言っていたと、添えていただいてもらってもかまいません」

それほど草太が慌てなかったことに若尾様も気分が落ち着いたのか、「理由が分かっているのか？」と尋ねてきた。

「《美濃焼物取締役》の西浦屋の御大が裏から手を回したんやと思います。そろそろ何かやってくると思ってたから、かまいません。ある程度は想定済みです」

「西浦屋がそのような悪さを……もしも不正があるのなら、代官所でしかるべく対応せねばならんな…」

「あ、そういうのはやめといてください。相手もそこまで馬鹿じゃないだろうし、邪魔した証拠なんてのはたぶん何も出てこんと思います。窯元は独占蔵元の西浦屋に首根っこを完全に掴まれてるし、理由をつけて『取引停止』とでもささやかれたら、カラスの色だって白って言いかねないよ」

「しかしだな…」

「早めに備蓄分をだいぶ買ってあったから、しばらくは大丈夫やと思う。…ご苦労様です」

おぬしがそう言うなら、と不服そうに立ち去っていく若尾様を見送って、草太は肺の空気を絞るようにため息をつく。

さあいよいよ西浦屋が腰を入れ始めたようだ。

美濃郡代様に断りを入れてそれほど時間はたっていないのに、もう裏で動き始めているということは、監視をつけるなりしてこちらの動向に気を配っているのだろう。おのれの繰り出した一手に対するこちらの対応を読み取って、とうとう業務に差し障るような妨害の挙に出たらしい。

《天領窯株仲間》の背後には、直参旗本江吉良林家2000石と、根本代官所が公然と控えている。これが半農半士の普賢下林家単体の事業であったなら、もっとあからさまにえげつないやり方も採り得たであろうが、小なりとも代官所を設置し現地武力を有する『小藩』的な林家に、いち商人が喧嘩を吹っかけるわけにはいかない。

ゆえに西浦屋の妨害は搦め手にならざるを得ない。

『同じ美濃焼なのだから販売権はうちにある』と、尾張藩の権力をかさに着た脅しも、先に郡代様から引っ張り出した『美濃焼にあらず』の御免状がうまく抑え込んでいる。

現状西浦屋としては、いまだ駆け出しの《天領窯株仲間》の足腰の弱さに付け入るのが良手であったろう。焼物に必須の原材料の流れを、産地に圧力をかけてストップさせる。これは商売上の特権と膨大な資金力を背景に美濃地域の窯元を支配する西浦屋であればこその荒業である。

販売窓口を独占するがゆえに、窯元は阿諛追従するしか道はなかった。

（現代だったら間違いなく公取（公正取引委員会）が入って排除勧告ものだけど…）

こういう『特権商人』が公然と支配力を振るうのもまた江戸時代ならではの状況であったのかもしれない。

それに経営が傾く窯元が多い中、借金なしでいられるところがあるとも思えない。貧乏人ばかりの田舎で窯元が借金できる相手はその納入先である蔵元しかないわけで、これは想像だが、かつかつの窯元はどこもどっぷり借金地獄に漬かっているのではないだろうか。焼物の売掛金すら入ったり入らなかったり、おそらく絵に描いたような自転車操業っぷりであるだろう。

（売り掛けの代金を人質に脅しすかしも当たり前……元請け絶対の構図は時代が変わっても同じなんだよな…）

いつの時代も下請けの悲哀は尽きないもの。

取引先からの借金は、海で遭難した人間が、のどの渇きに耐えられず海水を飲んでしまうようなものである。それは将来自分が手にするであろう収入を前借しているだけで、どんどんとおのれの首が絞まっていくあの感覚は生き地獄である。

とりあえずこうなるだろうことを予想して、すでに蛙目粘土は１０００貫（約３トン）ほど買ってあるからしばらくは困らないだろうけど、やっぱり『浅貞』の主人に頼んで、瀬戸ルートで千倉石メインに軸足を移していくべきか…。

倉庫にあった試料としての千倉石は、すでに実験として水簸工程にかけてある。彼の見立てでは割合にうまくいっていると思う。

そろそろ痺れを切らしているだろう『浅貞』の主人にも、進捗報告を上げにいかねばならないだろう。ほかにも『浅貞』でいろいろと用立ててもらわねばならないものもある。

（星巌先生からの文だと、あとひと月ほどで絵師本人が京に戻ってくるらしいから、そこから計算してふた月後ぐらいにはここにやってくるだろう。それまでに絵付け小屋と道具類をひと揃いそろえないと……上絵具と磨り潰す薬研、紙も大量に用意しなくちゃ）

円山応挙門下の吉村蘭陵の孫弟子、母里牛醐……門派の流れ的には楽しみな人材であるのだけれど、放浪癖のある人物らしいので管理に振り回されるかもしれない。

腰の軽い人物が長居してくれそうな、快適な作業環境を用意せねばならないだろう。道具にもうるさかろうから、なるべくよいものをそろえないとならない。

そんな物思いにとらわれていた草太は、そのとき間近に声をかけられて弾（はじ）かれたように顔を上げた。


「草太様！」


声をかけたのはそばにいた人足の一人だった。

つかの間呆然（ぼうぜん）とした草太ではあったが、すぐに意識を立て直して背筋を伸（の）ばす。


「…どうしたの？」

「あそこに、だれぞお客が来られたみたいやけど…」


そう言って指し示したあたりに、こちらのほうを見て落ち着きなく囁（ささや）きあっている数人の男たちの姿があった。つぎはぎだらけの服に手入れの行き届かない無精（ぶしょう）ひげ、それに肉の落ちて骨ばった顔つきが、彼らの日々の困窮（こんきゅう）ぶりをたやすく連想させた。

見たことのない顔だった。

草太の視線が向けられたのを知った男たちのなかの一人が、一歩前に進み出ていきなりがばっと土下座体勢になった。

そうしてほかの男たちも次々に地に平伏した。

「わしらを《天領窯》で使うてくれッ！」

今度こそ草太は絶句した。

第93章　新興勢力④

男たちは自称『陶工』だった。

なんでも下石郷（現在の土岐市下石町）の窯元で職人働きをしていたそうで、昨年末の安政の地揺れで窯崩れが起こって以来、失職状態であるのだという。

下石の窯は現在復旧して生産を再開しているのだが、彼らの雇用主である平助という窯大将が資金繰りに行き詰まって『焼株』（特定の窯で『焼くことのできる』権利株のこと）を質流れさせてしまったらしい。

株を質入れしていた時点で相当に資金繰りが厳しかったのであろう。テンパッていたところに窯崩れ、そして納入予定の商品が全滅して利息を払えず破産してしまったという。

男たちはその下石郷の農民であった。焼物業界というのは基本農閑期に活動が活発となり、周辺の手空き農民たちの賃仕事の場となる。いわゆる『半農半工』という者たちである。

「ここで雇ってもらえるって聞いてきたんやわ。窯崩れで仕事がのうなって、ほんに困っとるんや」

「頼むし、わしらを雇ったってくれ！」

最初は根本の代官所へ行ったらしい。
最近の《天領窯》関係の仕事で忙しいお役人たちは、「そういうのなら、窯場へ行け。そこにいる偉そうな童が《天領窯》の主よ」と、ほとんど手拍子でこちらへとキラーパスを放ったようだ。

(…まあ《天領窯》の財布を握ってんのはぼくやからしかたないんやけど)

しかしもっと言い方はあるのだと思うのだけれども。
どうせこの男たちも、子供が窯の主だなどと信じられなかったのだろう。職人に促されるまで声も掛けられず、あんな窯場の入口でそわそわ立ちんぼうになっていたのだ。
《天領窯株仲間》の勘定方、林草太としては、正直身元不明の人間を大切な窯場に近づけたくはない。偶然なのかどうか、《天領窯株仲間》は西浦屋の妨害を受け始めたところであり、職を求めてやってきた彼ら美濃焼業界人……西浦家の息のかかった者たちなのである。

(あのクソじじいがこっちに送り込んできたスパイである可能性はぜんぜん大有りだ)

人の出入りが激しいときに変な人間が紛れ込んで、窯の工事に欠陥を仕込まれたりする嫌過ぎる可能性が頭をよぎる。仕込みの可能性は十分にある。

むろん断るのは簡単なのだけれども、《天領窯》は職人が不足しており、彼らの言うことが嘘でなければ即戦力を囲い込めるまたとないチャンスでもあった。

草太は男たちの周りをぐるぐるしながら思案していたが、ややして腹をくったように彼らの正面に立った。

「ええよ、雇ってあげる」

男たちが骨ばった顔に血の気を上らせてわっと沸き立つのを片手で制して、草太は言葉を継いだ。

「ただし」

わずかな兆しさえも見逃すまいと、ヤンキー坐りで土下座の男たちと目線を合わせた草太は、さらに目に力をこめた。

「はっきり言っとくけど、ここの窯はあの『西浦屋』に目をつけられてるから。ここで一度でも働いたら、もうほかの窯では使ってもらえなくなるかもしれんよ」

「…ッ！」

「下石の窯でまた働けるようになるかもしれないのに、それでもここで働いてみたいと思う？」

草太の提示したのはあからさまな『踏み絵』であった。

ただ単純に日々の糊口をしのぐ賃仕事を求めてやってきたのなら、西浦屋との敵対関係をほのめかしただけであっけなく逃げ出すであろう。美濃焼業界のビッグボス西浦屋に睨まれることが、この狭い地域社会で致命的であることは彼らも知っていることだろう。

それを分かってなおお気楽に雇ってくれといってきたならば、こいつらは完全に『黒』である。裏で安全の保障を得ていなければできない自殺行為であった。

男たちがてきめんに落ち着きを失った。


「…そんな、西浦屋はんに睨まれとるとか、ひとっことも聞いとらんぞ！」

「そりゃあまずいやろ。やっぱやめようて」

「…でももう米買う金ものうなってまっとるし、ほかに当てなんかないやろ」

最前まで土下座していたことなど忘れたように手を突いて立ち上がり、仲間内で喧々囂々言い合いをはじめた男たち。その様子をじっと見定めていた草太は、そこでようやく納得したようにうなずいて、からりと微笑んだ。

「うちはまだ窯元としては新参者に過ぎないけど、瀬戸の新製ものにも負けん新しい焼物を目指して汗を流してる。いずれは日の本に《天領窯》ありと知る人ぞ知る名窯にさせるつもりや。…やから、いまは腕のいい職人なら大歓迎やよ。給金もちゃんと、あんたたちが相応の職人技を見せてくれて正式な雇いいれってことになったら、1日100文……確実に払ってあげる」

「1日…100文！」

「そいつぁ、すげえ！」


日給100文。

現代の貨幣価値で換算するなら、1200円ほどであろうか。

現代人の感覚ではしょぼいの一言に尽きるが、国民年間所得が数千ドル程度の後進国水準だとするなら、やや少ないながらも妥当な数字……それが江戸の高所得者たちもひっくるめた平均であるとするなら、田舎の農民の賃仕事としてはまさに破格なものであっただろう。

そのぐらいの報酬がなければ、いまはまだ泥舟に等しい《天領窯株仲間》に人を惹きつけることなどできない。実績皆無の新参業者なのだから。


「ちなみにあんたたちはなにができるの？」

「おれは釉薬の粉を薬研ですりつぶしたり、粘土の練り置きとかやっとった」

「おれっちのほうはスイヒの手伝いばっかやったけど、もうひとりで全部面倒見れるし役に立つと思うわ」

「わしゃ窯番やれるし！　何日だって寝ずに番できるぞ！」

早速乗り気なのか、売り込みが始まった。

彼らの持つ知識は『補助』的なものに偏ってはいたけれども、どれも経験がなければなりたたない工程である。できれば染め付けや施釉の職人がほしいところなのだが、そういった核心技術はやはり窯専属の専業職人の手業として窯元の強い管理下にあるのだろう。

草太はふーんと売り込みを聞き流しながら、思案し続けている。

下石の窯なら『徳利』が得意なのかもしれない。まあ時代的に本業焼（陶器）から新製焼（磁器）へと生産がシフトしていく変革のときである。現状の生産品目がどのようになっているのかは想像するしかないが、瀬戸よりもブランド化が立ち遅れ、安物の生活雑器を淡々と生産し続けたのだろうこの時代の美濃焼の悲哀はそこにも確実に存在したに違いない。

摺り絵技法が時代的に確立されていないので、安物に絵をつけるなどという余分な工程ははしょられているだろうから、『絵付師』などという職人はおそらくいないであろう。だが、彼らが職にあぶれた窯では、より専門職に近い職人たちも職を失っているはずで、ここは雑魚で満足せず大魚を一本釣りしたいところだ。

「将来に関わる大事な話だから、一度家に帰って家族とじっくり相談したほうがえーよ。そのうえで、改めて来やあ」

焦って取り込むよりも、一度リリースしてより大物を引き込んできてくれることを願って。


「…腕の立つ職人とかおったら、一緒に誘ってきてくれるとありがたいし」

「そうやな！　こまっとる奴は他にもようけおるし、いっぺん誘ってみるわ」

「なんせ日に１００文やからな！」


男たちは草太に空気を入れられて、意気揚々と帰途についた。

その後ろ姿を見送りながら、草太は乾いた唇をぺろりとなめた。

いま焼物業界は、先の地揺れで多くの窯が操業に難を背負っている。彼らと同じような苦境にある職人たちが数多くいるだろうし、こういった『うまい話』はまたたくまに噂となって駆け巡るだろう。

いずれやってくるであろう魚群に思いを馳せて、草太は軽く身震いした。

第94章　新興勢力⑤

草太のたった6年間の人生で、これほど大原・根本の両郷が熱気に包まれているのを見たことはなかった。

通り過ぎる人の顔を見ただけで、それが分かる。何も目新しいものなどなかった片田舎の農村が、定かではないがよりよい未来を夢に描きなにものかに生まれ変わるべく胎動を始めている。悪く言えばその日暮らし、長くとも1年間のスパンでしか生活を考えたことがなかったであろう村人たちが、2年先、3年先を思い描き、表情をほころばせる。生きる活力を横溢させて足取りも大きくなり、発する声にも張りがこもる。

根本郷の雑木林に覆われた小高い丘の上からは、人々の盛んな掛け声と槌の音が響いている。その丘の上へと伸びる緩やかな坂を、人や荷駄が往来する。

通りかかった人々が、草太の小さな姿を見つけて率先して声をかけてくる。

「草太様、ごきげんよう！」

「今日もいい日和で！」

けっして偉ぶっているわけじゃないけれども、挨拶する全員に同じように返していては身が持たないので、ニコニコと微笑んで手を振って応える。

坂を上りきると、そこに真新しい掘っ立て小屋が何棟も見えてくる。資材倉庫に乾燥室、戸板の窓を外して開放感のある室内が見えるろくろ小屋、薪を山のように積んであるその横には、上絵用の錦窯にも差し掛け屋根が立ち上げられている。

その奥には完成したばかりの連房式の古窯が、何度目かの仮焼きに盛んに煙を上げている。

「具合はどうやの？」

「おお、草太か。もう仮焼きも3度目やし、もう余分な水もほとんど飛んで、…そのへん触ってみいや、かんかんやろ」

窯焚きを腕組みして見物していたオーガこと辰吉どんがいかつい顔をくしゃっと笑みにゆがめた。

窯肌を触ると、たしかに水蒸気の湧出を感じない乾いた肌触りが伝わってくる。少しでも水分が残っていると、手をかざすだけで湿り気を感じるものなので、オーガの言うとおり窯の焚き上げも間近なのであろう。

窯は作ったばかりのときは粘土の塊に過ぎないので、そのまま一気に焚き上げようとすると熱で収縮して崩れてしまう。何度か仮焼きして水分を飛ばしつつ、できた隙間に目土を突き固める作業を繰り返す。そうして内部温度1300度超という恐るべき高温に耐えうる窯が完成する。

いま目の前で行われている仮焼きが最終のものとなる予定である。これが終われば、いよいよ最初の窯詰めが始まる。

「小助どんは?」

「ろくろ小屋に詰めきりやわ。おまはんが無茶な注文つけよるもんやから、必死こいて『ていかっぷ』とやらの器をひいとる」

「いくつくらい用意できたの? ていうか、ぼくもさっそくそいつを検品しなくちゃ」

「わしももうずいぶん数ひいたが、なかなかおまはんの言ったような『寸分たがわず』なんて調子ようはいかへんかったわ。あんなかっちりした『おしべら』【※注1】使いなんぞしたこともないし、最初はおんなじ形しとっても、厚みや水の量を間違えると乾燥するまでに大きさが変わってまうしな。ありゃあそうとうに難しいぞ」

「そんなことわかっとるけど、それでもやってもらわんと。茶の湯やとわざと変形させたりして『味』とか言ってよろこんどるけど、そういうのは時と場合によっては『逃げ』にもなるし。職人ならぴしっとおんなじ大きさにできて当たり前やないの」

「簡単に言うがなぁ」

「下石から引っ張った五郎兵衛どんは、おんなじ大きさに作るのが得意そうやけど」

「ありゃあやっぱ年季が違うやろ。何十年も徳利ばっか作っとれば、目ぇ閉じとってもおんなじもんがひけるようになるんやないのか」

「ろくろ職人は、おんなじもんがひけて何ぼやよ。厳しいところやと、駆け出しの職人は死ぬほどおんなじもん作らされるそうやない。『味』とか言って逃げるのはいかんと思う」

ろくろで同じ形のものが作れるかどうかは、たとえるなら画家が正確なデッサンができるかどうかを問われるのに似ている。

デッサンが作画能力の根底を支える基礎能力なら、ろくろ職人にとって『同じものをひき続けられる』ことがそれに当たる。あのみょうちくりんな画風で「下手なんじゃね」と思われているピカソも、実際は超絶のデッサン力を持っていたりする。

型を崩すのは、基礎力を極めた人間がすることで、それをどシロウトが模倣して悦に入るのはただひたすらみっともない行為であると思う。

厳しいことを言われて頭を掻いたオーガは、すごすごとろくろ小屋へと戻っていった。どうやらこの男も多少煮詰まって気分転換に仮焼きを眺めていたのだろう。

草太は《天領窯》での最初の製品を『ティーセット』にするつもりで動いている。皿類でもかまわないのだけど、それでは何かインパクトが足りないような気がしたのだ。

(『浅貞』の旦那を、驚愕させるようなもんじゃないと…)

なんせ高級ブランド商法を売り込んで、あれだけ大金を稼げると空気を入れまくったのだ。しょっぱなの入荷で凡百のものなど持ち込めるはずもない。

この時代の人間には何の部品なのか分からない『取っ手』部分は、草太作の木製押し型にて別途量産している。器の部分は、形状が底深くて現在の押し型技術では作成が難しいのでろくろ成形するしかなかった。

（水ガラスで鋳込み成形ができるようになれば、ライン工程にして一気に業容を拡大できるんだけどな……絵付けも転写シールにできれば一気に効率上がるし）

ろくろ小屋と広場を挟んで反対側にあるのは、絵付け小屋である。

けっして大きなものではなかったけれど、高社山を臨む南面に見晴らしのよい縁側を持ち、小さいながらも丘の湧き水を引き込んだ池まである草庵のような瀟洒な小屋である。池はもともと《天領窯》の作業用の水源であったものを石組みにして庭園風にしたものだ。

その縁側にぼんやりと座って、窯焚きを眺めている長髪の男は、星巌先生の約束通りこの地にやってきた絵師の母里牛醐である。

やや白いものの混じる長髪を後ろに紐でくくり、餅のようにぽっちゃりした丸顔を周囲の喧騒に向けている。常時瞑っているように細い目が、近づいてくる6歳児を認めてさらに細まった。

「先生、ご機嫌はよろしいのですか」

　草太の言葉に、絵師の牛醐はいやーと頭を掻いて、縁側でぶらぶらさせていた足を胡坐のなかに引っ込めた。

「ご無理を言ってお越しいただいたのに、絵付けする器自体がまだ焼きあがってないとか、ほんとお恥ずかしい限りなんですけど」

「いやいや、絵柄だけならいただいた紙束でなんぼでも試行できますし。それよりも、窯焚きというのがなかなかに珍しくってねえ。前に長州の萩にまで足を伸ばしたときも、後学のために見学を願い出たんそやけどもまるっきし話も聞いてもらえなくって。こんな間近で見たのはここが初めてやわ」

「そうですか、それはよかった」

「あたしは焼物も好きでねえ……なじみの旦那衆に絵を届けたときによく茶に誘われて名物もいろいろ見せてもろたけど、唐の染付けや有田ものは絵も洗練されていてそのときはえらい驚かされて」

「興味がありますか。焼物の絵付けに」

「きれいなもんはなんだって好きやわ。いっぺん評判の『鍋島もの』を手にとって見てみたいと思っとるんそやけども」

「先生には、その『鍋島もの』さえかすむくらいの一等きれいな絵をお願いしたいんです。大名家が買い求める友禅染のような洗練された図案を……御所のふすまにおさまっとる高名な絵師たちの絢爛たる名画を、ぼくの用意する真っ白な磁器の肌に写し描いてほしいんです」


背の低い草太は、縁側に胡坐をかく牛醐を見上げるようにしている。

その爛々とした眼差しに当てられて、牛醐は細い目をほんの少し瞠ったようだった。


「そらあ大事やな」

「国一番の、最高の磁器を作り上げるのがこの窯の目標やし！　それを手に取った公方様に『この絵付師の名は』と言わせるぐらいのもんを、先生には描いてほしいし！」

「…………」


草太の熱気に牛醐は静かに立ち上がって、少しの間部屋の中に消えた。

そうしてややして戻った牛醐は、膝をついて1冊の帳面を草太の前に差し出した。

「こらあたしがいつか焼き物の絵付けにと描き溜めた図案集ですわ。いろいろな土地のいろいろな図案をもとに描き起こしたものやけど、草太様の目指される方向と合っとると思いますか」

「見せて」

それは草太が思案用にと与えた紙束ではなく、ずいぶんと前から描いてまとめていたらしい紐でくくった帳面だった。

そこには種々多様な図案が余白という余白を埋める勢いで描き記されていた。

一つ一つのクオリティがどうのという話ではない。

おそらくは興味のひとつの方向として焼物を捉えていたに過ぎぬだろうこの絵師が、それでもこれだけの図案を創出していたことは驚嘆に値した。


「すごいです…」

「草太様の目指すものとあたしの目指すもの、お互いに知り合わなあかんと思いますし」

草太は牛醐の前に小さな手を差し出していた。

その手を包み込むように、筆タコでごつごつした牛醐の手が添えられ、握り合った。

まるでパズルのピースがひとつずつはまっていくように。

《天領窯株仲間》は、着々と体制を整えつつあった。

【※注1】……おしべら。決まった形にするために、ろくろ工程時に当てる木型。

第95章　はようはよう

《天領窯株仲間》はもはや一個の生き物のように、その一歩を赤子のあやうさで踏み出し始めていた。

最初の一挙手一投足はすべて草太より始まる。が、そこで生み出された組織としての運動エネルギーは、より拡大投影されて片田舎の封建社会全体を波立たせた。

「はようはよう」

誰が口にし始めたのかは分からない。

気がつけば、皆がそう独り言のように口にしている。けっして焦ってなどいないのに、一つ一つの作業が急かされるように手早くこなされていく。

物を運ぶ人足たちはなぜかいつも早足だった。

窯の焼入れをしている職人たちは、そこまで見ている必要もないのに四六時中窯のなかの炎の具合を測っている。

ろくろ職人たちは何度も何度も納得いくまで器をひき潰し、10個作って1個しか残さないほどの厳選のしようなのに、乾燥棚にはすでに数えきれないくらいの器が溢れ返っている。

試料集めくらいしか仕事のないお役人たちさえも、なんだかおちつかなげに窯場をうろうろし、代官様当人さえ日に何度もご検分だと言って顔を出した。

「はようはよう」

窯の焼入れが完了するや、完成祝いもそこそこに誰かが早く窯詰めしようと言い出した。まだ乾燥が甘いとしぶるろくろ職人の言葉など誰も耳を貸さない。軽く火入れして窯の中で乾燥させればよいと、なかなかに難易度の高いことを簡単に言ってぞろぞろと動き出した。難しくはあっても不可能なことではないのでそれを制止する声も弱々しい。

窯の熱が抜けた2日後には、その腹の中いっぱいに謎の新原料を使った『新製焼』が詰め込まれ、見物人が固唾を呑んで見守るなか火を入れられた。

本焼きの始まった窯のまわりには、それを見物する領民たちで溢れ返っていた。そのなかには、前掛けを泥で真っ白にした草太の姿もあった。彼は小助ら職人たちに器を作らせている一方でいろいろな試料を混ぜ合わせて原料の新配合を模索中であった。

「…窯焚きって、どんくらいかかるもんなんや」

「三日三晩は薪をくべ続ける言うけど、ほしたら中のもんが出来上がるのはその後っちゅうことか」

「まさかわしらの土地で『新製もの（磁器）』なんぞが生まれるやなんて想像もせんかったわ…」

すでにこの《天領窯》で、磁器が焼かれることだけは周知の事実となっていた。草太の用意した新原料配合の粘土が職人たちに提供されたとき、その土の感触ときめ細かさに「こいつは磁器土やぞ」とあっさりと見抜かれていたのだ。

もっとも、本業焼（陶器）ばかりの美濃焼職人たちに、それ以上の洞察は困難であっただろう。あるいは瀬戸の新製焼職人がその土を触っていたならば、その粘土の異質さに気がついたかもしれない。

草太が提供した粘土は、まさに不自然なほどに『真っ白』であったのだ。

ビジュアル的に譬えるのなら、少し練って固めた『練り消しゴム』の白さである。自然由来の原料にはおよそありえない無機質な色であった。

「どんなもんが出てくるんやろ…」

「わくわくするわ」

火の入った窯を呆然と眺めている草太の横には、窯頭の小助と例の下石郷からやってきた窯焚き職人が次の指示を待つように立っている。

言葉のない草太を促すように、小助が言葉で軽くつついてきた。

「上は、どこまで引っ張る」

上とは、むろん温度のことである。

まだ摂氏（せっし）などという温度の概念（がいねん）はないので、のぞき窓から窯の中を見て、赤熱した焼物の色から判断するのが当世流である。

「…中に確認（かくにん）用の柔（やわ）らかめのゼーゲルコーン【※注1】……じゃなくって、えっと、焼具合の確認用に棚（たな）の端（はし）にこんな鏃（やじり）のような三角の粘土を入れておいたから、その先っぽが溶（と）けてへなりと曲がってきた頃合（ころあい）が『目安』かな」

「ぜーげ……なんやそれは」

「いいから、その目印が曲がってきたあたりが合図やって、覚えといて。…それよりも半乾きの器もはいっとるし、焼き始めは窯口も大きく開けて、じっくりと焚いてやって」

「きっちり乾かしてからのほうが具合もええのに、イノシシが多すぎて困るわ。…わかっとるから、そのへんは任しとれ。それよりも、草太…？」

小助がそう言ったところまではなんとなく覚えている。

窯詰めまで終わってしまえば、あとはただ結果を待つのみである。幸いに職人の数が増えているものだから窯焚き作業に不安はあまりない。

少し疲れを覚えた草太は、その場に軽くしゃがみ込んだつもりだった。しゃがむつもりが、そのまま尻餅をついてしまった。気味の悪い浮遊感の後、草太の意識は暗転した。


原因は明白である。

自己診断は、過労と栄養失調。睡眠不足も共犯のひとりであるだろう。

不眠と食欲不振は、最近の大の仲良しだった……。

目が覚めたとき、そこは慣れ親しんだ彼の部屋であった。

大部屋のひとつをふすまで仕切っただけの6畳間であったが、天井の板に浮いた染みの形まで覚えているマイルームは、ここ最近トンと縁のなかった安らかなまどろみを彼に与えていた。

頭を少しもたげると、額から濡れた手巾が転がり落ちた。

そうして彼は、枕元にひざを崩して坐っているお幸の姿を発見する。どのくらいの時間看病してくれていたのかはまったく分からないけれど、かくりと首を折って器用に坐ったまま眠るお幸にふと笑みを誘われる。

いちおう草太の小間使いとして雇われている少女であるので、看病に付き添うのはある意味当然のことであったろうが、まっすぐでしかしどこか間の抜けたこの少女の看病が、そうした無味乾燥とした義務によるものでないことはなんとなく信じられるような気がした。

どれくらい気を失っていたんだろう?

時間の感覚がすっかり欠落してしまっている。十分にうろたえているのだが、どうしても切迫感が伴わない。


(…窯はどうなったんだろう)


他人事のようにそう思う。

彼の疑問に答えられるのは、ここには居眠りするお幸以外にはいない。

いましもその彼女の口許から垂れそうになっている涎が気になってぼんやりとそちらを見ていると、不意に障子が開かれて部屋のなかが明るくなった。


「あら、やっとお目覚めですか」


溢れるような光の中に、人の形が浮かび上がる。

そこには、いつもと変わらず屋敷内を掃除してまわる謹厳な祖母の姿があった。

「あまり無理をするからそうなるんです。三日三晩も寝続けて、こんなにも大勢の人間を心配させて」

祖母の後ろには、縁側に胡坐をかいたまま肩越しに振り返っている次郎伯父と、煙管をふかしている父三郎、そして騒ぎを聞きつけたのか隣のふすまが開け放たれて、大広間に雑居していた人々が一様にこちらのほうを見ていた。

一番上座のところで人と話し込んでいた祖父の貞正が、目の前のお膳を押しやるように落ち着きなく立ち上がった。

「目が覚めたか、草太！」

祖父と話し込んでいた猪首のお役人様は、首をすくめて手元のたくあんを口に放り込んだ。代官所手附衆の森様であった。

見ればふすまを開けたのは太郎伯父である。目をあけた草太を見て何かもの言いたげなしわい顔をした後、彼はおのれの父親のはじけた喜びを見て面白くもなさそうに坐り込んだ。

三日三晩…？

理解がなかなか追いついて来ない。

そうか、それなら本焼成は終わったのか…。

ゆっくりとだが、草太のなかに家出中だった理性がわざとらしいコントのように忍び足で戻ってくる。

窯焚きが…終わった。

「窯は……！」

いまさらのように、草太は布団の中から跳ね起きた。

「ぼくの新製焼は！」

うんうんと、破願した貞正が頷いている。

縁側の次郎伯父が、笑っているのか肩を揺らしながら組んだ足を崩して向き直った。

「窯頭が、今日の朝方に火を落とした」

「…ってことは」

ぷかぁと、タバコの煙を吐き出した父三郎が、煙管をわが子に突きつけるように差し伸ばした。かっこつけてんじゃねえと思わず突っ込みそうになった草太であったが。

「窯出しは、明日の朝だ」

父三郎のセリフはなかなかにかっこよかったのであった！

【※注1】……ゼーゲルコーン。粘土でできたとんがり〇ーンみたいな形のもの。立てるとやや傾斜（けいしゃ）して、一定の温度で熔（と）けて曲がり出す。窯の内部の温度を視覚的に確認できるというアイテム。

第96章　初の窯出し

古窯のまわりには、関係者たちが輪を作っていた。

膨大な熱を加えられ、そして役目を果たして静かに冷えていく窯の連なり。

固唾を呑んで見守る人垣の中からおのれの役目を果たすべく踏み出した数人が、塞がれた窯口に取り付き、厳かにその積み上げられたレンガの撤去に取り掛かった。

数個のレンガを取り除くと、窯の中の暗闇があらわになる。

すっかり冷え切っているものと思われたその内部から、わずかに不安を覚えるほどの熱が陽炎を伴って漏れ出してくる。いまだに内部は、サウナのごとき熱を閉じ込めていたようだ。

玉のような汗をかきつつ、オーガと周助がレンガを取り払い、それをリレーするように他の職人たちが離れたところへと運び出す。近場に放置すると、窯出しの本番で邪魔にしかならないのだ。

そうして完全にクリアとなった窯口。当然のようにその内部へと人々の注目が吸い寄せられる。オーガが窯口付近に積もった灰を掻き出すと、手ぬぐいでマスクをした周助が四つんばいになってもぐりこんだ。

「……あんまり音がせんな」

「いす灰【※注1】を薄掛けしただけやし、貫入【※注2】が入らんからやろ」

焼物の窯出しのとき、普通であるならば「ピキン、ピキン」と涼やかなえもいわれぬ音が漏れ始めるものである。器の粘土と表面のガラス質の釉薬とが、急激な冷却により収縮率の差でひび割れを起こす現象である。

磁器は粘土そのものが焼き溶かされてガラス質にされるので、素地自体と釉薬が馴染んでしまってそういう現象はあまり起こらない。

積み上げられた棚板のひとつを、周助が鹿革の手袋で掴みあげて、にじるように後退してきた。

「これが根本の『新製焼』なのか」

「いえ、それは余計な灰がつかぬよう器にかぶせる匣鉢と申す保護具です。その下に焼いた器が納まっとります」

作業台に載せられたその棚板を食い入るように観察しているのは根本代官坂崎様である。そのまわりには《天領窯株仲間》の株主たちが生唾を飲み込んで来るべき瞬間を待ち焦がれている。

そこには大原郷の庄屋、草太の祖父である貞正の姿もある。全員が紋付袴であるのは、それだけ厳かな催しであると関係者たちが認識していたからだ。

匣鉢に手をかけたのは窯頭である小助どんであった。彼は脇に控える草太をちらりと見て、その同意を求めるように目で訴えた。


「小助どんにお願いします。こういうものは窯大将のお役目やと思います」


そうしてほとんど腫れ物にでも触るように、恐る恐る匣鉢が持ち上げられる。

そして次の瞬間、手元の小さな暗がりの中に、磨き抜かれた象牙のごとき純白の宝石が、嘆声とともに衆目にさらされることになった。


「……ッ」

「…なん、と」


安っぽい称揚などはまったく不要であった。

出てきたのは、小ぶりな皿であった。

それはなんのかざりっけもない、たたら【※注3】をただ型打ちしただけの、ホタテの貝殻のような形をした皿であった。

「なんと白い…」

同じ形をした小皿が3枚。その光を含むような光沢の中に詰め掛けた人々の姿がまばゆく映り込む。《天領窯》の生み出した初めての新製焼が、その瞬間この世に産声を上げたのだった。

わあっと、窯場が騒然とした歓声に包まれた。

代官様の手にとられた1枚の皿が、株仲間の手を気忙しくめぐり、そして職人たちの手に渡される。ほとんど押し戴くようにそれを受け取った人々は、由緒ある寺社に奉納されていた珍宝ででもあるかのように感激に身を震わせて泣き出す者すらあった。

「よくやった、草太…」

祖父の手が肩に置かれたのがわかった。

それでも草太の目は、人々の手をたらいまわしにされるおのれの器に吸い寄せられ続けている。人々の喜びようが、かぁっと胸を熱くする。

「おまえは成し遂げたのだ」

目元からこぼれそうになる何かを、草太は何度も袖口でぬぐった。

どこかからお妙ちゃんがこの騒ぎを見ててくれればいいと思った。やっと焼きあがったんだ。見ただろ、あれがオレたちの宝物やよ。


「すごいきれいでしょ」

「…ああ、そうだな」


頭をかき回す祖父の手に、草太はぎゅっと目をつむった。

＊＊＊

窯から生み出されたボーンチャイナたちは、彼の子供であった。

職人たち総出の懸命なリレー作業で取り出された器の数は、およそ２００点あまり。窯の規模に対して数が少ないのは、重ね焼きなどの雑な置き方を避けたためだ。

作業台の上がいっぱいになると、後は地べたに並べるしかない。全部が窯のまわりに並べられると、なかなかに壮観な景色となった。

向う付に大皿、珍妙な形のていかっぷに、提燈を縦につぶしたような形の急須など……それなりに種類も多い。

代官様たちは浮かれた様子で品評会を始めているが、職人たちの冴えない顔を見れば今回の窯焚きがどの程度の出来であったかは分かろうというもの。

職人たちも最初の頃は代官様たちと変わるところはなかったが、出て来るものの出来不出来を目にするうちにその口数も減っていった。

いまではすっかりと押し黙って、経営陣の中で一番ものの分かっていそうな草太の反応を待ち構えている。


(…初めてのことだから、しょうがないか)


草太は手に取ったていかっぷをくるくると回しながら、そっと息を吐いた。そうしてしゃがみ込んで、転がっていた石ころを拾い上げる。

やはり初めての窯、初めての焼成となると、取り回しの癖も分からないことが多いから、結果こういうことになるのだろう。

割れたもの、砕けたもの、必要以上に溶けて歪んでしまったもの、失敗作も続々と見つかった。

結果を受け入れつつも、草太は悔しげに顔を歪めた。

石を握りこむ腕を振り上げる。

突然上がった器たちの悲鳴に、驚いた人々が顔をこちらに向けてくる。

「なっ、なにしとんのや！」

よほど驚いたのだろう、ていかっぷを手に取ったまま固まっている代官様の横で手附衆が目を見開いている。

外野の声など耳に入らなげに、草太は淡々と次の不良品に石を振り下ろす。


パリンッ！


「……ッ！」

「や、やめやぁ！」

「もったいないやろ！」

手附衆が騒ぎ始めた。

そちらのほうをちらっと見た草太は、いらえを返す間にもまた1個のていかっぷを手に持った石で叩き割った。

「不良の品は、欠片ひとつだってこの窯場から持ち出させはせえへん。売りに出すのは傷ひとつない完全なものだけ。それはもう先日の話し合いで決まっとったはずやけど」

草太の目は揺らがない。

この《天領窯》だけではない。他の窯だって、不良品はすぐに叩き壊して市場に流出することを防いでいる。

高級ブランドを志向する《天領窯》であればなおさらのこと。

「……ッ！　いまのはなんも不良品なんかに見えへんかったぞ！」

草太がいま手にしているあたりの器は、見た目変形らしきものもなく、うまくできているように見える。

が、それを草太は迷いなく割り砕く。

「不良品やし」

「ど、どこがや！」

真っ白な皿。

機械的にもうひとつを手にした草太をやや気後れしたふうに眺めていた代官様が、次の瞬間うめき声を上げた。草太がまたしても皿を砕いたからだ。

「近くで見てみたらいいし。…この辺のは、鉄粉がついとる」

良くみれば分かること。

わずかでも鉄粉が付着すると、そこが発色して黒くなる。まるで極小のほくろのように。

実際に鉄粉の除去はなかなかに難しい。鉄は自然界のどこにでもあるありふれた金属であり、むろん粘土の中にだって多分に含まれやすいものだ。粘土の中に残留したり、釉薬の中に混入したり、果ては窯の中の薪や隣で焼いている器から火花となって飛んできて付着することもある。

高級食器とは、そんな些細な汚点ですら許容されることのないシビアなものなのである。

「そんなに処分してまったら、すぐに赤字やぞ」

「焼き上がる数が少ないからこそ、旦那商売の高級品なんやよ」

(このへんはたぶん焼いとるうちについたもんやな……汚れが周辺に固まっとるし)

品質管理をもっと徹底させないといけないだろう。

今回の歩留まりはほとんど落第点だ。

「日本一の名品なら、単価で十分に取り返せるし」

おのれに言い聞かせるように、草太はつぶやいた。

【※注1】……いす灰（柞灰）。イスノキを焼いて作った灰。有田の上物などに使用された無色釉。現在では高価すぎてなかなか使えません。

【※注2】……貫入。湯飲みの底などを見てもらえば発見できます。表面のガラス層にヒビが入る現象のこと。

【※注3】……たたら。〇〇のけ姫のたたら場とは関係ありません。粘土を平たく加工する技法のことを指します。叩いて伸ばすこともありますが、作中のものは定規のような木板を当てて、糸でスライスしています。

第97章　先駆者

焼きあがった200点余の器のうち、草太の検品をパスしたのはわずかに30点ほどだった。
割り砕いたボーンチャイナの艶々しい砕片がいまはひとところに集められ、穴を掘っただけの『捨て場』に遺棄された。この国で初めて生産された貴重な磁器も、その製品としての機能が破壊されればもはやそのへんの石くれよりも無価値なものとなる。その残骸たちに冥福を祈るように手を合わせる職人たちを横目に、割った本人である草太はわれ関せずの体で、厳しい選考をパスした器たちを前に難しい顔をして唸っている。

(200個中成功が30個とか……成功率はだいたい15%くらいか。それだけの器を作るのに必要だった骨灰が30キロ……立ち上げ当初の非効率は致し方ないとしても、現在の手持ちの骨灰量から逆算すれば、試し焼きも最大あと2回。成功率を徐々に引き上げたとしても、おそらく20%アベレージがせいぜいだろうな。…とすれば、最低限『売り物』として計算できるのは3回あわせても100個ぐらいか)

草太は経営者である。

しかも夢はあれど資本力のない、いろいろな意味でベンチャーな経営者である。いついかなるときに倒れるか分からない砂上の楼閣の上に立つおのれを自覚するがゆえに、その限りある資産の『限界』もシビアに見極めている。

おのれの手元にあるキャッシュの残高と、市場でキャッシュに還元可能な企業生産物、《天領窯株仲間》であるならば価値付けされた『根本新製焼』商品が、ある程度流動資産として計算できる。

（《天領窯株仲間》が企業として普通に活動を維持していくためには、半月に一度の窯焚きで人件費1両2分、原料費が骨灰4両その他粘土に薪代もあわせて5両、尾張までの運搬経費も考えれば企業としての営利分も含めて最低でも10両ぐらいの売り上げが必要か…）

一度の窯焚きで売り物になる器が40個として、それがすべて売り上げとなって10両と換算すれば、卸値で1個1分（１５００文）で売れないと赤字になりそうな勢いである。

（1個1万円以上かー。ティーセットなら受け皿も込みだから1セット2万とか。なまなかなものじゃ誰も買ってくれないだろうな）

はい焼けました、出来ましたじゃこの商売は成り立たない。

誰もが一目見て物欲に駆られるくらいの魅力と有無を言わせぬ高級感、それらが一定以上充足されなければ、卸値を口にしただけで物笑いの種になってしまうだろう。

ボーンチャイナの透明感のある素地は高級感があるが、むろんそれだけで1個1分とか異常な価値付けの根拠には弱いだろう。やはりそれ以外の要素で理想に詰め寄らねばならない。

「草太様」

声をかけられて、草太は顔を上げた。

見れば絵師の牛醐が立っている。

「先生…」

「さっそく見せてもらいましたが、こらまたきれいな磁器ですな。淡雪のような肌色が触ったら解けてしまいそうで、手に取るのもおっかなびっくりでしたわ」

「これは他産地の磁器とは材料が違うもんやし。白いだけやないよ……こうして陽の光を透かしてみれば分かるけど、透明感が違うし」

「そうなんですわ。そのえもいわれん透明感で、おんなじ白でも光を含んだみたいにほんのり輝いとるんです。こんな乳みたいな白は初めて見ましたわ」

「瀬戸にも有田にもない、ここだけの『白』やと思うよ。…どうです、なにかイメージ……完成の絵面は浮かびましたか?」

牛醐はおのれの押し抱いていた手帳をさっと広げ、ほとばしるようにおのれの見解をまくし立て始めた。

基本、プレゼンなどという説得相手を客観的に想定した話し方などできるはずもなく、一方的にあれがいい、この組み合わせもいいと主観オンリーのマシンガントークは、見事なまでに上滑りしてほとんどが草太の耳に入ってはこない。

眉間を押さえながらそれを手で制した草太は、質問の形式を変えることにした。

「先生はこの器のどのへんに、どんな感じで絵を付けたらいいと思いますか」

いま手にしているのは、例の一番最初に窯出しされた貝殻の形をした小皿である。『お題』を与えられた牛醐は皿を手にしてにらめっこを始める。

「…この皿やったら、大昔の『貝合わせ』【※注1】みたいにかるた絵を入れてみるのも面白そうですけど、あんまり大きく絵を入れたらこのきれいな白が台無しになってしまうし、貝殻から連想して漁村の風景とかを……いやいや、無用な絵は重過ぎるかも知れへん…」

牛醐の出した答えは、波などを意匠化した伝統的な文様を、縁取りのように配するもの。突飛なものではなく手堅い回答が出て、草太はうれしくなってしまった。

技法に慣れ、市場も手堅い商品に飽きてきたら変化球もアリだが、理解を得られていない初期は古来の美意識に添ったほうがリスクが少ない。

それに磁肌の『白』の美しさを損なってはならないとブレーキが利いたこともこの絵師に対する評価を上げさせた。せっかくの美しい白を無粋な絵で覆ってしまうのは愚の骨頂である。

草太が追加的な要望を告げると、牛醐は興奮に顔を真っ赤にして、絵付け小屋に駆け出していった。絵師には最善の完成形を目指して死ぬほど試行錯誤してもらいたい。デザイナーではない草太には、ある一定以上の審美眼はあれど、それを作り出す能力などはまったくないのだから。


(『浅貞』から取り寄せた金泥も、もう少し在庫を用意したほうがいいかな……きらきらにしてくれとか言ってしまったし)


この時代、金製品はすべて幕府の統制化にあり、金箔なども含め江戸の金座で作られていたらしい。むろん信用のある商人しか金座には出入りできないので、《天領窯株仲間》は取引先である『浅貞』から購入するしかない。

当然ながらすべてが割高になった。

器の絵付けが成功すれば、『根本新製焼』の商品価値は急上昇する。うまくゆけばよいのだけれど、うまくいかなかったときの場合を経営者である草太は想定しなくてはならない。正直、胃薬がほしいです。

でも思考硬直して立ち止まっているわけにはいかない。

天命を待つ前に人事を尽くすべく、草太は動き出した。

「…これが『あの窯』の焼物か」

《天領窯》の新製焼は、廃棄片の一部が流出して、速やかに業界関係者の間に拡散していった。

ある者はその見事な白さに瞠目し。

またある者はおのれの窯で再現すべく原材料の検討に入った。

またある者は歪みの大きさから瀬戸新製にも及ばずと鼻で笑って捨て置き。

またある者はその磁器がいかような価値を持つものかと算盤勘定した。

「…こりゃ、相当なもんやぞ」

「まさかこんなしろもんが出てくるとは思わへんかったわ」

「磁器やけど……少し様子が違うみたいやな」

そこは西浦家のお膝元。

かつて草太が出入りしていた多治見郷の三窯のひとつ、『西窯』である。

手に入れた磁片を回し見ながら、職人たちがそれを透かしてみたり、指先で弾いてみたりした。磁器自体を知らぬわけではなかったが、美濃焼業界はこの時分、まだ磁器焼に手を染める者は少なかった。

未知の領域の、未知の原料に理解が及ぶべくもない。

「この新製を、あの大原の庄屋様の孫が考え出したんやって聞いたんやけど。…あのぼうはまだ7歳（数え）やぞ！　冗談でもありえんて」

誰が漏らしたとも知れぬ悪態を耳にしつつ、弥助はいつまでも執拗に白い磁片をまさぐっていた。

指先から伝わる艶々しさは、器の表面にかかった釉薬のもたらすものであろう。無色透明のそれは、瀬戸でもっぱら使われているというイス灰であるだろうか。

白い素地に、透明の釉薬がかかっただけ。それだけの素っ気のない磁片が、これほどまでに洗練されて感じるのはなぜなのか。

噂ではこの器に、さらに有田でも門外不出といわれる上絵が施されるという。それ用の窯も築かれたというから話の信憑性は高い。

（瀬戸の磁祖（民吉）様ですら定着させられなかった有田の上絵技法が、あんなちんちくりんの手で再現なんかできるはずがない……）

瀬戸で『磁祖』として敬われている加藤民吉ですら、磁器焼きの技法とともに持ち帰った上絵の技術を、地元に定着させることが出来なかった。

二度焼きの必要がある上絵技法の手間を厭うて、下絵付けに走った（下絵付けは一度の焼き上げで完成できる）瀬戸の窯元たちの判断は、最良であったと弥助は考えている。瀬戸・美濃界隈の焼物は十把一絡げの廉価品であり、安いからこそ売れているのだ。すでにそうしたイメージが定着してしまっているこの土地に、高級志向は馴染まない。

だけれども。

弥助の心はすでに磁器の白い輝きの中に吸い込まれてしまっている。

数は焼くが世間的な評価をあまり受けられない美濃焼業界の現実を知るだけに、《天領窯》の試みはまばゆいほどに輝いて見える。

もしもその試みが見事に成功したら……想像しただけで身震いが走る。

弥助は握ったこぶしを噛んで、荒れ狂う感情の嵐を押し殺した。

【※注1】……貝合わせ。古くは平安時代から作られてきた、ハマグリの貝殻を用いた遊び道具。下って江戸時代では高価な嫁入り道具ともなり、その貝殻の内側には金箔などを用いた豪華な蒔絵が施されていた。

第98章　上絵付け

上絵付け用の絵具として草太（そうた）が用意したものは、古来日本画などで使われる無機系の顔料である。これを良く磨（す）り潰（つぶ）して粒子（りゅうし）を極限まで細かくし、無色釉に混ぜ合わせて塗布（とふ）したものを８００度ほどの熱で溶（と）かし定着させる。

簡単に『顔料』、といわれてピンとくる人はあまりいないのかもしれない。

絵具には大きく分けて2種類があり、石油系という例外を棚（たな）に上げて極論するなら、無機系を『顔料』、有機系を『染料（せんりょう）』と分けることができる。

焼物の上絵付けで色素として使用されるのは、もっぱら『顔料』である。当たり前の話だが、植物由来の有機物である『染料』は炎（ほのお）の高熱には到底（とうてい）耐えられず燃え尽きてしまう。自然の鉱物を砕いた『顔料』でなければ上絵の具として成り立たないのである。

ただし、時代が時代であるから、用意できた色数はお寒い限りである。

・赤色……酸化鉄（赤錆（あかさび）／ベンガラ）、鉛丹（えんたん）
・黄色……黄土、雄黄（ゆうおう）
・青色……群青（ぐんじょう）（ラピスラズリ）、呉須（ごす）（コバルト）

・緑色……銅
・白色……鉛白、カオリン
・黒色……酸化鉄（黒錆）

えーっと…。

『浅貞』に依頼して集めてもらった顔料なんですが。

蓋を開けたらびっくり、半分以上が有害な成分でした。

白色の絵具『鉛白』とは、ずばりおしろいのこと。鉛中毒で遊郭の女性が早死にしたというぐらいで、本来なら鉛顔料とか有害物質は敬遠したいのだが、赤色にも鉛丹があるように、人工顔料など影も形もないこの時代の顔料って、ほとんど選ぶ余地すらなかったりする。

（鉛系は、百歩譲ってカップの外側とか、成分が溶け出す部分での使用禁止を徹底するしかないか…）

実際、この鉛系の顔料は、昭和の高度成長期ぐらいまでへっちゃらに使われていたりするのだが。この時代にはありえない前世知識を持つがゆえの罪悪感に草太は身もだえした。

黄色の『雄黄』などは有害度で鉛さえしのぐ凶悪なブツである。ヒ素の硫化鉱物といえばその凶悪さが分かろうというもの。色はきれいなレモン色を発色するので捨てがたいのだが……

ここは自重すべきところだろう。

「あ、絵具をつけるときは、器をなるべく触らないようにせなあかんよ」

「…って、そらなんでや」

「手脂がつくと絵具を弾いてまうし……ああっ、そうやって指で触ったら！　あ〜あ〜汚れにして引っ張っちゃった！」

「仕方ないやろが。触っちまったもんはしょうがねえよ」

「…しょうがないって……あのさ、言いにくいけど、辰吉どんにはやっぱり無理やって。手先の細かい小助どんだって線引くだけでいっぱいいっぱいやのに」

「絵師の先生はあんな簡単そうに塗っとるのに、上絵っちゅうのは意外と難しいもんなんやなぁ」

上絵の具が揃ったところで、どうせ教えるならばと窯場の職人たちを集めて上絵付け講習を行ったのだけれど、なかなかに皆さん手先が不器用でいらっしゃる。適性試験をかねた講習だっただけに、草太はため息を隠せない。

「まあ、しかたあらへん思いますわ。手を紙に触れずに絵を描くのは絵師なら当たり前の技ですけど、簡単そうに見えてこれがなかなか身につけるのに修練がいります……まずはこうやって肩と肘を使って…」

やり方の手本を絵師の牛翻が示して見せるのだが、こういった地味な基礎技術は一朝一夕で身につくほど簡単なものではない。

草太も前世において日本画の『線』の難しさに触れているので、無責任に厳しいことを言うつもりはない。草太はおのれの中にあった甘い見込みを捨て去ると、手先の器用さだけに絞って人材を抽出することを決意する。

(割と周助が小器用とか、世の中分からんもんだなぁ)

意外なことに、絵付けに才能の片鱗を示したのはいつもきゃんきゃんうるさい周助だった。こういった細かい作業に熱中できる性質なのだろう、器を作業台に置いたまま自分の立ち位置をくるくると変えて、細かな絵付けを熱心に続けている。

牛翻をつかまえて「…先生、見込みのある者はいますか」と、そっと耳打ちすると、

「すぐにはなんとも言えまへんけど、2、3人は」

という答えが返ってくる。

牛翻の視線を追うように、やはり候補の一人は周助であるらしい。

「それよりも、この上絵付けいうんは、実際やってみるとなかなか色をのせるのに手間がかかりますねえ。紙みたいに水を吸わへんから、乾くのを待って何度ものっけんときれいに塗られへんし」

「そこは幾つかを並行作業して、乾くのを待つあいだに次のやつに絵具をのせていけばいいんです。他のを塗ってるあいだに、ちゃんと乾いてますから」

「……こうしてきれいに塗ったつもりでも、焼くとまた雰囲気が変わってしまうと思うと、この上絵っちゅうのはほんに怖い絵具ですわ」

「そこは何度か焼いて感覚を掴んでもらわんと。ただし厚く塗りすぎても、今度は焼いたときにガラスが多すぎて涎みたいに垂れてしまうし」

「やっぱり加減が肝ですか。……こらあわたしも気合入れて覚えんと、職人さんたちに笑われてしまいますな」

牛醐はとても研究熱心な人間だった。

焼物に関心があると言っていたのも偽りなさそうで、ちゃんと上絵の具の適切な分量というものがあるのを知っていたようだ。筆先の絵の具量を巧みに調整して、薄く何度も重ねていくことできれいな塗りを実現している。

さすがは職業絵師である。

器の上で水性絵具が弾かぬよう茶から煮出したタンニンを先塗りし、絵具はふのりで練りこみある程度の粘りを持たせる。濃淡は重ね塗りの回数や拭き取りなどの減算で調整するなど、ノウハウ的なこともスポンジが水を吸い込むように貪欲に吸収していく。

この調子であるなら牛醐自身は割合に早く上絵付けをものにできるかもしれない。今後は経験値を積ませるためにも、損を覚悟で何度か錦窯を焼かせてみなくてはならないだろう。歩留まりが悪いところに試験での空費とか、考えただけでも血の気が引いてくるけれど、覚悟を決めて押し通らねばならない茨の道である。

講習会を終えて、草太はふたりの上絵師候補を選抜した。

ひとりは下石郷からやってきた勝蔵という中年の釉掛け職人と、窯頭小助どんの息子周助である。例のごとく周助がきゃんきゃんとうるさかったが、技術指南役の強権をもってトップダウン人事発動である。二人は牛醐の下について、絵付けの基礎から習い覚えることとなったのだった。

＊＊＊

「おい」

ぶっきらぼうな声がかかる。

まさかそれがおのれを呼ぶものだなどと露にも思わない草太は、反応を返すこともなくお堂の幅広い濡れ縁の上で、絵師の描き散らした図案を並べて首をひねっている。

「おい、ちんちくりん」


また声がかかる。

今度の「ちんちくりん」には若干の聞き覚えがある。

雑然とした図案を比較検討しながらめんどくさそうに顔を上げた草太に、顔を真っ赤にした子供がさらに声を荒らげた。


「気付いとるなら返事せえよ！　気分悪いわ」

「…何か用？」


そこは安政の大地震の時に大原郷の住民たちの避難先となった、林家の菩提寺でもある普賢寺のお堂である。あの当時は大勢の人々が起居し異常なほどの活気のなかにあったが、いまはもう本来の静けさを取り戻し、春の青々とした新緑の中にたたずんでいる。

寺のお堂というのは、その濡れ縁も存外に高いところにある。

やや年上とはいえ子供であることに変わりのない弥助の身長では、頭ひとつ出るのがやっとの高さである。

声の正体を見て、草太はふっと肩の力を抜いた。

「よ、用とかがあるわけじゃねえんやけど、その、…おまえと少し話したいことがあってな」

「なに？　急に改まって」

「…前におまえ、西窯に何度も顔出しとったときがあったやろう。覚えとるか」

何が言いたいんだと眉間に梅干のようにしわを寄せる草太をみて、弥助は落ち着きなく着物のすそで手のひらを拭うそぶりをした。

「おまえあんときに、ただおもしろ半分にきとったわけやなかったんやな」

「………」

「もうあんときには、あの真っ白い新製を焼く目論見があって、下調べにきとったんやな。…どこでこんな焼物を探してきたんかは分からんけど、なかなかええ新製ものやないか」

話の流れを読めば、弥助がなにを意図してここに来たかは薄々察せられる。

所在無く手指をわきわきとさせて、弥助は大原郷の鬼っ子をきっと見上げた。

「あの磁器を焼く土を、分けてくれ」

「無理」

　激しく応じるわけでもなく、日常のささいなやり取りの一幕のようにあっさりと草太は拒絶（きょぜつ）した。

「いいやないか、少しぐらい」

「なに言い出すのかと思ったら……そんなの、ダメにきまっとるやんか」

「……やっぱり、ダメか」

　俯（うつむ）いた弥助が、袖（そで）のなかに手を引っ込めてごそごそとやりだしたかと思ったら、次の瞬間（しゅんかん）その手のひらに紐（ひも）でくくった一文銭（ぜに）の束が現れた。

　ぱっと見１００文以上。大人であればそれなりの金額であっても、弥助ぐらいの子供が持ち歩くような金額では無論なかった。

「これで売ってくれんか。１５０文ある」

　どう考えても、それは弥助が少ない給金のなかから爪（つめ）に火を灯（とも）すように貯（た）めたなけなしのお金である。

　さすがに草太も態度をやや改めて、居住まいを正した。

　150文もあれば、たしかに普通の粘土ならばある程度の量を購えるだろう。普通にそのあたりで産する粘土であったならば。

「無理」

「…ッ、なんでや」

「あの土は、《天領窯》の命綱やし。《天領窯》が天下にのし上がっていくための秘中の秘を、そんな簡単に渡すわけないやんか。……それに、そんな安いもんでもないし」

「…やっぱり、安くないんか」

「その辺を掘れば出てくるような土やないし。それっぱかしじゃ、赤ん坊のこぶしぐらいの量も譲れんよ」

「そうか……やっぱダメか」

　悄然と、踵を返した弥助の小さな背中に、草太は湧き上がる感情のままに予想もしなかった言葉を口にしていた。

「これからの時代は、『磁器』やよ。いつまでも『本業（陶器）』にしがみついとったら、いずれその窯は終わってく」

立ち止まった弥助は、しかし振り向かない。が、聞き耳を立てているのは間違いない。

おそらく弥助の働く西窯も、他の美濃焼窯と同じく底なしの廉価品商売にあえいでいることだろう。磁器に乗り換えつつある瀬戸の後塵を拝したまま、じわじわと衰弱していく地元産業の悲哀を思わず弥助の背中に重ねてしまったのかもしれない。

いずれ美濃焼は、明治維新後の自由化を経て、その廉価品多売の商法で息を吹き返すことになるのだが、まだその明治維新までには10年以上の時がある。おとなしく時代の流れに身を任せれば、弥助もまた草太と同じくその貴重な青春時代を無為に過ごすはめになるだろう。

それは耐え難い鬱屈を生む。


「がんばりゃあ」


背中をおののかせ、袖口で何度も顔を拭うそぶりを見せた弥助は、またゆっくりと普賢寺の境内を出て行った。

それを見送りつつ、草太は手元の上絵図案に目を落とした。

いまひとつピンと来ないその図案の数々に、「がんばらなかんのはオレの方やろ」とぼやくように草太はつぶやいた。

第99章　でこ娘

「おまはんらぁの荷は扱わんよう言われとる」

　近くに寄るだけでむっと獣臭のただよう男が、ひへへと歯抜けの口許を緩めて胸元をぼりぼりと掻いた。

　草太はその体臭に眉ひとつ動かさず、逆に出がらしの茶まで勧めて情報の聞き取りに心を砕いたものの、その労はまったく報われなかった。

　声をかけた馬丁はすでに４人目だった。


「言ったやろ。だから無駄やって」

「だけど実際に聞いてみな分からんと思ったし」

「下街道を行き来する馬丁どもは、みんな高山宿の荷継ぎ問屋に荷を渡さんといかん決まりになっとるらしいな。…その高山宿の荷継ぎ問屋から、《天領窯》の荷は引き受けるな言われとるんやろ。…大きい声では言えんが、なんやその問屋と西浦屋さんが縁戚みたいやぞ」

「…（どんだけ地元無双だよ）」

最後の言葉尻を飲み込んで、草太はむっすりと頬を膨らませた。

「茶もタダやないんやからな」と、接待場所に使わせてもらっている木曽屋の店先で次郎伯父にぶつくさ言われて、思わず舌打ちしてしまう。

通りかかる馬丁の多い下街道沿いならば、西浦屋の息のかかっていないもぐりもいるんじゃないかと期待はしていたんだけれども……結果はご覧の通りである。


根本新製焼の出荷時に必要な運搬手段を確保すべく、根本代官所を通じてお役人たちに指示がなされたのは3日前。

そうしてお役人様たちがつてを頼って駆けずり回り、2日後にたどり着いた結論は、「荷継ぎ屋総じて否」であった。

多治見と名古屋を結ぶ下街道（現国道19号線）の荷継ぎ仕事は、沿線の住人たちの賃仕事利権としてもともと争議の絶えない商売であるらしい。

下街道の管理権は尾張藩にあるようで、その北東部100余箇村を治める水野代官所（瀬戸にある尾張藩代官所）を舞台に綱引きが続き、いまから半世紀ほど前にすべての荷は高山宿

(土岐郡高山村)の荷継ぎ問屋が一括取り扱いとなったのだそうだ。

幕府の早馬が各地の駅で乗り継ぎを実現しているように、この時代の下街道運送業は、各地の荷継ぎ問屋とそこに荷を運び込む地域の馬丁たちによって現代の宅配業に近い短距離輸送ネットワークを形成していた。

その高山宿で独占権を持つ荷継ぎ問屋に、高山宿の庄屋、深萱家という非常に有力な一族がいた。

問題は、その深萱家と西浦家が縁戚関係にあるらしいということだった。

(しかもちょっとやそっとの関係じゃないし……円治翁の母親の実家とか)

有力者が政略結婚を続けて血のコネクションを築いていく理由もこうして実害をこうむればすとんと納得してしまう。有力者はいよいよ『有力』となり、新参者はただ排撃されるのみである。

(はぁ…)

精神的なストレスのためか、このところ胃痛を抱える草太である。

無意識にお腹を押さえるしぐさをしてしまうものだから、胃痛持ちであることはもはや周知の事実化してしまっている。池田町屋の次郎伯父夫妻の店、木曽屋のお勝手で白湯を分けてもらい、懐に持ち歩いている薬を喉に流し込む。

反魂丹の苦味がこの頃おいしく感じられるのは、相当に病んできている証拠であるのかもしれない。

高価な薬であるから、飲むのはよほど我慢できないときと決めている。


（こいつは明らかにストレス性なんだけどなぁ…）


いまだに問題が山積する《天領窯》の経営の一翼を担っている限り、そのストレスを抜本的に解消するすべはない。気長に付き合っていくしかないのだろうが、もしもこの医療未発達の時代に胃潰瘍とかになったら、それは致命傷だったりするのではないだろうか。

嫌な想像に舌の根が干上がってくる。


「下街道は駄目でも、木曽川の船荷を使えば桑名まで送れるやろう。今渡までの馬丁はもう仕方ないからこっちで馬を調達して…」

隣で胡坐をかいていた次郎伯父が嫁のどやし声で飛び上がる。

絶賛家事手伝い中の次郎伯父は、廊下に放られていた干した布団ひと山を抱え上げて廊下を走っていく。草太のまわりでも女中さんたちがまめまめしく炊事に洗い物にと立ち働いている。

そこにいれば邪魔なのは明白なので、草太は徒労感をため息とともに吐き出すと、お礼の挨拶をして木曽屋を後にする。


（…たしかにもう輸送手段は船荷の一択なんだけど……他の選択肢がないのは急所になりかねないし。西浦のクソじじいに狙ってくださいといわんばかりって、かなり業腹やわ）


もう西浦屋は《天領窯》の取引問屋が『浅貞』なのは調べがついていることだろう。

最近《天領窯》が資機材関係の発注など『浅貞』と関係を深めていることなど、狭い業界なのですでに知れ渡っていると見ておいたほうがいい。それが分かっていてもなお西浦屋が『浅貞』自体への攻勢には出かねているところをみると、やはり蔵元としての勢いと資本力で『浅貞』に軍配が上がるのだろう。

皮肉にも、立ち遅れている『美濃焼』を抱えていることで西浦家は比較劣勢に甘んじている格好である。

廉価品しか作れない美濃焼に対して、磁器生産が盛んになりつつある瀬戸焼の蔵元である『浅貞』のほうが、その新製焼人気と取引価格の差で金回りがよいのは仕方のないことであった。

いっそのこと、『浅貞』から馬を差し回してもらおうか。西浦屋の妨害をほのめかせば、利益を守るために動くかもしれんし。

ぶつぶつと独り言を言いながら、草太は池田町屋の通りを歩いていく。

多治見界隈でもっとも華やいだ池田町屋の町並みは、そぞろ歩きの通行人でそれなりに賑わっている。草太もまた気分を変えようと見物モードにスイッチを入れたそのとき。

ふとある店先で、気になるものを見つけて立ち止まった。


「…あっ、こりゃ大原の草太様」


そこは以前入ったことのある酒屋の隣にある小間物屋だった。

なぜ店主が彼の名前を知っているのかは知りたくないので突っ込むのを控えて、店先に並べられた小間物の数々に目をやるふりをする。

小間物屋とは、この時代のいわゆる雑貨屋である。かんざしや櫛、匂い袋なども取り扱う店であるから、集まる客筋も相応のものとなる。黄色い声を上げていた娘が、主人の反応に気付いてこっちのほうを振り返る。

裕福な家の娘であるのか、お供らしき女中を従えている。いろいろな意味で濁りのないその無邪気な瞳が草太を捉え、ほんの少しだけ見開かれる。

ぶしつけな視線をやり過ごしつつ、草太はおのれの目に留まったもののところへとまっすぐに吸い寄せられていく。

「さすが草太様、お目が高い！　こちらのかんざしは特に腕のいい職人が打ち出すのに半月もかけた…」

「ああ、それやなくて」

店主の勘違いを正しつつ、草太の指は違う場所を示した。

彼の興味の先が想像の斜め上を行っていたのだろう。店主が再起動するのにしばしの時間を要した。

「えっと……ではこの櫛でもなくて？」

「違う、その後ろ」

「ああ、その花飾りの…」

「そうやなくて！」

草太が棚に身を乗り出すように手を伸ばして、それを掴む。

「これのこと」

「…いえ、そいつは……売り物では」

「これ、1個いくらなの」

店主の狼狽など気にもせず草太がぐいと詰め寄ると、しどろもどろな答えが返ってきた。

「ひ、ひとつ100文で」

「それは売値？　卸値？」

「…うっ、売値でございます」

「100文は少し高いなぁ……どこから買っとるの」

普通こんなあからさまに商売のネタを聞き出そうとする客などいるわけがない。しかしその勢いに圧されて、店主はその仕入先を明かしてしまう。

「内津に取引しとる指物師がありまして…」

口にしてから、しまったという顔になるがもう遅い。

必要な情報を仕入れた6歳児がニマニマとしているのを悔しげに見やって、店主は腰砕けに座り込んでしまった。

まあ貴重な情報のお礼も兼ねて、くだんの品の代金、100文をその手に押し付ける。値段はおそらくぼったくりであろうから、多少の溜飲も下がるだろう。

意気揚々と踵を返そうとした草太の背中から、ぷすっと、我慢をこらえきれず噴き出したような笑いがはじけた。

若干首をすくめつつそちらに目をやると、そこには腹を抱えて忍び笑いする娘さんの姿があった。


「小間物屋で、なに買うんだろと思ったら！」

「お嬢様！　人前ではしたのうございます！」


富士額の広いおでこがつやつやしい。

ややして笑いを収めた娘さんが、まるで子供の相手をするようにしゃがみ込んで目線の高さを合わせてくる。まあ草太は6歳なので、そうでもしてもらわないと首が痛くなるほど見上げねばならないのだけれど。

かわいい、といえばいいのだろうか。

年の頃はまだ13、4歳。妙齢というにはいささか幼い娘さんである。

くりくりと動く瞳が好奇心の強さを表しているのなら、いままさに草太はその対象としてスキャンされている最中であるのだろう。


「そう、あんたが大原のとこの鬼っ子ね」

女中さんが止めるのも聞きもせず。
娘さんの手が草太の頭をぐりぐりとこね回した。

第100章　祥子お嬢様

「…鬼っ子って、なんだ、角とかないんだ」

いきなり頭を触ってくるかと思ったら、角を探してたってか。

初対面の人間を捕まえてUMA扱いとか、なかなかにチャレンジャーだな、って、おい。鬼っ子って、どう考えても比喩表現だろ。

「あのー」

「つまんないのー。あのお父様が気にしてらしたから、よほど尋常じゃない子供なんだと思ってたんやけど。…何か特技とかないの?」

「なんのこと…って! ちょっ!」

「なんだ、出べそとかでもないんだ」

鬼は出べそとかって、定説でもあるのだろうか。まあそんな疑問は脇にうっちゃっておいて。

無造作に下腹部をまさぐられて、さすがにダメだこいつとか思ってしまった。

相手が男だからって、了解なしにそれをやっちゃセクハラだっつうの。

軽く抵抗してみてもまったく取り合う気もなさそうで、ほとんどいじめのように指で突っつかれ続けた草太であったが、精神年齢30余歳のおっさんとはいえ忍耐の限界もあるわけで。

大魔神のごとく両腕を突っぱねて威嚇を試みる6歳児であったが、いかんせん迫力は不足したままだったようだ。


「お嬢様……」


エアリーディング能力の高い女中さんのほうは、草太の苛立ちを察してやわやわ主人を諌めようとしていたが、でこ娘はアヒルのような口をとがらかせて我侭を爆発させた。

「今日の予定は決めたわ。祥子はこのちび助の観察をすることにしたわ」

「お嬢様！」

観察って。

祥子という名前らしいでこ娘は、アヒル口をにまっと歪めてとんでもないことをさらっと口にしやがりました。

「祥子は退屈で死にそうなの。あんた新しい窯を作ったんでしょ。その珍しい窯を見学してあげるから案内しなさいよ」


「してあげる」って。

ちょと待て、何でそんな途方もなく上から目線なんだよ。

もはやその方針がゆるがせない確定事項だといわんばかりに案内待ち態勢に入るでこ娘主従。


「断固拒否」


これはまともに付き合ってはいられないだろう。

相手がまだ油断している隙にと拘束を振り払いざま脱兎のごとくロケットスタートをかまそうとした草太であったが、そのリアクションさえ計算のうちであったのかあっさりと服の襟をつかまれてしまった。

勢いのまま、ぶらーんと吊り下がった状態ででこ娘の前に帰還する。

この時点で、草太は顔から火を噴きそうなぐらい赤面してしまっている。6歳児の軽量ボディをこれほど恨めしく思ったのは初めてだった。

「手を離したら逃げられそうやわ。縄か何かで結んじゃおうか」

「お嬢様、それはいろいろダメだと思います…」

「えーっ、そんじゃあお松が抱っこしてあげてよ。この子、少しでも気を抜いたら逃げ出しちゃうよ」


縄で結ぶとか、ペットプレイかよ…。

この理不尽さは、まさに子供のいじめそのものではないのか。

全力で暴れだした草太を掴んだまま、でこ娘はしばらくその抵抗に耐えていたが、もともと忍耐力に富んだ性格ではなかったようで、お尻に膝キックを入れられました。

バイオレンス属性もあるんですか…。


「…もしかして、あんたんところの窯、いろいろと秘密とかにしてるの?」


必死になってこくこくと頷いてみせると、「ふーん」と若干小馬鹿にしたような(被害妄想か?)リアクション。

鼻息がかかるほどに顔を近づけてきたので、改めてでこ娘の容姿が観察可能となる。

なんかどこかで見たことあるような気がするんだけれど。それにしても仕立てのいい着物を着てるな。

京で本場の友禅染を見てきた後だけに、その淡い桜色の花をあしらった染付けはなかなかに手間のかかった高級品であるのが分かる。むろん絹製だ。

お幸とかではほとんど感じられたこともなかった、えもいわれぬ甘い匂いが鼻をくすぐって、少しだけ胸が高鳴ったのは内緒の話である。

目を覗き込むようにしていたでこ娘は、いよいよ粘着してくるかと思われたが意外にもあっさりとした様子で「分かったわ」と草太を解放した。

「窯元の秘伝がそんな簡単にばらせるわけないしね。いいわ、窯の見学はやめにする」

なにこの切り替えの早い『いい女』っぽい娘さんは。

腰に手をやってこちらを見下ろしてくる様子は相変わらず偉そうなのだけど、相手の都合を尊重できるぐらいには理性的に振る舞えるらしい。

相互理解が進んだことでやっと肩の力を抜いた草太は、「じゃあ用がないなら行くし」と怒りを面に出さず紳士的に撤退宣言をしたのだけれど。

「それじゃ、祥子の家にいこっか」

振り回しモードはまだ継続するらしかった…。

まあ草太に拒否権とかはないようで。

少しの間抵抗を試みたあと、あきらめたように彼が脱力したのは、この唯我独尊な娘の家というのに興味がわいてきたことも理由のひとつであっただろう。

しかしそれは弱い動機付けのひとつに過ぎない。


「祥子の家に来てくれたら、お父様の集めた焼き物の蒐集品とか見せてあげるけど」


なかなかに人をたぶらかす甘言の妙にも通じているようで。

ギブアンドテイクなら致し方なかろうと、草太も現金に方針を転換したわけである。草太の『乗り気』を見て取ったでこ娘は、ぱっとなんのてらいもなく草太の手を握って引っ張りはじめた。

後ろのほうで「どうなっても知りませんよ」と弱々しくつぶやいている女中さんの言葉に、このとき耳を傾けていればあんなことにはならなかったであろうに……。

向かう道すがら、草太の顔からどんどんと冷静さが削げ落ちていく。

あの、土岐川を渡るんですか？

そうですか、多治見郷に家があるんですね、分かります。

…って、多治見郷で娘に上等な服着せられるのってあいつのとこしかないじゃんか！

恐る恐るおのれの手を引くでこ娘の様子を見るうちに、おぼろげな記憶も甦ってくる。そういえば昔（せいぜい半年ぐらい前のこと）、あいつの屋敷を偵察すべく張っていたときに、こんな感じの娘をチラッと見た覚えがあるわ。

（クソじじいの娘…か）

なるほど、それは蒐集品の10や20持っていてもおかしくはない。東濃一の豪商なのだから。

逃げ出すのならいまのうちとか何度も何度も思ったのだけれど。昔の草太なら迷わず逃げ出していたことだろう。

しかし最近の草太は、どこか腹をくくってしまっているところがある。

（…相手もれっきとした商人なんやし、多少の常識の持ち合わせもあるやろう。…どうせいつかはぶつからなくちゃならん相手やし、いっそのことこの流れに身を任せてみよう）

草太も最近なかなかに顔が売れてきている存在である。

西浦屋近くの人通りをすれ違うと、たいていの人間がぎょっとしたように振り返ってくる。

なかなかのアウェイ状態である。

そうして最初に裏の勝手口から入ろうとした西浦家のお嬢様、祥子嬢をお供の女中さんがたしなめる。

「お客様をお連れなんやから、こっそり入れたりするとあとで旦那様とかに怒られますよ」

まあそうだろうな。

しかもその客がなかなかに剣呑な属性の子供である。

少し考えるふうであった祥子が、「そうしよっか」と軽いノリで再び手を引いて西浦屋の正面へと向かう。長い漆喰塀をなぞるようにめぐって、辻に立てられた『西浦屋買取価格表』を横目に西浦屋の正面へと至った。

『西浦屋』の屋号はあれど、ここの屋敷は美濃焼商品の集荷場である蔵元なので、店舗のようなものはない。荷の出入り口であろう大きな門をくぐると、そこで立ち働く大勢の人間が見えた。

「ここが祥子の家よ。おっきいでしょ！」

周囲のぎょっとしたような様子などどこ吹く風のお嬢様の大物っぷりに感心しつつ、草太はそぞろに屋敷の中を見回した。

そうして蔵の開け放たれた戸の前に、忙しく出入りする搬入の人足と、帳面を持って忙しく書き付けている番頭らしきおっさん、そしてその横で偉そうに腕組みする着流しの老人がいるのに気付く。

場内の異変に気付いたその老人が、ちらりと視線を投げてきて、それが待ち構えていた草太のそれとぶつかった。

男は言葉を失ったように口をぽかんとさせた…。

当年50歳。

それが多治見郷のビッグボス、《美濃焼取締役》として美濃全域に名をとどろかす3代目西浦円治翁そのひとであった。

第101章　アウェイまっただなか

まあ、毒を食らわば皿まで、とか言うし。

《天領窯株仲間》にとってアウェイにひとしい西浦屋に潜入したからには、最悪ぼこぼこにされて土岐川に投げ込まれるぐらいの覚悟はできている。


(さあ、ばっちこいや!)


敷居をまたいだ時にはすでに腹をくくっていたから、いまさら物怖じしない。

肩で風を切って歩く6歳児を見送る西浦家の家人たちも気の毒なものである。当主までぽかんとしている様で、ほとんど冷静な判断力を回復できないまま棒立ちになっている。

いっぽうで6歳児の腹黒いたくらみなど気付きもしない奔放で天然なご令嬢は、珍客の要望に軽やかに応じてくれてます。

名物の蒐集品を披露しようと西浦家の3つある蔵のひとつを開け放ち、客を招じ入れようとしたところでようやく再起動した番頭と思しき人に阻止された。

「お嬢さま！　いかんて！」

「なんでやの。お父様の蒐集品を見せてあげるって、祥子約束しちゃったもの」

「やっ、約束って…そんな無茶苦茶な」

「どうせ減るものじゃないんだし、いいでしょ？　…お父様はアレをいずれ祥子の嫁入り道具にくれるっていったんだから、もう祥子のものみたいなもんじゃないの。だから祥子がいいっていったらいいのよ」


なかなかに無理のある屁理屈をドヤ顔で言い放ったお嬢様がほんとに素敵に見えました。そうですね。約束があったんならそれはもうお嬢様のもので間違いないんじゃないでしょうか。

主人の娘に手を触れるわけにもいかず、結局押し切られてしまった番頭さん。少しだけかび臭い蔵の中にすたすたと入っていったお嬢様は、勝手知ったるふうに棚の奥にぎっしりと詰め込まれた桐箱群に手を伸ばした。

ごくり。

草太は生唾を飲み込んだ。ある程度予想はしていたものの、所蔵品はかなりの充実っぷりです。

これらが戦国時代の名物ならば、いったいどれほどの値になるのか……コレクションの積みあがった『壁』にため息が漏れる。

箱を封じている紐を唇をなめながら解いているお嬢様から目を外し、ついつい蔵の中のめぼしい『その他お宝』を探してしまうのは貧乏人の性というもの。ほとんど箱にしまわれているものばかりだが、その大きさや形で中身がある程度想像できる。

（棚の上のあれって全部掛軸だな……あの刺繍の派手な長細い袋は日本刀だろうし……あそこのやばげな高級オーラの漂う衝立の後ろ側の箪笥は、たぶん1着ひと財産の着物とか畳んでしまってあるんだろうな…）

某鑑定番組の鑑定士たちに見積もりさせたら、驚愕の結果でスタジオお持ち帰りになりかねない雰囲気がむんむんと漂っている。

よそ見している間にも、お嬢様が開けた箱からは古い茶道具の類がごろごろと出てくる。いわくありげな鼠志野の椀や布に包まれた肩衝とかが姿を見せると、俄然草太の注目は箱書きの内容に注がれる。名物とは物そのものよりも、生み出し、所有されたその来歴にこそ価値があるからだ。

そうして4つ目ほどの箱を開けたとき、草太も目を剥いてしまうような椿事が待っていた。蓋を開けた瞬間、予想もしなかった黄金色が現れたからだ。

おおっ！　…って、小判じゃんか！

お嬢様も少し驚いたふうに固まっているところを見ると、偶然見つけてしまった『隠し財産』なのだろう。１００両ぐらい入ってそうなその額にも正直驚かされたが……このときさらに彼を驚かせたのは、予想外の偶発事であったろうにその動揺をすぐに飲み込んで、何食わぬ顔でぱっと蓋をしてしまったお嬢様の胆力であった。

まるで親の秘蔵AVを見つけてしまった子供のように、ややはにかみつつ脇へ除けてみせる。

「どう？　なかなかすごくない？」

自慢げなのに、若干疑問形なコメントありがとうございます。

たぶん焼き物の価値とかにはあんまり興味がないのだろう。名物への個別の解説はまったくない。古くて価値のあるものなのは知っていても、それ以外の考古的価値に想いを馳せたこともなさそうな雰囲気である。

むろん、このとき草太は並べられた茶道具を有名鑑定士よろしく手にとってガン見中である。

（…絵付けとかはほとんどないけど、この侘び寂のよさはやっぱりひとつの文化的世界観だな……さすがに往年ほどの価値はないとしても、戦国期の茶器は蒐集家の群がるひとつのジャンルだし、余裕があるのなら是非コレクションしていきたいんやけど…）

眼福ではあるのだけれども、いま現在草太が直面している『絵付け問題』に対するヒントのようなものはなさそうであった。

焼物の技術がまだ成熟していなかった時代の独特な美意識は、小手先の絵付けにあまり価値を置いていない。たたら加工の向う付らしい葉の形を模した皿が1枚だけ、それだけが異色の『絵付き』であったが、草太は一瞥して関心も持たずに脇に置いた。
その器は『織部』であった。

（正直、織部もいいんだけど、海外にこの手の『おかしみ』は通じないんだよなぁ…）

古田織部が導いたこの美的流行はまさしく芸術の高みへと至っていると思うのだけれども、シンメトリ大好きな西洋人には見向きもされない。後世においてもまだ完全には受け入れられていないのだから、もうこればっかりは仕方がない。
西浦コレクションは、桃山から江戸前期にかけての名品群を集めたもののようだった。
いつまでも鑑賞し続ける草太に、最初こそ得意そうに見守っていたお嬢様であったが、やや痺れを切らしたのか、「はい、そこでおしまい！」と、鑑賞会を強制終了させてしまった。

「ほら、祥子が約束守ったんだから、こんどはあんたの番やよ」

世の中ギブアンドテイクだといわんばかりに、お嬢様は不敵に笑んで見せた。

「あんたの正体、きりきり白状してもらいましょうか！」

えっ？

それってどういう意味なんでしょうか。

きょとんとしている草太の腕をむんずと掴んで、お嬢様はふたたび移動を開始した。散らかした小判や出しっぱなしの名物はどうするの！

「平助、あれ仕舞(しま)っといて」

ああなるほど。お片付けは番頭さんの仕事というわけですか。了解いたしました。

蔵を出ると、ちょうどすぐ外に様子を見に来ていたのだろう円治翁そのひとと間近で目が合ってしまった。再びぎょっとしたふうの円治翁であったが、さすがにこのときは固まってしまうようなことはなく、暴走気味の娘に雷(かみなり)が落ちた。

「祥子ッ！」

ひゃい！　と飛び上がったお嬢様の様子がおかしかったのはまあ置いておくとして。さすがに奔放なお嬢様とはいえ、当主である円治翁にはかなわぬものらしい。

「お客人を座敷にお連れしておきなさい」

「でも、お父様…」

「お松！　この役立たずが！　おまえをこの娘につけているのは何のためだ」

とばっちりを食らったのはお付きの女中さんだった。

お松さんがすかさず地面に平伏するのを傲然と見下ろして、あたりに立ち尽くしていた人々に「見世物ではない！」と激しく身振りする。すると西浦家は魔法が解かれたように活動を再開した。

開け放たれていた商品の保管蔵は急いで閉じられ、帳場で書き物をしていた番頭たちはさっと帳面を閉じた。出入りの業者たちは興味津々なふうではあったが西浦家への手前、険しい顔を作って近づかれては困るところを守るように人垣を作った。

「お松は関係ないでしょ！　この子を連れてきたのは祥子だし！」

「そうやって勝手気ままに振る舞う聞き分けのない主人を持つと、責められるばかりのしつけ係は災難きわまりないだろうな」

「…うくっ」

本人を叱るのではなく周りの人間を責めることで、より心理的ダメージを与えるやり方がこの西浦円治という男の流儀なのだろう。

反射的に最近の《天領窯》包囲網を思い出して、各窯元に回りくどく圧力をかけていく円治翁の姿が脳裏に浮かぶ。これが権力を効果的に利用するやり方なのかもしれないけれども。

やりようは効果的ではあるだろうけれど、こういうしつけ方は子供にとってトラウマになるのではなかろうか。

唇を噛み締め俯くお嬢様。背の低い草太からその表情はよく見えるが、父親をすっごい睨んでるし。親子の間の確執とか、たぶんいろいろとあるのだろう。

叱り付けた後に、円治翁が背を向けた。当主の注意がそれたことで、ようやくお嬢様が呪縛から解放される。

「お松、ごめんなさい」

「そんな、お嬢様。もったいないです」

手と膝についた砂を払いつつ立ち上がった女中さんが、これ以上当主の怒りが聞かん気なお嬢様に向わぬよう、屋敷の奥へと誘導していく。

それに従いお嬢様が歩き出すと、腕をつかまれたままの草太もまた歩き出さざるをえない。

少し指の力を抜いてほしいんだけど。

同情したわけではないけれど、まだ幼さの残る少女にあの御大の『毒』は強すぎるかもしれないと思う。

「叱るんなら直接本人を叱れってんだよ。クソじじい…」

ぼそっと、聞こえるようにつぶやいてみる。

先導する女中さんには聞こえなかったようだが、お嬢様の耳には届いたようで、掴む指の力が一瞬(いっしゅん)だけ緩(ゆる)んだ。

見上げれば、お嬢様が草太のほうを呆然(ぼうぜん)と見下ろしている。

草太はにやりと笑って、

「がんばれよ、お嬢」

どんとその背中をどやしつけたのだが、最初きょとんとしていたお嬢様が、深く大きくアヒル口を笑みでゆがめて、握る指の力をさらに強めてくる。

「んなの、あったりまえ！」

前を見上げたお嬢様の横顔が、ほんのりと血の気を帯びているように見えた。

第102章　円治vs草太

美濃の東、『東濃』と呼ばれる地域は、本来ならば山がちの地勢のなかにわずかな盆地があるばかりの、耕作地に恵まれない貧しい土地にしか過ぎなかった。

この地に良質の粘土が多量に堆積していなければ、多治見はおそらく発展の糸口すら掴むことなく僻地の狭小な田畑に露命を繋ぐ寒村のままであったことだろう。

数百万年前、まだひとの営みが生まれるはるかな昔、この地には名古屋の都市圏を丸呑みする規模の『東海湖』と呼ばれる巨大な湖があったらしい。その時代に周辺から流れ込んだ土砂が堆積し、やがて豊富な粘土層を形成したというのが後世の学者先生の論である。

うそのようなほんとの話である。専門家ではないので詳しくは分からないけれども、『東海湖』が存在したのは氷河期か何かで海岸線が後退していた時期のことなのであろう。蛙目粘土はそのとき堆積風化した花崗岩の成れの果てであるという。

かくして数百万年の星霜がめぐり、いまこの地に窯業が確立し、焼物で豊かな暮らしを実現した人々はおのが郷土を『陶都』などとはばったい言葉で呼ぶまでになった。

いまは江戸時代後期……まださすがに『陶都』などという自賛は生まれてはいなかったが、その大地の恵みを吸い上げて身代を肥え太らせた男がここにいる。

3代目西浦円治……この地の立志伝中の人物である。

地域の焼物業界に関わっていれば、おのずとその名前に触れる機会が多くなる。

衰退の一途であった美濃焼の復興に尽力した郷土の英雄である一方、競争相手を圧伏させるのに強引な手法もいとわない業の深い特権商人としての一面もあわせ持つ、なかなかに興味深い人物である。

（前世では、美濃焼の救世主とか誉めそやされてたけど…）

口許を引き結び、端然と坐る老人がじっとこちらを見つめている。

大原郷の庄屋の孫がどんな人間なのか、すでに十分調べはついているはずなのに、じろじろと穴が開くほど無遠慮に眺めやってくる。草太はつとめて平静にそれを受け流し、軽くお辞儀したあとまっすぐに顔を上げた。

《天領窯株仲間》の敵対的『既得権勢力』として立ちはだかる西浦屋の周辺情報は、人の噂という形でいやでも草太の耳に集まってくる。

いわく、西浦屋さんには苦しいときに助けてもらった。

いわく、西浦屋さんほど美濃焼のことを思ってくれるお人はいない。

美濃焼が不振であった時期、西浦屋は金の回らなくなった窯元に前倒しに資金を注入し、窮状を救ったことがあったという。最近知りえたことだが、尾張藩公認の蔵元に成りおおせる前、西浦屋は既存の蔵元商らに買い叩かれて貧窮にあえいでいた美濃焼を救うべく陳情団を組んで江戸表にまで乗り込み、幕府相手に美濃焼独自の蔵元組織を立ち上げたいと、身命を賭して上訴したという。


「西浦屋の旦那がおらなんだら、美濃焼はとっくにつぶれとった。だから裏切るようなことは出来ん」


ある窯大将がそのようなことを言った。

言葉通りに捉えるならば過去の恩義に殉じようという清々しい言葉であったが、その経営難にあえぐ窯大将のとほうもない債務は、西浦屋の『救済』で生じ続ける利息の降り積もったものであったから、草太も素直にその言葉を受け取ることが出来なかった。

絵に描いたような大人の世界の『しがらみ』が蜘蛛の巣のように地域の人の輪に広がり、西浦屋の影響力を形作っている。西浦円治の力の源泉は、その地域社会のしがらみであるといって言いすぎではないだろう。

情報が多くなるほどに、一口に評しえなくなる人物……地域の実力者とは大なり小なり同じような側面を持っているものである。

「…ご息女の祥子殿にありがたくもお誘いいただき、遠慮もなく上がらせていただいておりました。…大原の庄屋、林貞正の孫、林草太にございます」

軽く挨拶はする。

しかし平伏はしない。

家格は同じ庄屋。商家としてならば草太もまた《天領窯株仲間》の幹部の一人である。必要以上におのれを卑下すれば、それは株仲間の価値さえも下げることになる。

少し頭を下げたのみで、そのまままっすぐに見返してくる6歳児を前に、円治翁は口許のしわを少し深くして、用意させた茶を口にはこんだ。

「たしか《窯株仲間》とかいう寄合を作ったのだったかな」

「《天領窯株仲間》です。大原、根本郷のご領主江吉良林家2000石、そのお殿様をはじめ根本代官様、その代官所手附衆などが名を連ねる株仲間です」

別段隠すこともないとすらすらと言葉を並べる草太に、円治翁が少しだけ眉を動かした。

「株の半分は、大原の庄屋殿が持っとるんやろう。その程度のことは知っとるぞ」

さすがに調べは進んでいるらしい。

実際のところ、草太の実家、普賢下林家の持ち株は41株。どうせ知られてしまうことなら、少し揺さぶってみようか。

「いえ、半分には届きません。もともと江吉良林家の窯であった《天領窯》が地揺れで崩れたのを再建すべく、出資者を募ったのがこの株仲間の始まり。大原の我が家にそこまでの金子は工面できません」

まっすぐ見つめながら、にこっと笑みをこぼしてみる。

それを見て円治翁は嫌そうに眉をしかめて、

「最近大原の庄屋殿の羽振りのよさがよく聞こえてくるんやがな。新しい商売を始めるときは、ともかくまとまった金子が必要になる。それを用意できるやつとできんやつとで、商売の先行きもどえらい変わるもんや。金づる握っとるなら話は簡単やが、何もないところから大金を掴み出したって言うんなら、わしも少し見る眼鏡を換えなあかんやろうな」

なにを言い出すのやらと身構える草太に、今度は円治翁のほうがしわをゆがめてなんか嫌な笑みを作った。

「商売も始まっておらんのに、郡代様に冥加金を10両もぽんと差し出したそうやないか。大身旗本の殿様やろうが代官様やろうが、体面ばかりのお武家はどこもピーピーや。そんな金子は逆さにしたって簡単には出てはこん。…ほかに金の出せそうなのはどこかと当てをしぼれば、残るのは大原の庄屋殿ぐらいだろう。…そうやろう、鬼っ子」

「さて、どうでしょう…?」

むろん、はっきりと答えてやる必要などない。

そらっとぼけの草太に、円治翁の横でおとなしく坐っていた祥子お嬢様が、父親に見えない角度だと油断したのか、笑いの発作に襲われて肩を痙攣させている。世が世ならサムズアップでも飛び出しそうな様子である。

「…まあええ」

ふむと息をついた円治翁が、少し腰を浮かせたと思った瞬間、いきなり足を崩して胡坐になった。やや立て気味の右ひざに肘をついて、頬杖するように草太の低い目線に合わせてくる。

「正座なんぞ崩して楽にしなさい。わしも歳でな、ながく正座すると膝が痛んでかなわんのや。わしだけ楽にするのもおかしな話やし、おまんも足を崩したらええわ」

「……えっ」

「こっからは、腹を割った男と男の話し合いや」


人を飲み込むような底の知れぬ笑み。

それは蛇ににらまれた蛙……そんな陳腐な言葉がはまりすぎるようなシチュエーション。

って、やばいぞ。

このクソじじい、ここでこのハメ技発動するってか。


『男と男の話し合い』モード…。


それは交渉のテーブルが男清一色（チンイツと読む）で、かつ決済権を持つ当事者同士が相まみえた場合にのみ発動条件が揃う危険な寝技モード、『男と男の話し合い』というやつである。

稲妻に打たれたように草太は束の間硬直したあと、耳を塞ぎたい衝動に耐えながらいやいや足を崩した。

この「腹を割った話をしよう」というモードが発動すると、交渉であるにもかかわらず相手の話を断りづらくなるという魔法がかけられる。前世の時代、この手で何度あり得ない金額の契約に判をつかされてきたことか。

『男と男の話し合い』は、映画や小説などでは通常ざっくばらんな本音トークと認知されるものだが、実際の契約交渉の場では自称人情派の狡い手合いが多用するもので、ハメ技に分類すべきものである。

なにを言い出すのかと身構えている草太に、円治翁は意外な言葉を投げかけた。

「大原の鬼っ子は、美濃焼の未来をどうするつもりなんや」

ずいっと、身を乗り出すようにしてくる。

ギラリとしたその眼差しは、生半な詭弁などたやすく粉砕しそうな圧力を持っている。

「わしは美濃焼を安く庶民のものとして、広く薄く売れればええと思っとる。質では瀬戸物にはかなわん。有田や萩になど比するべくもない……だが美濃焼を生きながらえさせるためには、高値で取引されるそいつらの入り込めん『隙間』に押し込んでいくしかない。そこに活路があると思っとる」

「……………」

「廉価商売は正直きつい。場合によっちゃ江戸に運ぶだけで足が出ることもある。しかしそれでも売ってやらな、美濃焼の窯元は全員首をくらなならん。有田ものほどでなくとも安いといわれとる瀬戸物と比べても、正直美濃焼は落ちる。窯も古い本業ばかりやし、なにより専門の職工が減ってかつての技術はなくなってしまっとる。まっとうには、勝負にもならんのが現実や」

円治翁の右ひざに置かれた手指が、込められた力できつく食い込んでいる。

その眼差しは、草太に逃げることを許さない。

「おまんのとこの窯は、見たこともない『新製』を焼き始めた。…《天領窯》は、美濃焼をどうするつもりなんや」

美濃焼業界を背負って立つ男の言葉は、ただ重かった。

第103章　焦らない焦らない

《天領窯》は多少のひび割れに補修で対処しつつも、おおむね順調に稼動中である。

すでに本焼成は3回目。窯の『癖』に通じ始めた職人たちも大分と手際よく動くようになり、製品の歩留まりも予想以上の上昇曲線を描いている。

窯自体の焼締りが安定してきたこともあって、各房の熱むらが計算できるようになったことが大きいだろう。なにより本焼成を重ねるほどに、窯の温度は確実に人の手による調整がしやすくなった。


（基準が何もないから、実質ぼくが決めたらそれが標準化しそうだな……ＪＩＳ規格みたいな国内統一規格立ち上げようかな）


正確な温度は分からないけれども、草太の用意した似非ゼーゲルコーンによって最適温度が模索され、帳面に筆書きではあるけれどもデータベース化も進められている。

そうしてマニュアル化することで、窯焚きをあいまいな『職人技』の領域から引きずり出し、再現可能な基礎技術として確立するのである。

窯内熱量の把握が可能となったことで、職人たちにも連結された各房の炎の循環がどのように起こっているのかがなんとなく分かったことだろう。各房ごとに温度の上がりやすい・上がりにくいの癖だってある。それらを知ったからこそ、職人たちは各房ごとに詰める器の種類選定など、基準作りを検討し始めている。

「草太様、錦窯が焚き上がりました」
「わかった、いま行く」

むろん本焼成と並行して上絵付け工程も試行錯誤を繰り返している。
ろくろ小屋横の錦窯の周りには、上絵チームのほか窯頭の小助どんの姿もある。《天領窯》成功の鍵を握るといっても過言ではない上絵付け技術の確立は、まさに焦眉の急であったからだ。

「…どうですか、出来具合は？」草太の問いに、
「見てみたらええ」小助どんはあまり機嫌がよろしくない。

錦窯の蓋はすでに取り払われ、鹿革の手袋をはめて取り出し作業をしているのは小助どん本人である。他人に任せてなどおけないという心境であるのだろう。
窯出しされた完成品は、取り出される端からろくろ小屋の中の作業台へと運ばれている。そ

れらをピストン輸送している牛醐を始めとした上絵付けチーム。そのとき小屋から出てきた周助とちらりと目が合って、それが悔しげに逸らされるのを見たときに大体の結果が想像できた。

「…草太様、どうでしょうか」

草太の検品が始まるのを知って、上絵付けチームのリーダーである牛醐が付き添った。

草太は焼きあがった器を一つ一つ手にとって、食い入るようにその具合を確かめている。まさに真剣そのもの。牛醐もあとは運を天に任すのみというふうに固唾を呑むばかりである。

「…線が太いね。にじんでるし」

若干の落胆がこもったつぶやきに、牛醐は弱々しくため息を吐いた。

「色の塗り斑がある。赤の発色も悪い。…それになんかこう、地味?」

「言われとることはもっともやと思います。腕がうんぬんと言う前に、みばが悪いっちゅうのが救いがないですわ」

「絵柄そのものが悪いわけやないと思う。伝統的な花鳥図をうまくまとめとるし、こっちの有田もどきの帯模様とか、うまく決まれば様になると思うんやけど」

「思い通りの色が出えへんようではなんとも……ともかく『にじみ』と『斑』だけは何とかせえへんと始まりまへん」

「斑の出たところはもう一度絵具を盛って焼けばある程度消せるけど……にじむのは置いた絵の具が多すぎるのと、焼く温度が高すぎることやと思う。釉薬が融けてしゃばしゃばになり過ぎなんやろ」

「線は呉須で下絵に描いたほうがええかもしれません」

「線画を下地に持ってくのもありやと思うけど、有田のほうの『赤絵』は、ちゃんと上から筆で置いとるはずやよ。青や黒の色は鉄粉やし、量は少なくてもちゃんと発色するはずやし。筆先の液量の問題やと思う」


結果のほうは、なかなかに散々です。

絵柄のほうはプロが請け負っているだけに高いレベルで出力されていると思うのだけれど、塗りがそもそもダメなのだ。

幼児が丁寧に塗った『ぬりえ』、とても評したほうが表現としては的確であるだろうか。まじめに塗ったのは分かるんだけれど、ムラムラだし発色の悪い濁り気味の配色も減点対象である。何か根本的に間違っている感じが拭えないのはどうしてなのだろうか。


（やっぱ、ノウハウがないと厳しいのかなぁ…）

有田に産業スパイした磁祖加藤民吉が、瀬戸での上絵付け普及を断念したのは、まさに同じ理由からなのかもしれない。いずれはいっぱしの職人に育つとしても、そこまで彼らを教育し続けるだけの余裕があるかどうかが問題なのだ。それに投資した分だけの金子が確実に回収できる『価格設定』を市場に認めさせられるかどうかも不透明といわざるをえない。成功への道を見出しうる草太だからこそ投資に踏み切れたのだけれど。

「色が線からはみ出したりしたやつはもう商品にならんから。小助どんが責任持って『処分』しといて。不用意に他人に任して、『もったいない』とか思われたら窯場の外に持ち出されてまうし」

「…やっぱり、割るんか」

「釉薬で失敗したやつは捨て場も別にしてあるから、ちゃんと分別して捨てんとあかんよ」

上絵付けチームと一緒に意気消沈の小助どんの気持ちも分からなくはないけど、ため息をつきたいのは草太のほうである。

その完成予想図というか目標の高級食器セットがあまりにも具体的に脳内にあるものだから、そこへと至る道の険しさも人一倍具体的に想像できてしまうのである。

もしかしたら瀬戸新製と同じように、下絵に呉須描きがいちばん現実的なのかもしれないとも思ってしまう。そんな後ろ向きな想像をしてしまったことに草太は自己嫌悪に陥り、頭をかきむしる。

（そんなんじゃ、また『二番煎じ』やないか！　せっかくこんなわくわくする時代にトリップしてやってることは同じとか……そんな負け犬根性丸出しのばかばかしい発想しとったら、《天領窯》に未来はない！）

あんなふうに円治翁に啖呵を切ってみせたのだ。言った端から下方修正とか、恥ずかしくてまともに顔も向けられなくなる。

「…世界一」

あのときも、返答に窮した末に。

草太は大見得を切ってみせた。

「有田はもうとっくに磁器の南蛮輸出に手をつけとる。目が海の外にまで向いとるから、売るためにしのいでいかないかん宿敵の姿もはっきり見えとる。唐土の名窯、景徳鎮にだって負けんよう切磋琢磨しとるから、自然と有田は国内で一頭地抜けとるんや」

「唐土の磁器か…」

呆然とつぶやいている円治翁にかぶせるように、草太は勢いのまま胸のうちの言葉を吐き出した。

『男と男の話し合い』だったがゆえに、彼のたがも外れたのかもしれない。

「…この国にやってきとる南蛮人たちは、磁器のことを『チャイナ』と呼んどる。『チャイナ』は南蛮語で唐土のことやし。黒船を作り出す南蛮人たちに世界一等と認められとる唐土の磁器、そいつに伍するべく有田は日夜必死に呻吟しとるから実力がついた。有田が目指すんなら、美濃も目指さないかん。下見て満足しとったら、美濃はそこで終わってしまうと思う」

有田がなぜあそこまで技術を伸張させることが出来たのか。

それは鍋島藩の手厚い保護もあったろうが、一時期とはいえ実際に有田焼が南蛮向けに出荷されていた……世界基準の厳しい競争にさらされていたというのが最大の理由であると思う。

清王朝が欧州向けの白磁輸出を禁じたことにより、その代替品として有田焼が世界に躍り出たことがあるのだ。

彼らはその間存分に世界の荒波(あらなみ)にもまれ、世界が求める品質にたどり着いたのに違(ちが)いない。

そのとき彼らが相手にした客(ユーザー)とはまさに欧州人たちであり、有田の赤絵がほとんどシンメトリであることの理由でもある。

驚いたふうの円治翁を見るのは愉快(ゆかい)であったが、偉(えら)そうなことを発言した人間は、当然のことながら等量の責任を負わされる。口だけ番長などといわれるのはふるふるごめんである。


（まず《天領窯》は日本一を目指す……世界はそれからだ）


最初の明確な目標は、オーバー・ザ・有田。

上絵付けがまだこの体(てい)たらくの《天領窯》には、なかなかに荷の重い目標であっただろう。

だが目指さない怠惰(たいだ)者には、追いつくこともまた不可能。


「線画と塗りの練習やね！」

「むう……」

「上絵は何度も焼かないかんから手間の分だけ高く売れるんやし。錦窯も焚く回数多いんやし、試験塗りもやれるだけやることと！　…じゃあ、次の検品楽しみにしとるから！」


草太もこれだけプレッシャーに耐えているのだ。

職人たちも売れる商品作って何ぼなんだから、このくらいのプレッシャーははねのけてもらわないと。

それからしばらく後、《天領窯》の窯場には、お腹をさすりながら歩く人の姿が目立つようになったという。大原の鬼っ子が本当に『鬼』であったとまことしやかな噂まで流れたが、笑顔で反魂丹を分け与える草太にそれを気にするような気振りはまったくなかった。

焼物業界が厳しいのは当たり前。

塗炭の苦しみにあえいでいた零細企業の元社長にとって、社員（職人）の悪態などそよ風のように聞き流すスキルは必須であったりした。

第104章　固定観念を捨てよう

生みの苦しみ、というヤツなのだろう。

上絵付けの技術的な問題もたしかに大切なのだが、今はそれよりもしびれてくる問題が目前に立ちはだかっている。

『根本新製焼』の死命を左右するであろう上絵デザインが、まったくもってふがいないことに、まだイメージさえも定まっていないのだ。

ボーンチャイナ自体の成形の甘さがなかなか改善されないうえに、商品性の核心ともなるべき初期デザイン・意匠が決まっていないとか、目も当てられない泥船っぷりであった。

（一目見ただけで引き込まれるような、キャッチーなデザインじゃないとなぁ…）

牛醐からは、すでに幾つかのデザイン候補の提出を受けていたが、まだいまひとつの出来でゴーサインを保留したままでいる。

出てきたデザイン案は、伝統的な花鳥風月のものや、唐土の染付けによくあるような龍紋や水墨画のようなもの。

それらは有力な絵師一派のもつ確かな技術力が表されたものであったけれども、前世も含めそういったものが常に溢れている焼物業界で生きてきた草太にとって、それはいささか食傷気味な図案であったりする。

（もっとないのか……こう『意外にそういうのはなかった』的な図案は…）


胃痛を感じて、お腹を揉み触る。マジで胃薬プリーズ…。

いちおう期日を切って牛餬には新案の提出を要請しているが、デザインとか創作系の物事はせっついたところで結果が伴うわけでもない。

腕組みしつつ窯場をうろうろする。

よほどしかつめらしくしていたのだろう、いつもは気軽に声をかけてくる職人たちもこのときばかりは気兼ねして奇妙な無風状態になっている。

いかんいかん。

頭張ってる人間が煮詰まっていい結果につながるはずがない。

気持ちを切り替えるべく、草太は伸びをしてゆっくりと肺の中の空気を吐き出した。

見上げた草太の目に、緩やかな稜線を描く高社山が飛び込んでくる。

初夏の気配漂う抜けるような青空と、この何百年後も、そこにそうして変わらずあり続けるであろう地味でのびやかな田舎の風景。

その気が抜けるほどの変哲のない景色に、ふっと、草太は脱力する。こんな何にもない片田舎の子供が、なに肩肘張ってんだか。
別段新鮮というわけでもない空気をそっと吸い込んでみる。

（神デザインを神頼みしてみるか…）

気分を変えて神社にでも詣でようと踵を返そうとした草太であったが。
そのとき彼の背中越しに、不意に声がかけられた。

「草太様ぁ！」

聞きなれた少女の声……こちらを呼ばわって手を振るお幸の後ろには、またずいぶんと久しぶりな知人の姿があった。

「権八…」

京都で別れた富山の薬売り、権八であった。
故郷に呼んだ覚えもない胡散臭い男であったが、気安げに手を振られるとなんだかするりと懐に入られたような気になるから不思議である。

「近くにきたし、挨拶しとこ思って」

「しばらくぶり。…近くにって、この辺にあんたの顧客とかいたんだ」

「暮れの地揺れで南のほうの薬の引き合いが間に合わんて、手伝いやらされとるんやちゃ。…それよりもなんや、この窯をおまんが作ったってほんとか」

道すがらお幸にでも聞いたのか。

にぎわう窯場の風景を見回して声を弾ませて、権八は背負っていた薬種行李を地面に下ろした。なんだ、ここで商売でも始める気かと無意識に身構える草太をよそに、薬売りの暢気な営業が始まった。

「新しい窯場にも置き薬はいるやろ。買われ買われ」

「ちょっ…そういうのは後で」

「ええっちゃええっちゃ。少しは安うしたるし。…それにいま薬置いてくれたら、おまけにこれとかも好きなだけやっちゃ」

「やるって……なに？　紙風船？」

「客先に顔出したときに、少しお土産置いてくのがお決まりみたいなもんなんやちゃ。…風船が気に入らんのなら、これとかどうやの。江戸で流行しとる流行絵師の『版画』もあるけど！」

次々と出るわ出るわ、行李の中からさまざまな大きさの版画が現れる。

それはいわゆる「薬売りのおまけ」なのだろう。普賢下の林家にも、別の薬売りが顔を出していろいろとおまけを置いていっているそうだが…。


（これは浮世絵か…）


そっち方面にあまり関心のなかった草太には、『浮世絵』と聞けば浮かんでくるのは一部の有名絵師のそれのみであった。北斎しかり、写楽しかり。

しかし良く考えれば、この時代は浮世絵師が実際に活動していた時代であり、彼の知らない絵師など腐るほどいるのかもしれなかった。

最初はそれほど興味もなく流し見ていた草太であったが、いくつか『版画』を見比べるうちにその顔色が変わってくる。

心臓が大きくどくんと跳ねた。

それはまさに天から何かが舞い降りた瞬間だった！


「…わ、わかったし」

草太はしげしげとその版画を眺めつつ、ややうわ滑った感じにそぞろに言葉を継いだ。喉が渇く。少ない唾を搾るように嚥下する。

「窯場に置いてやってもいいけど…」
「話がはやて助かるわ。それじゃあ懸場帳のここに草太様の名前を…」
「…その代わりに、こいつら『全部』ちょうだい」

えっ？
きょとんとする権八に対応の隙すら見せず。
新聞の勧誘屋に無理難題を言うあつかましい客のように、草太は決して渡しはすまいと手渡された版画をぎゅっと抱え込んでしまった！

「全部くれたら、置いてあげる」

そのあまりのあつかましさにさしもの権八も絶句していたが、別段値の張るものでもなかったようで、草太の子供っぽいやりようを笑いつつ商談成立の見返りにと気前良く了承してくれた。

ホクホク顔の草太に、お幸が物ほしそうに指をくわえて見やってきたが、この版画はもちろん渡せない。その代わりにと、草太は土産物を片付けはじめた権八の隙を突いて紙風船を幾つか奪い取ると、さも当然のように「はい」とお幸に渡してしまった。

「ちょっ！　これ以上はさすがに欲張りすぎやちゃ！」

「いいじゃん、風船のひとつやふたつ」

自分がやられたら烈火のごとく怒り出すだろう自覚はあるものの、貴重な新規顧客相手に強く出られない権八の立場を考えればノープロブレム。

にかっといい笑顔を向けると、毒気を抜かれたように権八も苦笑して「持ってかれ」と手振りした。おもちゃというものの少ないこの時代の子供にとって、薬売りの取るに足らない土産物でも大変な貴重品であるのだろう。お幸は渡された風船を大事そうに抱え込んで、うれしそうに顔をほころばせた。

そうした歳相応のあどけなさを見せるお幸は、草太にとって一服の清涼剤となりえた。

「まあ茶の一杯でも出してやるし」

草太の気分はもうウッキウキである。

この胡散臭い客に対してすら茶柱付きのお茶でも出してやりたい気分だ。

電車の中で腹を下して長い地獄の果てに場末のトイレで解放されたときのように、世界がなんだかやさしく輝いて見える。うっかりすればスキップしだしてしまいそうだ。

草太は自分が抱え込んでいる『版画』の小さな多色刷りの浮世絵をちら見して、自然と口許をほころばせた。


（きっとこういう方向なんだ）


理屈がどうのということではなく、彼の琴線に触れる何かがこの『版画』にはある。

まだよくは見ていないけれども、彼のなかに漠然とあった固定的な『浮世絵』のイメージとはかけ離れているように感じた。絵柄は浮世絵独特の風景や人物の線画多色刷りであるものの、この『版画』は趣がまったく違う。

『浮世絵』をどこか芸術品的に格調高く捉えていたのは、後世のジャポニズム流行を知る現代人チートの悪弊であったかもしれない。本来、浮世絵はそんな格調高いものなどではなくて、譬えるならネット絵師の作品のようなものなのだろう。美人画などは『萌え絵』と捉えたほうが感覚的にぶれていないだろう。

（後世とかって、最初の日本趣味の流行はいままさにこれからだし！　ヨーロッパ画壇にジャ

ポニズム流行の嵐（あらし）が吹（ふ）き荒（あ）れている時代じゃんか）

そしてなにより草太を食いつかせたのは、この土産物の『版画』の題材が、薬売りの『企業（きぎょう）もの』的なところであった。薬の効能を謳（うた）った見返り美人の絵とか、人気のものなのだろう赤穂浪士（あこうろうし）っぽい浪人たちが薬を手にとって談笑（だんしょう）してる絵とか、デザインもなかなかに自由奔放（ほんぽう）である。

普賢下の屋敷（やしき）に向う道すがら、草太はおのれの考えに没頭（ぼっとう）し続けた。

奔放な浮世絵的絵柄。

しかしそれをそのままのっけるのも単純すぎるだろう。

アレンジだ！

浮世絵の自由な発想と、古典的な紋様（もんよう）のフュージョン！

そして企業もの！

（《天領窯（てんりょうがま）》の企業ロゴの創出！）

強力なブランド力を保持するメーカーが、必ず打ち出すおのれの象徴（しょうちょう）たるロゴはけっして外せない。そのロゴが条件反射的に『高級品』と直結するようになるまで育て上げることがブランドには必須なのだ。

自然、ガッツポーズしてしまう。

「…っとに変わらんっちゃね。なに考えとんのかわけが分からんし」

客であるのに放置気味の権八が悪態をついたが、それさえも草太の耳にはまったく届いてはいなかった。

第１０５章　動き出そう

物の『価値』というものは、実際はひどく曖昧で相対的なものである。

たとえばここに、世界的有名画家の絵があるとする。

そのたった1枚の絵にたとえば50億の値がついたとする。その価値が妥当なものとして取引が成立したわけであるから、その絵は50億のキャッシュと等価のものということができる。

だがしかし、その価値は絶対のものではない。絵画の来歴を知らぬ田舎者がたまたまその絵を手に入れ、「子供の落書き」程度の代物と思いフリーマーケットで売り払ってしまったら、そこでは１０００円で取引されるかもしれない。

貴金属や宝石などと違い、『美術品』は主観という『下駄』を履かされている場合がほとんどで、価値などまさに紙一重である。


さて、ここにひと組のティーセットがある。

その価値はいかほどのものになるのだろうか…。

「こいつが、いくらで売れると思う…？」

何かを恐れるかのようにゆっくりと発された問いに、『それ』を手に取った牛醐が沈思する。

おのれの創り出した美術品が好事家の間で価値を持っていく過程を知る職業絵師であるがゆえに、その鑑別する目は熱を発しつつもどこか冷ややかさを保っている。

「…値は、銀10匁（約1000文）ほどでしょうか」

その回答に、周囲の関係者たちがわずかにどよめいた。

瀬戸の新製焼茶碗が10個ひと束で銀4匁が卸値相場である。それがこの『根本新製焼』の『ていかっぷ』だとたったひと組で瀬戸新製ふた束半の値に等しいというのである。

手間がかかっているとはいえ、それはさすがに高く見積もりすぎだろうと、その場にいた誰もが思ったことであろう。が、《天領窯株仲間》の勘定方である草太の見解は彼らのそれとまったくの真逆であった。

「こいつひと組、2分（3000文）はもらわなあかん」

「に、2分やと…」

「まさか本気でいっとんのか」

《天領窯》で生み出され、そして初めて草太の検品をクリアしたティーカップ。

まだ完全には満足していないふうの草太を除き、見た者すべてがうなるような見事な上絵付けが磁肌に描き出されていた。

カップの縁取りは金彩と落ち着いたパステル調の薄い緑で、手毬のような模様が編まれている。カップの腹にはころころとした子犬2匹のじゃれあう構図が精緻に描写され、円山派に伝えられる伝統の技がいかんなく発揮されている。


「…絵柄については宿題が多いけど、さすがは先生、想定以上の域にまで完成度を高められましたね。ここまで作りこまれれば、一定の説得力が生まれると思います…」

「草太様のご要望にいまだ応えられへんとか、お恥ずかしい限りですけど。結局おのれの得意分野に引っ張り込んでようやく、というところですわ」


上絵については、結局すべての塗りを牛醐自身が負うことによってようやく質的な高まりを得た。手習いを始めたばかりの素人が完成品に筆を入れるのはやはり時期尚早であったようだ。

子犬の絵柄などは牛醐の創意によって輪郭をはっきりと用いない吹き付けに近い技法が用いられ、ボーンチャイナの透明感のある白を生かした驚くほどにうまい『ぼかし』が使われている。さすがは星巌先生に名を挙げられるだけのことはある、たしかな技術に裏打ちされた見事な上絵だった。

画風の相違で浮世絵的な展開に苦しんだ牛醐であったが、それが彼を発奮させたのか、一転して伝統的な構図で草太の要望を押し切った形となった。

「ただし、商品価値をここまで高められるのは牛醐先生おひとりのみ。他の絵付師の腕が一定水準に至るまで、《天領窯》の商品は牛醐先生の手からしか生み出されんことになる。…窯元として職人の食い扶持を維持していくには、そのくらいの値がつかんと厳しい」

おのれの思い付きがあまり生かされなかったことに若干の不満を残しつつも、それを発奮材料として別の『解』にまで至った絵師の功績を否定するほど草太も狭量ではない。

牛醐がおのれの作品の価値を冷徹に評価するのと同じく、草太もまたおのれの主観を脇において、市場での相対価値を慎重に値踏みしている。

(この上絵は、もう絵付けというよりも『絵画』だな……描けるのはいまのところ先生しかいないし、むろんのこと量産もきかない。数が出ないのに、ワンセット銀10匁では窯が立ち行かない)

本当ならば、2分といわず両単位の価格を設定したいぐらいである。というより、そこまで持っていくしか《天領窯》の生きる道はない。

ここから先の価格の上積みは、営業担当である草太の役割というものであるだろう。

（…なんかまだ納得するところまで届いてないんだけど……まだ数を叩いたわけでもないこの『根本新製』の絵付けが洗練されていくのはまだまだ先のことやろうし。…現時点でこれ以上のものを望んで待ってられるほど資金力も残ってないんだから、もう迷わず動くしかない）

当たり前のように信じられない価格を言い合っている6歳児と絵師に、関係者一同固まってしまっている。それを見てぺろりと唇をなめる草太。

世に往々にして『価格マジック』が起こる仕組みを草太は知っている。

カップをくるりと裏返すと、そこには窯元を示す印がある。これは草太の強い要望が叶えられたものである。

亀甲の縁取りに『天領』の文字が古代小篆文字（印鑑のそれに近い）で配されている。いわずもがな、《天領窯》の企業ロゴである。なかなかに良い出来だと自賛している草太であったが、そんな場所に無用な手間をかけさせる草太の狙いを理解しているものはいまのところ皆無である。

（出来はまだいまひとつやけど……林家が干上がるまえにやるしかない。やれなけりゃ、一家揃って首でもくくらにゃならんくなる）

6歳児の小さな肩には、目には見えぬ重圧が常にかかり続けている。

内心の焦慮など毛ほどにも表にあらわさず、手に浮いた大量の汗をこっそりと拭った草太は、「後は任せてくれたらいい」と涼しげに微笑んでみせた。

＊＊＊

「また行くのか」

祖父の慨嘆はやや呆れの成分を含んでいたけれど、草太の固い決意はまったく揺るがなかった。孫の一見突飛に見える行動がつねに何がしかの深謀を秘めていることを知るがゆえに、貞正はその幼い身の安全だけを問い正し、納得するとそっと背中を押してくれた。

「今回はかなり遠地やから、出来るだけ船を使おうと思っとるし」

「何か考えあってのことだろうが、体だけは気をつけるのだぞ」

「うん……行ってくる」

今回は大量の荷物を抱え込んでの旅立ちである。
むろんそれは暢気な物見遊山の観光旅行などではなく、《天領窯》の浮沈を賭けた恐ろしいまでに重要な営業ミッションである。

「今度はどこへ行きなさるんで？」

主人の貞正に命じられるままに草太のお供と決まった小者のゲンが、腰をかがめて揉み手している。今回の旅は、荷物の運び役を仰せ付けられたこの狸顔の小男と、保護者兼用心棒として次郎伯父が同行する。
ゲンの問いに、草太はあっけらかんと「江戸やよ」と言った。

「…っ、江戸！」

そのあっさりした物言いにゲンが絶句したのも仕方がない。
多治見から江戸までの距離は、公称１００里。京都までの約3倍、４００キロにも及ぼう長旅である。しかもその距離は、中山道を使ってまっすぐに向かったときの距離であり、目を見開いているゲンを苦笑気味に見上げて草太は『寄り道』宣言までしてのける。

「最初に名古屋の『浅貞』さんに寄るし。少し遠回りやけど…」

いい顔をして言う主筋の鬼っ子に、面と向って文句も言えないゲンはしゃべり手のいない腹話術人形のように口をパクパクさせていたが、次郎伯父に背中をどやしつけられて条件反射的に背筋をぴっと伸ばした。

「こいつの周りの大人はこき使われるぞ。覚悟しとけ」

泣きべそをかきそうなぐらいに目をうるうるさせるゲンであったが、命じられたことに盲従を求められる小者という役どころの悲しい現実で、それ以上かまいつける者もいない。総重量が童一人分ほどもあるだろう荷物をよっこらしょと担ぎ上げて、ゲンは煤けた顔を俯かせた。

「むかし西浦屋も江戸にまでのぼって幕府相手に『上訴』をやらかしたらしいが、おまえもそれに倣おうってわけでもないんやろう？　江戸くんだりまで行っておまえはなにをやるつもりなんや」

家事手伝いが嫌で草太の江戸行きにまっさきに手を上げたという次郎伯父。よほど鬼女房から逃（に）げ出してせいせいしているのか、ゲンとは対照的にその顔色はやたらと明るい。

草鞋（わらじ）の紐（ひも）を結んでいた草太は、立ち上がって具合を確かめるようにとんとんとつま先を突いた。

その目はすでに、最初の目的地である名古屋へとつながる下街道の道筋をたどっている。

「言っても分からんと思うけど」

草太はつぶやいた。

「『ステマ』やよ」

第106章　海路

大原を発った草太一行は、翌日には名古屋に到着し、『浅貞』で話し合いを持ったあと、一夜の饗応を受けあくる日には『浅貞』の出荷に便乗し、ゆうゆうと堀川を下って宮宿（東海道最大の宿場町）へと至った。

「『浅貞』さんに寄ったんは、こういうことやったんか」

「船はほんと助かりましたわ」

宮宿にある『浅貞』の蔵に荷を運び入れる作業を申し訳程度に手伝って、船待ちの間の宿泊もちゃっかり店の一間を借りて寝泊りすることになっている。

もともと瀬戸新製をはじめ瀬戸物の江戸向け出荷は、艀船で堀川を下って伊勢湾に出た後、四日市宿（現在の三重県四日市市）にいったん集積し、そこで定期の廻船に積み込んで運ばれるのが普通であったらしいのだが、昨年末の安政の大地震で四日市宿の港が破壊され、復旧が間に合っていないのだという。

ここ最近は廻船問屋も混乱気味で、ともかく船荷を滞らすまいと名古屋発の荷を宮宿にまで受け取りにやってきてくれるらしい。港が破壊されるって、伊勢（三重県）のほうの津波被害はどの程度だったのだろうか。
宮宿で名古屋からの荷を積んだ廻船は、伊豆半島の先っぽにある下田港を経由して江戸へと向かうのだという。

（5、6日で着くって、和船も結構速いんだな）

時代遅れの和船は遅いという先入観のあった草太には、にわかには信じられない話である。実際にはヨットも顔負けの帆走能力があり、7ノット（約時速13キロ）近い速度が出せたらしい。むろん専門家でない草太には知りえることではなかったが…。

「すげえな。5日間のんべんだらりしてるうちに100里も進んじまうとか、ほんと大助かりだな！」

次郎伯父は廻船のスペックを聞いているだけで目がきらきら輝いている。乗り物はいつの時代も男のロマンではあるらしい。
江戸への船旅も、もちろん便乗する予定である。『浅貞』との専売契約を交わす窯元だからこそ得られる『優待』であっただろう。むろん人そのものは船にとって『荷』でしかないので、船主に追加料金を請求されればそのときは対応するしかないのだけれど。

宮宿は熱田神宮の門前町でもあるため、船待ちの間にみなで参拝して旅の成功を祈念した。熱田神宮は三種の神器の一つ『天叢雲剣』が祀られるかなり社格の高い神社であるから、霊験もあらたかであるだろう。

船がやってくるのは明後日であるらしい。

その有余の時間を、草太は迷わず市場調査に使うことにした。次郎伯父には呆れられたが、最近ちょっとワーカホリック気味な自覚はあったりする草太である。

（ワーカホリック上等じゃん！）

小者のゲンを従え、草太は鼻息も荒く宮宿のにぎわう街道筋探索を始めた。土地が変われば品も売れ筋も変わってくるもので、開始早々魅入られたように店をはしごし始める草太にゲンが溜め息混じりについて回る。

（このあたりはやっぱり『常滑【※注1】』圏か…）

名古屋の南、知多半島の付け根あたりには、瀬戸と並び称される常滑という一大焼物産地がある。

赤茶色い大きな甕や擂り鉢など見たことがないだろうか？　黒い垂らしたような模様とかがついている、やや大きめの焼物である。古い家の押入れとかによくあるやつだ。

常滑焼といえばやはりその赤茶色、『人参手』とも言われる赤い焼き色が特徴である。焼色が『赤い』鉄分の多い土は焼成時に柔らかくなり過ぎる難があるのだけれど、常滑の土には耐火性の高い珪砂が多く、例外的に良土として成り立っている。

そんな赤茶色の焼き物がいたるところに溢れている。水甕はもとより、茶屋の湯飲みとか急須まで赤茶色である。

瀬戸新製も割合に普及していて、小料理屋の皿や徳利とか、ちらほらと散見されるのだが、美濃焼っぽいものはほとんど見当たらない。


（結構近隣なのに……影薄っ）


もっとも、瀬戸物の本業（陶器）もあんまり見当たらないので、いわゆる『時代』というやつなのだろう。

市場価格とかも調べようとしたのだけれど、そのあたりは『同業者』と見抜かれたのか陶器商の店先からは追い払われてしまった。

「…草太様も、本当に研究熱心やね」

気付いたことを几帳面に手帳に書きつけている草太を見てゲンは感心しきりであったが、そのお腹がくーと鳴って、狸顔を申し訳なさそうに赤面させる。

目を交わした主従は、頭上を見上げて太陽の位置を確認する。午前中に調査を開始したというのに、太陽はもうとっくに中天を過ぎて西のほうに傾いている。

すると計ったように草太のお腹も鳴って、ふたりは肩をすくめて笑いあった。

「ぼくに付き合わせて昼を抜いちゃったし。…店に戻って、団子でも食いに行こっか」

「団子なら、最初の辻の辺りにうまそうな茶屋がありました！」

空腹をいったん自覚してしまうと、もう我慢しきれない。

調査を終了させて『浅貞』の店に早々に引き返した草太とゲンであったが……彼らが与えられた部屋でいやに満足そうに座り込んでいた次郎伯父がふたりを迎えた。

爪楊枝でシーシーいっている次郎伯父が非常にわざとらしかったけれど、いちおう平静を装って何かうまいものでも喰ったのかと尋ねると、さらりと驚愕の事実を告げられた。

「神宮の茶屋でよ、そりゃあうまい飯を見つけてな」

草太とゲンの心がざわめいた。

食道楽は旅の醍醐味のひとつであったろう。

「せっかく焼いた蒲焼を飯に混ぜてまうけったいな食いもんやったけど、あれは『アリ』やったな…」

「蒲焼…」

蒲焼、という言葉の響きだけであのえもいわれぬうまみが脳内再生される。

熱田神宮……混ぜご飯。

（まさか！『ひつまぶし』か！）

「いい匂いがしとったから、少々高かったが食って正解やったな」

「ど、どこで食べたん！」

血相を変えた草太がそのあとすごい勢いでくだんの茶屋を目指したのは言うまでもない。熱田でひつまぶしといえば名店蓬○軒があるが、あれはたしか明治時代に入ってからのもののはずである。名物の元祖とか結構曖昧な話も多いし、もしかしたらこの時代すでに存在していたのかもしれない。

勢い込んでその茶屋に飛び込んだ草太であったが。

「ほい。1個20文だがね」

やや焦りがちな草太の説明に茶屋の恰幅のよい女性はピンと来たらしく、お盆の上に積んであった笹巻きの包みを手渡してきた。

ややうろたえつつ金を渡し、ゲンとともに笹の包みを解いたところ……結局そこから現れたのは、『ひつまぶし』未満のものだった。

「………」

「変わった握り飯やねえ」

名も知れぬその茶屋でゲットした『ひつまぶし未満』は、店で売れ残った串焼きの蒲焼を、ほぐして混ぜたあとに握った『おにぎり』であった！

「………」

「なかなか変わった味やけど、うまいもんやねぇ」

ホクホク顔でぱくつくゲンを尻目に、がっくりとうなだれた草太。

正直、鰻は冷えるとあんまりおいしくはないです。さばきも甘いので小骨が多いし。

まあ、全部食べましたけど。


予定より1日遅れて、『浅貞』の荷を運ぶ廻船がやってきた。

沖合に停泊中のほかの廻船と比べて中の上くらいの大きさだろうか。いわゆる『千石船』と呼ばれる大きさのものであるらしい。

全長は十数メートル、後世の石油タンカーを知っている草太にとってそれは大きめの漁船程度のものに過ぎなかったが、次郎伯父とゲンは子供のようにはしゃいで乗り込んだ端から甲板をうろちょろとしている。ふんどし一丁の日に焼けた水夫たちがうっとうしそうに見ているのにも気がつかない。

「あー、ごめんなさい。すぐに静かにさせるし」

「積み込む荷は『浅貞』はんとこのだけやあらへんし、すぐに一杯になって身動きもできんぐらい狭なるから覚悟しとってや。見物しはるのはええけど、積み込みの邪魔だけは勘弁したってな」

お得意先の客だと知らされているらしく、わりとフレンドリーな対応をしてくれる船頭と乗船交渉を済ませて、草太もまた船上の人となった。

『千石船』と聞くと、俵を1000俵積めるぐらいの大きさなのかと勘違いしがちだが、船の『石』はよく分からないが基準が違うらしい。中を見る限りそんなに積めるようには見えない。

船首のほうには丸めた綱と錨があり、その中寄りに小さな伝馬船が救命艇よろしく積まれている。上甲板はそれらと帆柱、もやい綱などで埋まっている。

一段下がった中央部分は露天の荷積みスペースであり、その下にはさらに酒樽などの積荷があるらしい。

っていうか、乗員の休憩場所ってどこにあるのかな?

海の上で雨とか降ってきたら、どこで雨露をしのげばいいんだろう。

甲板の下とか覗き込んでみるが、人が寝られるような平らな場所などどこにも見当たらない。

「廻船は荷船やで、まともに寝られるなんて思わんほうがええで」

草太の様子から察したのか、船頭が塩辛声でがははと笑った。

【常滑（とこなめ）】……現在の常滑市。常滑焼は日本六古窯のひとつに数えられる。土管でできた「土管坂」などが観光スポットに。鉄を多く含んだ粘りのある土が、あの特徴的な赤い焼物を産み出しています。

第107章　下田

「……えっ？　ここで降りる？」

間の抜けた声を発したのは舷側に青黒い顔をして転がっていた次郎伯父だった。同じく舷側ぎわの荷の隙間に崩れるように顔を伏せていたゲンがゆらりと顔を上げた。

「降りるんですか。た、助かった……」

廻船での船旅は予想通りになかなかハードなものとなった。
『荷』として急遽乗船することになった彼らに船客としてのサービスなど与えられるはずもなく。出港後完璧に放置された3人は、『富士山が望める』だろう左舷側に居場所を定めて、持ち込んだ手荷物を枕に青空寝台を決め込んだわけであるが、これも予想の範囲であったが次郎伯父とゲンがさっそくひどい船酔いを起こしてゾンビ化してしまった。

幸い天候はよく景色も最高、夜などこぼれるような満天の星を楽しむことが出来たというのに、ふたりの口から漏れるのは悪態と呪詛ばかりであった。

宮宿を発って4日後、伊豆下田に寄港したところで、ひとりぴんぴんとしていた草太が下船の意向を表明した。

「『浅貞』さんの顔が利くわしらの組合船はなんぼかまわっとるけど、馴染み客の口利きでもあらへんと簡単には乗せられんで」

「大丈夫。下田も目的地のひとつやし。こっからは自分らで何とかするし」

「ほうか。んじゃ、達者でな」

挨拶を済ませてはしごを降りた草太は、先に上陸して揺れない地面に頬ずりせんばかりの大人組を促して荷積みを始めた水夫たちに手を振った。

「酔わへんかったぼうずは生来の水夫向きや、働きたなったらいつでも仕込んだるぞ」

船上にいた2日間、興味深く操船技術を帳面につけていた草太は、年齢不相応のその聡さを見込まれて冗談交じりに勧誘されるまで水夫たちと仲良くなった。草太が酔わなかったのは前世ですでに船酔いの免疫があったからなのかもしれない。平衡感覚の違和感を身体が学習することで船酔いは克服される。

いつまでもふらふらしているふたりに盛大なため息をついて、草太は下田の景色を眺めるように辺りを見回した。

下田港は天然の良港といわれるとおり、口が狭く内湾が広い。稲生沢川の護岸された河口を船着場として町が形成されている。名古屋や宮宿の繁華な町並みを見てきた後だけに小ぶり感が否めないが、廻船が落としていく富で十分に潤っているのか立派な蔵のある屋敷も多く、美しいなまこ壁の建物が目立つ。

すぐ近くの目に付いた大きな建物の看板を見ると、運のいいことに宿のようだ。


(とりあえずゾンビふたりを放り込んどくか)


宿は『船宿』と呼ばれる宿泊施設だった。

船を所有する廻船問屋や荷扱いしている商家が水夫相手に開いている宿で、前世で言う『職人の宿』のような独特の雰囲気がある。草太は世話になった廻船の船頭の名を出して、さっそく値段交渉を開始する。1泊280文とかかなり割高な料金を要求されたが、押し問答しても相手の機嫌が悪くなるだけでなかなかディスカウントできない。

いったん店を出て通りにたむろする水夫から情報を漁ると、船宿の価格設定は押しなべてそんなものであるらしい。どうやら廻船の水夫たちは危険な仕事をしているために羽振りがよいらしく、こうした料金設定もバブル相場となっているようだ。

眉間に苦渋の梅干を作って束の間迷った草太であったが、どうせそこまで連泊するのでなし、多少のことは割り切ることにする。

「そのへんにくたばってると思うんで、運んでもらえますか」

「情けにゃあやつだな。分かった任せとけ」

船宿の人なのか客なのか分かりづらいところだったが、数人の男衆が快く頼まれてくれた。次郎伯父は手助けを拒ろうとしたけれど、草太の「お願いします」で問答無用に担ぎ上げられた。

すぐには復活しないだろう二人を宿に放り込んだことで、草太がほっとして座り込んでいると、懐っこいおっさんが「ぼうずだけ大丈夫なんか」としゃがみ込んで頭を撫ぜてきた。

「…下田のお奉行所って、どこにあるか知ってますか」

かまいつけられることには慣れているので、肩をすくめて横揺れに対処しつつ草太も情報収集モードに移る。彼の関心はすでに次のところに移っている。

下田奉行…。

それは本来海路の要衝として発展した、下田の統制をおこなう遠国奉行職のひとつで、ながらく廃止されていたものが黒船来航に肝を冷やした幕府が復活させた役職であった。

嘉永７年（１８５４年）、ペリー率いる黒船艦隊の圧力に屈し、日米和親条約が締結、発効する。歴史的な大事件だが、江戸時代に転生した草太の目で見ればまさに去年起きたばかりの出来事であった。

条約により下田は開港し、アメリカ人に門戸が開かれることとなった。きっと上陸したアメリカ人たちは、記念に日本土産を探すのに違いなく、そのどさくさに乗っかって『日本製ていかっぷ』を宣伝できはしないかと目論んだのだ。

「奉行所？　ああ、あの異人さんに金魚のフンみてえについて回って迷惑がられとるお役人様がたの集まっとるところか。…たしか稲田のお寺さんやったと思うがな」

奉行、というからには奉行所があると思っていたのだけれど。

どうやら急造の役所なので、付近のお寺を仮の役所として間借りしているのだろう。

「稲田寺って、どこにあるの」

「こっから少し山手のところにあるわ。…あっちの北のほうに、ほれ、瓦屋根が光っとろう。あの山門のあるお寺さんや」

指し示されたお寺はそれほど遠くなさそうである。草太はさっそく行ってみることにした。

稲田寺は、街中によくあるタイプのお寺だった。集落の中に袋のように広がる境内を持ち、その袋の口にストローを刺したような参道で街路と接続している。

漆喰を格子模様に盛り付けたなまこ壁の町並みを横目に、件のお寺までやってきた草太は、こどもとっけんで物々しい警護が張り付く山門まわりをうろうろしてから、港町独特の細い路地をめぐるようにその境内をぐるりと1周してみる。幕府に目をつけられるだけあって、本堂とかはなかなかに立派な造りをしている。

塀に囲まれていて中が見えないので、草太は墓場のある裏手の大きな木に狙いをつけてそれにするすると登った。張り出した大きな枝にまたがるようにすると、寺の中が一望できた。

別段造りが特殊な寺でもなさそうで、大きな瓦屋根をそそり立たせる本堂が春の陽気にさらされて輝いている。砂利の境内を紋付袴の役人らしき人影が忙しく動き回っている。

間借りは幕府の命令で避け得ない運命であっただろうけれど、ほとんど乗っ取られたような形になってしまった寺の住職もなかなかに災難なことである。

（都合よくチャンスは転がってないか…）

嘆じつつも草太の目は、役人たちの動きを真剣に追い続けている。

下田奉行所の役人たちは、この地にやってくる外国人の監視が主な任務であり、『異人上陸』の知らせを受ければそれ相応に騒がしい状態になるだろう。

（なんとか『開国騒動』の幕間に絡めればとか思ってたんだけど、いま下田には外国船もいなさそうだしな…）

これは純然とタイミングの問題であるのだろう。

外国船の有無は、港に入るときに真っ先に確認している。

幕末に日本を訪れる外国船はあまたあるが、その訪れる時期をすべてそらんじられるような知識を草太は持ち合わせていない。歴史の教科書では頻繁に諸外国が訪れているような印象を受けがちなのだけれど、実際には来訪の間隔は年に数回程度のものであるだろう。

（1年早く動いていれば、ペリー騒動に絡むことだって出来たのに……あれに乗っかれれば大成功間違いなしだったけれど）

1854年の日米和親条約締結は歴史的な事件であり、国内の耳目が一点に集中したであろう稀有なタイミングであった。

そこまでの大波は期待してはいないのだけれど、外国人相手に苦心惨憺する幕府のお役人たちに現代知識チートでお近付きになり、なんとかコネを作る。それが下田での草太の営業ミッションだった。

見栄っ張りなお武家の、その棟梁である幕府将軍家が輪をかけて見栄っ張りであることは論を俟たず、訪れる外国人たちに大枚はたいて土産物を持たすなんてことをしているのは確実である。

幕府の沽券に関わる土産物である。そこにはもう常識が天元突破する青天井相場が生まれていることだろう。


（これから幕末、明治期にかけて、日本国内の『価値感』に多大な影響を及ぼしていくのは外国人の『客観評価』……逆に言えば、外人の評価を得られれば、その喜びようを見たお役人様たちの口から、黙っていても『いい評判』が流布されていくだろうし）


先進国であるメリケンの人たちをもうならせた一品が、美濃にある。

その開国騒動の一幕に、なんとしても絡んでドラマの出演者に名を連ねたい。

ブランドには、『ドラマ』が必要なのだ。

想いばかりが迸って、思考を赤熱させる。


（チャンスが欲しい…）


下田のどこかにアメリカ人でも常駐していないだろうか。

情報は皆無であるから、ここでお役人たちの動静をうかがっているのにも益はある。あわただしく彼らが動き出したとき、その後をつければいいからだ。

いてもたってもいられず、じりじりと観察を続ける草太であったが、半刻ほどたったころであろうか、本堂から連れ立って出てくる旅装のお役人たちを目に留めた。

なにを言っているのかわからないけれど呼ばわる声と、それに呼応して遣(つか)いらしき小役人が山門から走り出て行った。草太は急いで木から降りると、寺の出口である山門に急行する。

下田は伊豆半島の先端(せんたん)にあり陸路は非常な難路なので、旅するならば海路となるであろう。

旅装の役人がひとりと、要職にありそうな感じの役人が山門のあたりでなにかかれと話しこんでいる。その会話を盗(ぬす)み聞(ぎ)きしようと草太は弾(はず)む息を押し殺して接近を試みたが、その前に遣いの小役人が戻ってきてしまった。


「…小早の用意をさせました」


わずかに、言葉が聞き取れる。

急いで距離を詰(つ)めると、会話がようやく聞こえてくるレベルとなった。

「ヘダに行くのなら、酒でも手土産に持ってゆけ。あの者らはおそろしいほどの酒好きばかりだからな」

「味にはまったくうるさくないですがね。酔えればこの世も天国とか、のんきなやつらです。…酒屋で安いのを1斗(と)ほど買っていきましょうかね」

編み笠を指であげながら、旅装の小柄なお役人はにこにこと笑んでいた。

当年55歳、幕末きっての名官吏である、川路聖謨と草太のそれが最初の出会いであった。

第108章　ただのせぇるすまんではございません

即断即決。

草太はわき目も振らず全速力で駆け出して、次郎伯父らを放り込んだ船宿に飛び込むと、ようやく半回復して起き出し始めていたふたりに声をかけるのもそこそこに、ゲンに担がせていた荷を漁り、その中の2、3を見繕うと手早く風呂敷に巻き込んでたすきがけに背にくくり付けた。

「草太……どこへ」

「いいで休んどりゃあ！　ぼくはちょっと出かけてくるし！」

本当なら荷を全部持って行きたいところだけれど、歩いていくならともかくお役人の出発に間に合わせねばならないからそうも言ってられない。

「晩までに戻らんかったら、先に飯食べとっていいし！」

草太はそう言い置いて、かなう限りの速さでお役人たちの向っているだろう船着場へ急いだ。

廻船が何艘も並ぶ河口の船着場は荷の積み下ろしに汗をかく水夫たちで賑わっている。

船宿に戻るために目を離してしまったお役人たちの姿を捜してしばらくうろうろした草太であったが、一番上手の桟橋に紋付の黒い姿を見つけてようやく焦りを振り払う。小早などの小さな船は川荷の扱いもあるのだろう、一番川に近い奥まった場所にある桟橋に固まっていた。

駆け寄りながら、草太はめまぐるしく算段する。

どうやってお役人たちの船に便乗させてもらおうか。偶然にも向う先のどこかが故郷だとか言い出しても、東濃弁ずぶずぶの草太の口調ではイントネーションで地元民でないのがばれてしまうだろう。

ひとり伊勢参りの途中だとかは苦しいだろうか。旅費が乏しいので便乗させてくれとか……まあ、信じろというほうがどうかしてるなこれは。

廻船に密航して捕まった浅はかな子供というのはどうだろう。下田で荒くれ水夫に叩き出されて、半泣きになって故郷に戻る途中とか……いや、ちょっとそれは不自然にドラマチックすぎるだろ……いいかげん冷静になれ…。

言いくるめるのが難しいのなら、いっそのこと飛び込んでしまうのはどうだ。

そんな回りくどい理由などこじつけなくとも、出港直前に飛び込んでしまえばどうせ子供のすることだと大目にみてくれるのではないか。

目的地は『ヘダ』という場所である。

おそらくは村か湊かの名前なのだろうが、具体的にはまったく分かっていない。下田から西に行くのか東に行くのかすらもわからない。

（どうする……どうする）


お役人たちはいままさに小早という小さな船に乗り込まんとしている。

そのいかにも『お役人』的な黒紋付を見ていて、ふと京都で別れたあの人を思い出していた。

（小栗忠順……たしかあの人も黒船絡みの何かをしていたはず……その名前を出してなんとかできないだろうか）


すばやくそのシナリオの検討に入る。

具体的に小栗忠順という人物がどういった役職についていたか知っていればよかったのだけれど、かなりの部分あてずっぽうなはったりにならざるをえず、うそとばれたときの心象の悪化が非常に懸念される。

焦る草太の視界に、ニコニコと人のよさそうな老役人の顔が映る。圭角の尖った偏狭な人物ではあるまいと思う。人間歳を食うと一筋縄ではいかない老成を見る人物も多いからファーストインプレッションで判断するのは危険だと思うのだけれど。

（よし、……決めた）


いまは幕末と呼ばれる混乱の時代のとば口にある。

そのほつれかかった幕府の鎖国政策を最前線で守らんとするお役人が、そんなきなくさい時代の匂いを嗅ぎ分けられないはずもないだろう。攻める方向性はそっちにしてみることにした。

同伴の小役人に手を差し出されて、ゆっくりと船に乗り込もうとしていた老役人に、駆け寄った草太はタックルするようにはしっとすがりついた。


「あっ、あのッ！　お役人様！」

「!?」

「お役人様方は、もしかしますとこれから異人に会いに行かれるのですか！」


いきなりのド直球。

すがりついて編み笠の下のお役人の顔を見上げた草太は、目で哀訴しつつもその人物の目の色を抜け目なく確認しにいっている。

一瞬の驚きのあとの、わずかな困惑。

「こらっ、川路様に無礼であろう！」

船の上から慌てて寄ってきた小役人を目の端にとめた草太は、すばやく掴んでいたお役人の袖を離して、見事なまでの変わり身で額を地にこすり付けての土下座体勢となった。

このお役人たちは、まさしくいまどこかにいるのだろう『異人』たちのもとに向うつもりなのだ。外国人の監視が主任務の下田奉行所の役人なのだから、その仕事は大きく分けてふたつ、『異人向き』と『役所向き』の業務となるだろう。

『異人向き』は言うに及ばず、『役所向き』はすなわち幕府への報告業務である。

もしもいまから最寄の役所と連絡を取る業務であったとするなら、草太の願いは的を外しているわけだから驚きはするだろうが迷うことはない。簡単にただ断ればいいだけだ。

このお役人のわずかな迷い……たぶん異人に会いに行くところと見た。

「お寺の山門であなた様が話されていることを耳にしてしまいまして、いてもたってもいられずこのようにぶしつけなお願いに上がりました次第…」

前口上のあとに、すっと顔を上げる。

額についた砂が目元に落ちてくるが敢えて瞬きもしない。

「世間を騒がせているという異人を一目見ようと、美濃からここ下田までやってまいりました。わたくしは美濃大原の地にて代々庄屋を務めます、林家の者にございます。名を林草太と申します！」


幕末といえば黒船騒動に色めきたつ若き志士たちの印象が強い。

おそらくはもう何人もそんな手合いを相手にしてきただろう目の前の老役人の『慣れ』に賭けてみる。わけもなく国家大計を論ずる経験不足な若造を、国の宝と導き育てようとする懐の深さをこの老役人が持っているのかどうか。

見上げる草太の目を、静かに見下ろしているわずかに灰色みを帯びた瞳。

その目がにこやかに細められて、そして目線を合わすようにしゃがみこんできた。


「小僧、歳はいくつだ」

「今年で7歳（数え）になります」

「7つで、美濃からこんな下田くんだりまでやってきたってか」

「ど、どうしても一度異人に会ってみたいのです。会って、確かめたき儀がありまして！」

「確かめたい儀、とは…？」


老役人が食いついてきた。

草太は乾いた唇をぺろりと舌で湿して、背に負った荷を降ろして手早く地面に広げて見せた。

そこから現れたのは、ふたつの『木箱』だった。

ふつうの茶器などが収められている小さな木箱と、大きさが千両箱ほどもある木箱である。

草太は集まる視線を確かめつつ、あえて小さな箱のほうを開けて見せた。

中からは紫色の布に包まれた真っ白な焼き物が現れる。

むろんそれは『根本新製焼』の磁器である。


「我が家が切り盛りする窯が大原にはございます。《天領窯》と申しまして、そこでいまだ誰も目にしたことのない新製焼が創り出されました。…これがそうです」

「…ほう」


手にとって、草太はそれを老役人に差し出した。

空気的に差し出されたものを受け取らぬわけにもいかない。その透明感のある類まれな『白』に興味を引かれぬでもなかったのだろう、お役人は急ぎの役務をとりあえず脇において、手の中のすべすべした磁器を鑑賞し始める。


「『白』の温かみが珍しい……美濃といえば瀬戸新製がずいぶんと江戸の市中にも出回っているが、これは瀬戸新製の『白』ではないな…」

「『根本新製』、そう笠松（かさまつ）の郡代様に命名していただきました。まったき新しい原料をもとにした、まったき新しい新製焼にございます」

老役人は、その透明感に気付いたのか陽（ひ）に透（す）かしてみたりしている。

小ぶりな皿である。それが4枚、ひとつひとつ布に包まれているのを全（すべ）て開帳する。

円山（まるやま）派の正統を継（つ）ぐ絵師の絵画のような上絵は、物の小ささから控（ひか）えめではあったものの細密を極（きわ）め、かわいらしい花木が描（か）き込まれている。勘（かん）のいい人間ならすぐに分かる。それらはひとつずつ、『春』『夏』『秋』『冬』の四季を表した花がモチーフとなっている。

老役人が手にしているのは『夏』、朝顔の可憐（かれん）な花が意匠（いしょう）のなかに入っている。

「光を通すものだから、花まで鮮（あざ）やかに色づいて見えるな。…絵付けも見事な出来栄（できば）えではないか」

「ありがとうございます」

「…これを、異人に見せてみたいと」

「さようにございます」

少しいぶかしむように顎先（あごさき）を指で揉（も）んでいた老役人は、やはり理解に苦しんだのか率直（そっちょく）ないらえを返した。

「十分に江戸表の好事家たちにも認めてもらえよう出来栄えに見えるが、なぜわざわざこれを異人たちに？」

草太は息を詰めた。
膝をつき、かがめた背中におののきが走る。
この瞬間、この一言が彼の全人生を定めると予感したように。

「わたくしが考えているのは、その『異人相手』の商売なのです」

異人を相手に名を成せば、国内市場には別口から浸透することができる。おおよその既得権が固まってしまった閉塞する国内市場に、新参者が割り込む余地はあまりない。たとえどれほどよい磁器だとしても、まっとうなやり方では伝統的に『高級食器』としての地位を築いてきた有田など名産地の牙城を切り崩すのに無為に時間を浪費することになるだろう。

「お上は異人たちに下田を開港いたしました。そしていずれは、異人たちの要求に応ずる形で海外交易にも乗り出されてゆくのではないかと、市中で噂されております。…それにお上が異人たちの黒船に対抗していくためには、同じ強力な武器を積んだ外洋船が不可欠です。その外洋船を購うためにも、莫大な外貨を稼がねばなりません！」

「…小僧」

「この新製焼は、異人に高く売れます。いずれお上に交易の主力産品として取り上げていただけるぐらいに、はかのよい商売になるはずです！　彼らがこの焼物に関心を持つかどうか、それを確かめるために、わたくしめは美濃からこの下田の地にまでやってきたのでございます！」

　草太はそこまで一息に言い切ってから、ふたたび額を地面にこすりつけた。

『鎖国』を国是とする幕府に対しての批判ともとられかねない発言であった。普段ならばけっして口にはしなかったであろう危険な言葉を、草太はあえて口にした。

　草太はじりじりと、ただ湿った土の香りを嗅いだまま平伏し続けた。

　それはわずかな時間であったのかもしれない。

　しかし草太には気の遠くなるような長い長い時間であった。

第109章　歴史の本流に

『小早』とは『小型の早船』の意で、古来からの軍船でもある。

小さい船といっても手漕ぎボートのようなものよりはぐっと大きく、両舷に漕ぎ手を10人以上並べて結構なスピードで水上をすべるように進んでいく。

下田港を出て波の荒い外海に出たときにはやや緊張したものの、さすがに陸地からそれほど離れるようなこともなく沿岸部をなぞるように進み、乗り心地も多少は揺れるものの割合に安定している。

船中で最も地位の高い『川路様』は船の後ろ寄りのあたりに腰を下ろし、その後ろにお付の小役人が控えている。

突然の珍客となった草太は川路様に向かい合うように腰を下ろし、《根本新製》の話題で大いに盛り上がっていた。

「そうか、あの絵師は自身で京まで行って捕まえたのか。その歳でか」

まだ6歳（数え7歳）でしかない子供がやるにはなかなかに無理のある要素がてんこ盛りの

話題であったが、それらを「そらごと」と決め付けて腰を折るようなつまらないことをする頑迷さは持ち合わせぬようで、川路様は「そうかそうか」とにこにこと相槌を打ってくれる。

「それではその《天領窯株仲間》は実質林丹波守殿がご支配されているのだな。ただ現地の美濃でもっとも株を持っているのは小僧の家である普賢下林家で、それで祖父殿が筆頭取締役と。…権利株か、なかなか面白いことを考えたな。所有権を出資金で分割するとは」

「持ち株比率により利益も分配されます。窯の業績がそれぞれの利益につながるわけやから、みんな真剣になります」

「丹波守殿もよくご決断されたものだ。崩れたとはいえ家運を賭けた事業であっただろうに」

「立ち上げから数年来、天領窯は一度として利益を上げたことがなかったみたいです。むしろ追加の支出があるばかりで、その経営には幾分辟易されていたのではないかと。…現にこの《天領窯株仲間》の話が出るまで、窯再建の話はまったく上がってなかったそうですし」

「…その《天領窯》再建を主導し、さらには《根本新製》を作り出したのが小僧、おまえさんだということか」

小早に乗ってから3刻ほどたった頃であろうか。

日の長いこの季節でもやや空が翳り始める頃合に、船はようやく目的地に到着した。

下田港を出た時点で、目的地が伊豆半島の西側であることは分かっていた。

だがまさか半島の半ば、２刻10里以上も移動する船旅になるとは露にも想像していなかった。

遠く見晴るかせられる対岸には、わずかながらに集落のようなものも見える。沼津なんかもあのなかにあるのだろうか。

（…こんな遠くまで来るのなら、出発は朝方にしたほうがいいのに、なんであんな昼下がりに急に出立することになったんだろう）

川路様が下田奉行所のある稲田寺を出たのがすでに正午を幾分過ぎた頃であった。これだけの遠出となると、下手をしたら到着は夜になっていたかもしれない。

草太が感じていた疑問は、戸田村の集落が見えるあたりに至ったときに予想外の形で氷解した。

「……ッ！　あれはッ！」

「小僧は初めて見るか。あれはすくうなあ型というのらしいぞ」

川路様がからからと笑った。

浜の波打ちぎわに、すらりとした船型の帆船が停泊していた。

それが国内で初めて作られた本格的西洋帆船であることを草太が知ったのは上陸してのちの

ことである。

艦名(かんめい)はヘダ号。

60人乗りの小型船、スクーナーと呼ばれるクラスの帆船だった。


戸田村はひなびた漁村だった。

下田もそうであったけれど、伊豆は陸路に恵(めぐ)まれない代わりに良港に恵まれているらしい。大きく張り出した岬(みさき)に隠(かく)されるようにして広がった戸田の内湾に、和船とはまったく様相を異にする西洋式帆船が浮(う)かんでいる。

岩がちな海岸には小さな川の河口部に砂浜(すなはま)があり、そこに木材で組んだドックのようなものがある。船はそこで建造され、近頃(ちかごろ)無事進水したのだという。

浜辺(はまべ)には作られて間もなかろう掘(ほ)っ立(た)て小屋(ごや)がいくつもあり、そこで各地から集められた船大工が起居しているらしい。役人らしき人影も多い。


（おっ、いたいた）

顔役らしい川路様の到着を知って、役人たちが集まってきた。

「お待ちしておりました！」

「全権使節殿があちらでお待ちしております」

　みなよく日に焼けた顔をしていて、顔だけ見れば役人も船大工もあまり変わる所がない。ドックは露天であり、作業は常に日差しのもとにおこなわれていたのだろう。

　一緒に船から降りてきた草太の姿に役人たちも怪訝げな視線を投げかけてきたが、いまは目先の使命のほうが重要度も高いらしく、すぐに川路様を取り囲むように移動を開始する。

　草太も何食わぬ顔でその一行に金魚の糞のようにくっついていったが、やはり目的地の掘っ立て小屋の手前で川路様から引き剥がされてしまった。

「何者なのですか、この童は」

　困ったような役人の言葉に、川路様は少しだけ振り返って、「そこで待たせておきなさい」と気配りの利いた言葉を残してくれた。おかげで草太は乱暴に排除されることもなく、小屋の前で待つことができた。

　見れば海に浮かぶスクーナー船では忙しく異人たちが立ち働いており、小船で物資が運びこまれているようであった。浜辺にもちらほらと異人の水夫の姿があり、親しげに船大工らと身振り手振りして笑いあっている。

（白人だな……アメリカ人？）

この時代の栄養状態を反映してか小柄な日本人が多いのとは対照的に、異人たちは頭ふたつほど体格が違う。並んでいるだけで威圧感を覚えそうな体格差であるのに、異人と船大工たちはずいぶんと打ち解けた感じである。

国が分からなかったので近くを通りかかった異人水夫に「ハロー」とか言ってみたら、おお、反応があったよ。

「Здравствуйте！」

おやっという顔をしてこちらを見た水夫から漏れ聞こえた言葉は、「ズドゥラーストゥヴィチ」（？）という言葉だった。

ハローは通じたものの英語を話す人ではないようだ。

役人たちに気付かれないうちにと、もう少しいたずらしてみる。

「Nice to meet you.」

グローバル化が叫ばれる昨今（前世基準）、英会話も日常会話程度なら片言でしゃべることはできる。前世の初めてのハワイでは相手にびびりまくってホテルのフロントとすらまともにしゃべれなかったけどね！　幸いにして人生の荒波を掻き分け中の草太には気後れするという意識が擦り切れてしまっている。

「Разве что английский」

「ああ……」

しかしさっぱり分からない。

発音の感じからしてロシア語臭いのだけれど。

「Почему нельзя говорить на русском!」

「いや、あの…」

まずい。

異人の声が大きすぎて役人に気付かれてしまった。ああ、こっちくる。黙って！　異人さん黙って！

「なにを話している。いまなにかこの異人と会話してただろ」

「…えっ？　なんのことですか」

「なにか聞こえたぞ。おまえまさかこの異人の言葉とか分かったりするのか」

「Саке не хватает！」

「ほら、おまえに何か言ってるじゃないか！　何かしゃべってたんだろう！」

「Саке！　Саке！　Саке！　Саке！」


一瞬テンパッた草太ではあったが、すぐに持ち直してその持ち前の図太さを発揮する。

「えっ？　なんのことですか」


大事なことなので2度言ってみました！

そうしてにっこりと微笑(ほほえ)んで、英語も知らないのにアメリカ人もかくやという感じに大げさに首をすくめるジェスチャーも添(そ)えてみる。ほんとに日常会話程度しか知りませんよ？　うそじゃないデスよ。

もともとこの場の『異物』である草太に疑いの目を向けていたらしく、腰の刀に手をやりつつ迫(せま)ってくるお役人。その横では「Саке！　Саке！」と連呼している少しおバカ疑惑(ぎわく)

の出てきた異人さん。

これはうっとうしいなぁとか目尻(めじり)をひくつかせていた草太であったが、そのとき小屋の中から呼ばわる声がして、お役人が泡(あわ)を食ったようにそちらに走っていった。

「Саке！」

残された異人さんが必死にするジェスチャーから、どうやら「酒をくれ」といっているらしいと察する。よく聞き取れば連呼している言葉も「サーケ！」に聞こえてくるから不思議である。

「小僧！　川路様がお呼びだ！」

そのとき呼ばわる声がした。

草太はぎゅっとこぶしを握(にぎ)ると、跳(は)ね始めた心臓を軽く叩いた。

「Do you want vodka?（ウォッカが欲しいの？）」

緊張を解くためにいわでもいいことを口にして、きょとんとしている異人さんの様子に心を和ませる。ここにいる異人たちは、ロシア人だ。

ロシア人ということは、この小屋の中にいるという『全権使節』というのはおそらくあの人物を置いてほかにはいないだろう。

いままさに歴史の本流の中に片足を突っ込もうとしている。その強い流れに足をとられまいと、草太は最初の足場を無意識に探っていた。

第110章　プチャーチン

小屋の中は、かなり蒸し暑かった。

小さな窓は開けられているものの、中の会話を漏れ聞こえさせまいとほかは全て締め切ってしまっているので、ひといきれと熱気が小屋の中に充満している。

草太の目に最初に入ったのは、川路様の黒紋付の背中だった。

肩越しに草太を顧みて、くいくいと手招きしている。

「例のものをお見せして差し上げなさい」

事前にプレゼンの前振りをしてくれていたらしい。

草太は感謝の気持ちではちきれそうになりながらこくりと頷いて、小さなテーブルの上によいしょっと抱えてきた風呂敷包みを持ち上げた。そのときになってようやく、相手のロシア人の姿を目にすることが出来た。

（これが、あの…）

エフィム・ワシリエビッチ・プチャーチン。

日本の開国権益に群がり寄る海外列強のひとつ、ロマノフ朝ロシア帝国の全権使節である。

(顔でけえな)

主賓らしき割と小柄な口ひげの男は、フェルト地の厚ぼったい軍服に身を包んで、蒸し暑い小屋の空気に何食わぬ顔で耐えている。軍服なので分かりづらいが、結構肉付きもよさそうである。

その後ろで護衛よろしく直立不動の姿勢でいるのは副官その他であろうか。

隣にいる目つきのきつい東洋人は、同行するロシア語の通詞なのだろう。プチャーチンと思われるロシア人がごにょごにょとなにか口にすると、言葉が切れたのを見計らって通詞の男がさっと姿勢を正す。必要以上に肩肘張ってこっちを見下ろしてくる偉そうな男だった。

「それはなにか、と申しておられる」

まあ、雰囲気的にはそうとしか言ってないだろう。

若干この通詞に反感を覚えつつ、草太は手早く風呂敷包みを広げると、例のふたつの木箱を取り出した。

虎の子のボーンチャイナ披露の用意をしながら、草太はめまぐるしく思案を続けている。ここで行うのはむろん商取引を前提としたプレゼンテーションである。

(メリケン人でも捕まえようと思ってたのに、蓋を開けたら帝政ロシアか…)

なにゆえにこの伊豆の地でロシア人たちがたむろっているのか、生半可幕末好きの草太には、プチャーチンの名前とおぼろげなロシアの動きぐらいしか記憶にはない。にわか幕末好きの傾向のひとつとして、有名人のあまり絡まない周辺的事象に対しての関心が全般に薄かったのだ。

実のところ、帝政ロシアの全権として訪日していたプチャーチン一行は、あの《天領窯》を崩した安政の大地震で、寄港していた下田で乗っていたディアナ号が津波によって大破し、この地で長い足止めを食わされていたのだ。

故郷の復興に草太が一時忙殺されていたように、ロシア使節もまた地震被害に苦しめられていたという、まさに歴史が用意した偶然であった。

なにかに導かれたような、文字通りの一期一会の邂逅に他ならなかった。その幸運を草太は神仏に感謝した。

莫大な富を貯め込む金満ロマノフ王朝は、あたう限り最良の取引相手に他ならなかった。

（ただ、時代はまだ鎖国が続いてる……ここであんまり商売っ気を見せるのはNG）

いまはまだ幕府は鎖国政策を堅持している。彼らは海外列強には弱腰でも、自国国民にはどれだけでも強面になれる。

ちらり、と川路様の様子を見る。

草太はそっと生唾を飲み込んだ。このプレゼンテーションの貴重な場を、この手で支配せねばならない。

「わたしは美濃国林領、《天領窯株仲間》から派遣されてまいりました林草太と申します。このたびはこちらにおられます川路様のお許しを得て、《天領窯》産品をご紹介させていただきます」

手のひらに浮いた汗を極力気にせぬように……チャンスはたったの2回だ。

まずは川路様に見せた例の小皿を披露する。小箱を開けて、春夏秋冬の小皿をプチャーチンの前に並べていく。

彼の言葉をロシア語に訳しているらしい通詞の声がやたら気になってくる。

こいつほんとにロシア語しゃべれるのか？

蘭語、英語なんかは限定的とはいえ長崎での貿易が続けられていたから通詞の数も多かろうが、ロシア語とかちゃんとした通詞がいるのかはなはだ疑問である。この通詞の能力如何では《根本新製焼》の説明が誤って伝えられることも十分ありえるのだ。

男のしゃべっている言葉は、好意的に受け取ろうと思っても、どこかロシア語的な響きから遠い。これって、英語ではないから蘭語なんじゃなかろうか。ロシア側がまっとうな通詞を用意できない日本に配慮して蘭語で受け答えしているのかもしれない。

そのとき草太のこめかみがヒクヒクと引き攣った。

聞き耳を立てていると、通詞が《天領窯株仲間》を言葉そのままにカタカナ名詞で説明しやがったのだ！　こいつ会社という言葉を知らないのか！

普通なら怒るほどのことでもないのだろうけれど、そのとき草太もいささか血の気が上っていたのだろう。

「…カンパニー」

ぼそり、と草太の口から言葉が漏れる。

「テンリョーガマ・カンパニー！」

株仲間とは要は株式会社のことである。よくわからないカタカナ名詞ではとうてい相手の頭

に残らないだろう。このロシアの全権使節の脳細胞に《天領窯》を刻み込むためには、あちら

でも理解できる言葉が必要であったに違いない。

「It is a product of Tenryogama, Inc.」

相手のロシア人に、英語が通じるかは分からない。

だが太陽の沈まぬ国と豪語する海洋帝国となったイギリス人の言葉だ。教養のある人間であったならば理解できる可能性が高かった。

そのとき驚いたように目を見開いていたプチャーチンが、待ったというように通詞を手で制して、草太に向かって身を乗り出した。

「Can you speak English?」

おお、通じた通じた！

さすが全権使節を任せられるような教養人である。かなり頼りなくはあったけれども、ちゃんと英語に聞こえる。

が、草太にはそれに対するリアクションは許されない。とたんに冷静さを取り戻した草太は、おのれがやりすぎたことを悟っていた。

答える代わりに、にこにこと微笑んでみる。プチャーチンの隣で苦虫を噛み潰したような顔をしていた通詞が、いやいやというようにその言葉を訳して見せた。

「貴殿はエゲレス語が話せるのか、と尋ねておられる」

エゲレスって…。

すばやく言い訳をシミュレートした草太は、首を横に振った。

「異人に会ったときのために、こちらの言葉を一文だけ訳してもらったんです。それを暗記してました」

とっさにひねり出した言い訳だったけれど、なかなかにうまいこと言ったな自分。

異人に会いたいと売り込んだぐらいの人間が、片言の異国語を口にしたとてなにがおかしかろう。そちら方面に興味があるからこそ、こんなところにまで顔を突っ込んでいるのだ。

それ以上の言葉は知らないのだから、今後のリアクションは厳禁である。

草太がそれ以上しゃべれないことを知ると、馬鹿にしきった様子で通詞がふたたびその旨をプチャーチンに耳打ちする。それを聞いたプチャーチンは、幼い草太の顔を見て、面白そうに喉を鳴らして笑った。

それからおもむろに草太の陳列した小皿を手に取り、鑑賞タイムに突入した。

（…どうだ）


食い入るようにその様子を見つめる草太と川路様。

幕府のお役人とはいえ、海外の技術力に圧倒されがちな国内産品がどんな反応を生み出すのか興味があったのだろう。

プチャーチンが食いつけばそれで半分ミッションは達成されたのに等しかったけれども…。


「なかなかすばらしい焼物だとおっしゃられております。これは磁器かと尋ねられておりますが？」

「そうです、《天領窯》で新しく開発された新磁器の品にございます。美濃郡代様より《根本新製焼》の名もいただいてございます」


ふたたびプチャーチンに耳打ちする通詞。

多少は食いついているようには見えるものの、フッキングできるほどには食いついて見えない。内心の焦りを抑えつつ、草太は静かにもうひとつの木箱に手を伸ばした。

さすがに一国の全権使節を任される人間が一般庶民であるはずもないだろう。

おそらくは高級軍人、あるいはロマノフ朝の貴族ということでもあるかもしれない。磁器などそれほど珍しいものではないのかもしれない。

無論そんなことも草太は想定済みである。

幼な子のプレゼンをほほえましそうに眺めているプチャーチンを見て、草太は軽く唇をかんだ。18世紀中頃にイギリスで生まれたボーンチャイナは、この時代地域性はあるもののある程度ヨーロッパでは普遍化している。

草太がボーンチャイナ開発に流れたのはあくまで国産磁器で国際化の早かった有田との差別化を図るためで、東洋＝白磁器という概念のなかからあえて抜け出すことが最大の目的なのである。

海外で日本の焼き物が珍重されるのは、あくまで東洋趣味のその絵付けにあるといっていい。マイセンなどの名窯の絵柄のオリジナルはすべて日本や中国のそれにつながっている。その尊重されるべき東洋オリジナルに、乳白で透明感のある新素材ボーンチャイナ、そして百数十年後からやってきたおっさんのボーダレスな美的感覚と生産ノウハウが化学反応を起こしたときにこそ生まれる新たなオリジナリティ……それこそが草太の強気の正体であった。

（これならどうだ！）

そうして草太は全身の毛穴が開く思いで、もうひとつの木箱に手をかけたのだった…。

第111章　真価

もうひとつの木箱……。

こちらこそが草太の用意した本命であった。

（『浅貞』の主人に値付けを迷わせた一品だ）

名古屋の『浅貞』に経過報告がてらこの《根本新製》を見せたとき、目利きの主人をして押し黙らせたこの品は、おそらく現時点で目の前の異人たちにしか価値を定めることが出来ない代物であったろう。

その木箱は先の小皿を収めたそれよりもずいぶんと大きかった。

近い大きさのもので言えば千両箱であったろうか。桐油を塗り込まれた木肌はしっとりと光沢を持ち、角を補強する金具とあいまって非常に重厚感のある箱となっている。

留め金を外し、蓋を開けた。

中の状態をすばやく確認し、問題がないと見極めた草太は、その箱をくるりと１８０度回転させ、ロシア人たちの前に差し出した。

ほう、と川路(かわじ)様のため息が聞こえる。異人相手の体面さえなければ、すぐにでも身を乗り出しそうな食いつき感である。

「красивый…」

プチャーチンの口から、呆(ほう)けたような呟(つぶや)きが漏れた。

ちらりとその視線が向けられたのを、手に取る諒解(りょうかい)を求めたものと受け取って、草太はこくりと頷いて見せた。

プチャーチンの手が、箱の中に収められていたティーカップを取り上げた。

《根本新製》の異質さがもっとも色濃(いろこ)く現れたその焼き物は、プチャーチンの丸っこい指の中でくるくると方向を変え、矯(た)めつ眇(すが)めつ食い入るような熱視にさらされている。

「…この国にも茶の宴(うたげ)があったとは驚(おどろ)きだ、と申されている」

通詞がプチャーチンの言葉を拾って日本語にしていくのだけれど、訳がいまふたつほど怪(あや)しい。茶の宴ってなんだと詰(つ)め寄(よ)りたい気分であったが、『ティーパーティ』のことであるのは明白だったので勝手に脳内変換(へんかん)する。

「面識のある長崎帰りの商人から聞きかじったのですが、海の向こうのほうではそうした器で『紅茶』を楽しむのが上流階級の習いであるとか。正確な形はわかりませんでしたが、その『取っ手』をつまんで口に運ぶものと伺っています。『ていかっぷ』と申す茶器にございます」

「ほほう、変わった形だと思っていたが、あちらの茶器か!」

覗き込んでいた川路様が、見慣れぬ形のその正体を知って前にのめるようにテーブルに手をついた。

金泥で縁取りしたやや小ぶりなティーカップには、牛酗の渾身の作である上絵が躍っている。白と薄茶の子犬が2匹寝そべるようにして愛くるしい顔をみせている。ふわりとした毛並みまで感じるような巧みな色使いに、ボーンチャイナの透明感のある白が際立たせられている。

まだ東洋の模倣段階にある欧州製磁器とは違い、絵付師は紛れもない本場東洋のプロ中のプロ、有田の絵師にすらこの点では明らかに上回る円山派の直弟子によるものだ。

色の発色の悪さを値引いてもなお、絵に関しては紛れもない当代一の商品である。

「東洋の美しい磁器はわが国でも大変に珍重されている。…我が家にも買い求めた『へうれんど』なるものがひとそろいあるが、それらは唐土の焼物を模したものでそこまでは高価ではない、と申されている」

へうれんど？

もしかして『ヘレンド』のことか。

ハンガリーの磁器産地で、中国の陶磁器の絵付けをあちらふうにアレンジした少し癖のあるデザインの焼き物だったはず。伝統の先入観に毒されていない職人がアレンジするとこうなるのか、というなかなかに興味深いメタモルフォーゼの一例で、おぼろげに記憶にあるのは中国の『鯉』が『貯金魚』（某金融機関の…）似になってしまうというなかなかにカルチャーショックな代物であったはず。

ヨーロッパの茶器の歴史は『東洋の磁器』の模倣に始まって、土着の意匠と融合しつつ独自デザインへと昇華している。ロシアにも王室が経営する有名な磁器工房があったはずで、王侯貴族の磁器コレクターもさぞ多いことだろう。

「その上絵は彼の円山応挙先生の正統を受け継ぐ、優秀な絵師によるものです。そのひとつひとつが絵師本人の直筆で、この世にふたつとしてない大変貴重なものです」

おのれの売込みが相手にしみこんでいくのを窺いながら、草太は干上がった喉を何度も上下させた。水が飲みたい…。

「なんと！　それは応挙先生のお弟子様の絵なのか！」

プチャーチンよりも先に川路様がフィーシュッ！　である。

にこにこ笑みを絶やさない老紳士であった川路様が、笑いを貼り付けたまま血の気を上らせている様子はなかなかに迫力がある。円山応挙のネームバリューは全国区であるらしい。

「伊万里のものと色艶が違うように思うが、なぜか、と申されている」通詞からの問いに、

「さすがはロシア帝国全権使節様でございます。ひとめでその違いを見抜くとは、恐れ入りました。…伊万里（有田焼等）とは使用する土が違います。《天領窯》独自の磁器土を用いております」と草太は立て板に水とばかりにすらすらと答えた。

「北のしべりあの雪の下にある氷のように美しい、と申されている」


プチャーチンは興に乗ったように箱の中のカップを次々取り出して、同梱されていたソーサーも合わせて並べていく。磁器同士のぶつかる音がまるで風鈴のそれのように、蒸し暑い小屋の中にわずかな涼感をもたらした。

箱の中には、4セットが収められていた。

箱はこれらの高級ティーカップセットを収めるべく特注で作られたものだ。例の西浦屋のでこ娘に拉致られた小間物屋で、草太が見出した木箱……その作り手である内津の指物師に指示して作らせた。

しっかりとした造りの箱の中には、やわらかい緩衝材のなかにカップとソーサーがはめ込めるようなくぼみがあり、移動中の破損に備えている。細かめにした藁くずを糊で固めた自家製緩衝材はたっぷりした絹の手巾で覆われており、収納ボックス単体でもそこはかとなく高級感を醸している。

高級路線を行くのなら徹底的に！

高い金を払うお客のためにサービスの限りを尽くす現代感覚のパッケージングである。

「красивый…」

並べたティーカップをうっとりと眺めているプチャーチンと川路様。

これは完全に食いついたと判断していいだろう。成功の予感に鳥肌が立ってくる。最初にして最大の関門であった『初見の掴み』は達成した。

後はそのいい空気を我田引水、《天領窯株仲間》の利益へと誘導していくだけである。草太の予定としては、ここでプチャーチンに食いつかせておいて、あえてその品を下げて撤退、「プチャーチンが喉から手が出るほど欲しがった品」という風聞に乗って江戸の旦那衆を席巻するつもりである。

本来なら手土産にとそのまま渡してもよかったのだけれど、あいにくと合格品の『ていかっぷ』はいまここにある現品限りなのだ。

（さぁ、後はどこで撤退を開始するかだな…）

ぺろりと唇(くちびる)を湿(しめ)して雰囲気を窺う草太を尻目(しりめ)に、会話というよりも独り言をつぶやき合っていたプチャーチンと川路様であったが…。

「Требуются…」

ぽつりと、プチャーチンがつぶやいた一言に、通詞が反応する。

もうほとんど条件反射なのだろうけれど、訳してから少し驚いたように通詞の男は目を見開いた。

「欲しい、…と申されている」

物欲しげなプチャーチンの視線が、それと合わせるようにせり上がってきた川路様のそれとぶつかった。

その瞬間(しゅんかん)、まったく別の思惑(おもわく)に意識を割(さ)いていた草太は、状況(じょうきょう)の急変に対応できなかった。

視線を絡み合わせたロシア帝国と徳川(とくがわ)幕府の代表者たちは、言葉の刀を切り結ぶこの時代の最前線の外交官である。

そこには互(たが)いの利得を読み合う機微(きび)というものがあり、その流れを見抜ける外交官ほどその資質が優秀であるといってよかった。


「これはささやかながらわが国からの贈(おく)り物(もの)として用意させた品にございます」

「……ッ！」

「…むろん、でございます」


え……？

わずかに取り残された感のある草太を脇(わき)において、話がとんとん拍子(びょうし)に進んでいく。

川路様が盛大に照れながら、プチャーチンから差し出された手を握り締めた。シェイクハンドというやつですね！

って、ちょっと待って…！

「両国の交流がこれを機によりよいものになることを祈念(きねん)いたします、と申しておられます」

「それではご帰国までどうかご健勝で」


がっちりと握手(あくしゅ)を交(か)わした日露(にちろ)外交官たち。

そのティーカップ、ぼくのなんですけど…。

何で持っていっちゃうのかな。ぼくよくわかんないや。


プチャーチンらロシア帝国全権使節団は、次の朝には戸田村の住人らに見送られながら帰国の途に就いた。

どうやら川路様が急いでこの村までやってきていたのは、この使節団が急遽出国を決めたのに合わせてのものだったらしい。

いろいろな出来事で絆を深めた両国の人々が惜別の思いで互いを見送る中、ひとり灰のように真っ白になって体育坐りする6歳児の姿が戸田の浜辺にあったという。

まさにポカーンである。

第112章　幕府の金銭感覚

「まことに、相済まんかった」


それが幕府の体面的にも衆目の中ではとても見せられる光景ではなかったのは確かである。

泣きべそをかく6歳児に、川路様が示したのは最大限の謝罪の意であった。

人目のない船宿の一室であったとはいえ、それは異例のことであった。


「済まんかった…」


人柄というのであろうか。

つまりはとても『いいひと』なのであったのだ。

このお役人様、川路聖謨という人は、幕府でどの程度の立場にいたかというと、大阪東町奉行をはじめ遠国奉行を歴任、この下田にてロシアとの交渉に当たっていた時期は『勘定奉行』という要職についていた。

勘定奉行、というと某会計ソフトを思い出してしまうけれど、幕府の指揮系統上ではあの美濃幕領でチート行政官であった美濃郡代のさらに上、全国幕領の郡代や代官などを取りまとめるかなりの要職である。

その川路様が、翌日わざわざ次郎伯父たちの逗留する船宿にまで草太を送り届けたのちに、その潮風薫る船宿の２階で手をついて平謝りしたのである。

船酔いでごろごろしていただけの次郎伯父らには事の顛末が見えていないので、平伏するお役人様にきょとんとするばかりである。

そのとき草太はというと、川路様の対面で泣きべそかいて洟をすすり上げている。つまりは謝罪の相手とは紛れもなくこの６歳児であったのだ。帰りの船中で小早の舳先に身を投げ出すようにうつぶせになり、今にも死にそうな様子で静かにむせび泣く６歳児に相当に精神を削られていたらしい。


「あれが大切なものであることは重々承知していた。…だがこれも国のため、ここは怒りを飲んでこらえてほしい」

「…川路様」


小早の船底は常に水漏れがあり濡れている。そこで身を投げ出していたのだから草太の服は海水でべたべたであったが、ちんまりと正座する草太は心ここにあらずのていで、ぼんやりと畳に額を擦り付けている川路様の後頭部を見つめている。

「あれは《天領窯》で何度も窯を焚いてようやくものになった初めての『ていかっぷ』だったんです」

「もうしわけない……」

「焼いた器を何百と叩き割って、ようやっと人様にお見せできる出来栄えとなった、唯一のものやったんです」

「…………」


何百、というところをさり気に強調する。

この川路聖謨というお役人様が、非常に開明的でこの時代の独善的な武家至上思想に染まっていない稀有なほどの理性を持ち合わせていることは、ここで子供相手に頭を下げられることでほぼ証明されている。

郡代様よりも偉い要人に頭を下げられているのだ。本来なら萎縮してしまって、頭をお上げくださいもうよろしいのですとか損をかぶることを覚悟してしまうシチュエーションであるのだけれど、《天領窯株仲間》勘定方にして普賢下林家の浮沈をもその小さな両肩に背負う草太には、快く引き下がるだけの余地が残されていなかった。

「まさかあのまま異人たちが翌日には帰ってしまうなんて思ってもみなかったので……ぼくは

……わたくしは異人たちの反応を確かめてから、是が非でもという感じになったらしかるべき取引にてお上に買い取っていただくことを考えていました。製造には多額の金子が投じられています。江戸本家、林丹波守様にも売り上げのしかるべき割合を納めねばなりません。販売の取り決めをしている尾張の蔵元『浅貞』さんにも義理を欠いてしまうことになります…」

「…そうであるか」

「《株仲間》は受けた『損』も引き受けねばなりません。筆頭取締役たるわたくしの実家も、多額の負債を負うことになります。おそらくはそれを受けきれねば、一族郎党首をくくることになるやも知れません」

「………」

本当に運がよかったのかも知れない。

ともすれば「大儀であった」で済んでしまってもおかしくない状況なのだ。それに対してかなう限り誠意を示そうとしている川路様というお役人は、人の世の理非をわきまえた人物のようだった。

「阿部様に差し許された手土産代はもう些少しか残ってはおらぬ。幕府は彼らの饗応だけでなく、あのすくうなあ型の建造費をも出しておるのだ。すでに数千両を費やしてしまった。私の一存で動かせる額は知れたものゆえ、足りぬと申すのならわが川路家が何とかいたそう……いかほどの値を用意すればよい」

草太は洟をすすりつつ、思案した。

もはや江戸での営業などということは、『品』が乏しいだけに強行しても効果が望めそうもない。言葉巧みに聞こえのいい風聞を連ねてみても、その目の前に説得力のある実物がないと、実りある営業には結びつかないだろう。

（…ここはいったん引くべきか）

利がないのならさっさと引いたほうが吉。

ただし、泣き寝入りできるほどの体力はないのだから、それ相応の《天領窯株仲間》にとっての『利』を引き出さねばならないだろう。

「…川路様の裁量でお支払いしていただけるお上のご予算はいかほどあるのでしょうか」

「…私の一存でならば、10両がよいところであろう。それ以上となると、大目付の筒井様、勘定吟味役の村垣殿の了承が必要となるだろう」

「…ッ！　…で、では、それだけで結構です」

10両⁉

思いもかけぬ金額が飛び出して咳き込みそうになった。

ティーカップ4セットで10両⁉　50万円ですよ！

確かに末期の徳川幕府は、外国がらみになるとたんに金銭感覚が狂っていたような記憶がある。くだんのロシア人たちにも、破船した船の代わりにスクーナークラスの小型帆船を建造するだけの資金をぽんと拠出している。それだけでも数千両である。幕府の見栄っ張りも相当なレベルである。

扱う金額が大きいだけに、川路様の金銭感覚もやや一般からはズレてきてしまっているのだろう。まあプチャーチンがあれだけ欲しがったのを見ているからこその価値付けであったのだろうが…。

十分すぎる代金を得た上に、さらにチャンス券が残されているという思いもかけぬゾーン状態。生唾と一緒に鼻水も飲み込んで、草太は涙をぐしぐしとこすった。

今泣いたカラスがもう笑ったどころではなく、その口許には黒いオーラまで漂いだした。

あくまで「損して得取れ」の謙虚な様子を取り繕いながら、金額交渉がまとまりそうな様子に顔を上げた川路様の目を見つめて、草太は少しだけ膝を詰め寄らせた。

「これからは幾度となく黒船が訪れてまいりましょう。お上としても、転ばぬ先の杖ではありませんが、彼らが喜ぶ品をあらかじめ手元に用意しておくのはいかがでしょうか？」

「それは……そうかもしれぬな」

「ひと月の間に別のものを用意いたしますので、それを値を改めたうえでお上にお買い上げいただけませんでしょうか」

　草太は部屋の隅でぽかんとしているゲンに目配せして正気に返らせると、荷の中から7寸角の木箱を用意させる。

　そうしてそれの蓋を取り、なかから絹に包まれたひとつの茶器を取り出した。

「…大目付様にご報告されるときに、何かその証明となるものが必要となりましょう。こちらを川路様に無償にて進呈させていただきます」

　草太がすっと目の前に押し出したものは、先のロシア人に渡されたティーカップと対となる商品だった。

「…ほう。これを無償で？」

「はい。こちらは先の『ていかっぷ』とひと組にして売り出すべき品。その『ていかっぷ』が手元になくなったうえは、商家の旦那衆に見せて回るにもこれだけでは片手落ちですので、この際川路様にご進呈させていただいたほうがよいかと思いました」

「これは『急須』だな。またえもいわれぬ不思議な形をしているが」

「『ていぽっと』、と申すものです」

旧来の急須とは違い、それは小ぶりであるがやや縦長、蓋の受け口にひらひらと造形の遊びが飛び出していて、さながらフリルのついた急須という感じである。注ぎ口は鷺の首のように優美なカーブを描いている。その反対側にはむろんティーカップと同じデザインの取っ手がついている。

絵柄も同じく犬なのだが、こちらは表面積も大きいため子犬が5匹ほど愛らしい怠惰さで転がっている。

進呈するのだから、それは川路様にその所有を託すのと同義である。

さきほど見惚れていただけに、そのティーポットがおのれのものになると分かった川路様の表情は分かりやすく喜悦に満ちた。文明の進んだ海外の偉人が恥じも外聞もなく欲しがった稀有な一品である。

「なるほど、それは確かに検討に値する提案である。いそぎ筒井様と諮ってそなたのカムパニー、《天領窯株仲間》に発注をいたそう」

「ご注文謹んでお受けいたします」

「相次ぎおとなって来るとつくにの異人たちに幕府の威光を示すにあたって、いろいろと差し出してみたりはしたのだが、彼らの趣味嗜好はなかなか分かりづろうてな……あれだけはっきりと欲しがられる土産を用意しておくのは悪い話ではなかろう。すぐに返事はいたしかねるが、…長くて数日ほどこの下田に逗留して待機していてほしいが」

「かまいません。お待ちしております」

「…身も世もなく泣きべそをかいておった童が、いまはこうして堂々と商談を進める。ほんとうにおかしな童よ」

「変わっていると、いつも言われます」

「林草太であったな。名は覚えておこう」

そうしてにこにこと微笑んだ川路様は、木箱を手に船宿を辞去していった。

能吏らしい切り替えの早さであった。歴史上の開国騒動では、常に『腰砕け』の印象が強い幕府であったが、その外交最前線ではこうした切れ者たちが動いているのだ。幕府という大所帯に有能な人材は多い。

「草太…」

そのときようやく風景の一部でしかなかった次郎伯父がぽつりと漏らした。

「おまえまたなにをやらかした。あれが10両やと」

「売れたね」

「あれは相当にお偉い役人様じゃないのか」

「たぶん江戸本家のお殿様と、…同格か上ぐらい?」

「おま…」


驚いて腰を抜かしているゲンのほうをちらりと見て、次郎伯父は「こういうやつなんやわ」と盛大にぼやいたのだった。

第113章　鼻の利く男

川路様からの連絡待ちの数日。
行き違いになることを恐れ身動きの取れなかった草太の元に、意外な人物が訪ねてきた。
旅装に身を包んだ痩せた男だった。

「林草太殿と面会したい」

そう言って困惑する船宿の手代を押しのけるように2階の客間までずかずかと入ってきたその男は、窓際で熱心に下田港に停泊する廻船を観察している草太の姿を見つけて、必要以上に大きな声で事後承諾気味に「お邪魔いたす」と言った。

「自分、本木昌造と申します。草太殿には、一度お会いしたと思うが…」

男は、あのプチャーチンの横にいた居丈高な通詞だった。
肉付きのよろしくない細い面に、目だけがぎらぎらと強い光を宿している。通詞といえば普通は学識のある文人書生のイメージがあるが、この男からはまるで桜田門外で井伊直弼を待つ水戸脱藩浪士のような、いつ暴発するか分からぬような危険な熱を感じる。
窓枠に腰掛けていた草太は、突然とはいえ知った人間の来訪を受けて対面するように坐を移した。

「林草太です。…あのときの通詞の方やね」
「長崎に帰る前に、一度《天領窯》カムパニー勘定方であられる草太殿にお話をうかがいたいと思い、迷惑を承知で押しかけさせていただいた」
「本木様は、長崎の方やったんやね」

この時代の通詞といえば、やはり長崎が多いのだろう。出島がそこにある関係上、異人にもっとも接することになるのは商館に出入りする現地の者たちである。

「自分のつたない露西亜語の通訳に、貴殿がずいぶんとご不満であったようなのは分かっていた」

なかなかにエアリーディング能力にも長けているようだ。この時代の『通詞』という専門性の高い職は、当然ながらそれなりの高待遇と尊敬を払われるべきものであり、当人としてもその職分について相応のプライドを持つのが当たり前であったろう。

おのれの通詞としての能力に疑義を抱かれることは相当に腹立たしいことであったろうが、この本木という人物はそれを臆することなくはっきりと口にして見せた。相当なプロ意識がないとこんな態度は取れなかったであろう。


「我が本木家は代々露西亜語を専門とする家門にて、このたびはプチャーチン殿の通詞として同行を命じられておりました。ここしばらくの寝食をともにする生活で、ずいぶんとこなれてきたと自負しておったのですが……かむぱにーでしたか、言われたままに返すなど通詞にあるまじき醜態を晒し申した」

「出島に常駐する阿蘭陀人ならまだしも、交流もわずかな露西亜帝国の言葉を研究し続けるのは大変やったと思います。この黒船騒動の冷めやらぬ時期に重要な交渉の場に同行されるだけでも、当世一等の露西亜通詞と認められているようなもの。無用なご謙遜はそのあたりにして……そろそろ、こちらへお越しいただいた理由をお聞かせいただけますか？」

「…あの時も思ったことだが、ここまで弁の立つ童がいようとは日の本も広いものだ」

心持ち居住まいを正して、本木昌造は身をかがめるように顔を伏せた。

それが草太に対する一礼であることに気づいて、あわてて応じると、

「そなたに訳文を授けたという、エゲレス語学者を紹介していただきたい」

「……ッ！」

予想外の爆弾が投下された。

この本木昌造という人物。

外国語通詞というだけでモブ認識をしていたのだけれど、どうやらそうではなかったことが明らかとなった。

本木は懐から皺だらけの紙束を取り出して、草太から見えるように畳に広げて見せた。みっちりと書き出されていたのは筆写したアルファベットで、番号を振った長文が箇条書きになっていた。

「これは取り扱いの説明書にて……解釈に難渋しており申す」

なんと数年前から西洋活版印刷に手を出しているというのだ。

仲間と共同で印刷機を取り寄せて、西洋文明の粋である学問書を安価に大量生産すべく画策していらしい。機械を買って紙を刷れば出来上がると簡単に考えていたそのグループは、届いた実機を扱ってみてようやくことの難しさに気付いたのだという。

当たり前である。解読に難を残す原本をそのまま印刷するのならまだしも、日本語に訳したものを独力で印刷製本するつもりであったらしい。ということは、新たに日本語の活字を起こさねばならず、無数の漢字にいきおい難易度が急上昇する。

その技術的な難所にアドバイスを与えられる外国人技術者を探しているというのだ。


（困ったな…）


むろん知り合いのエゲレス通の学者など口からのでまかせである。

ほんと勢い任せのでまかせであったので、ことの整合性など検証もされていない。日の沈まない帝国とか吹いているくせに、この時代日本国内ではずいぶんと影の薄い印象のあるイギリス。

実は江戸時代初期、平戸に商館を設置するくらいに日本進出にやる気だった彼の国なのだが、売掛金の焦げ付きとかオランダとの角逐とか問題を払拭できぬまま、ついには撤退を余儀なくされている。

こちらの回答を待っている本木昌造に、草太は面映ゆそうに頬を掻いた。

「上方でさる先生のお屋敷で会う機会がありまして、戯れに訳してもらった一文をたまたま覚えていただけで……実は会ったというだけで相手の名も知らないのです。申し訳ございません」

「…そうですか」

ため息とともに顔を上げた本木昌造は、軽く天井を見上げるようにして瞬きした。ずいぶんとお疲れの様子です。

草太の言い訳を信じたのかどうかは分からなかったけれども、それ以上追求するつもりはないようで、印刷機を取り寄せたのちの顛末やら、その後投獄（！）された人生の波乱などを何事でもないかのように気安く語りはじめた。ちなみに投獄されていたのはずいぶん最近のことであるらしい。

「むやみに蘭学の本を頒布したのが罪に問われてな。最初に印刷してみたのが、恥ずかしながら私自身が書き起こした『蘭和通弁』という本だったのだが。それがまた印刷が汚くてなぁ…」

「印字の出来がよろしくなかったの？」

「ほとんどが手製のやつだったからな。慣れてなかったのも大きかろうが、技術的にも未知の部分があまりに大きかった…」

「金属の活字は鋳込みやからね。慣れないとそういうのは難しいと思うよ」

「…活版印刷にもずいぶんとお詳しいようですな、草太殿は」

「…ああ、今日は船出には絶好の天気ですねー」

空々しく話の腰を折ってみる。

バカが見るブタのケツ、なんだかそんなようなものを幻視したような気がする。少しは自重しろ、オレ。

日常に印刷物が溢(あふ)れていた前世の知識が生半可にあるだけに、普通(ふつう)に不用意な言葉が出てしまう。

恐る恐る本木昌造のほうを見てみると、案の定うろんげにこちらのほうを見やっている。

「活版の活字は鉛(なまり)を鋳込んで作るもの。型を作り流し込むだけと簡単に思っていたのだが、母型がうまく出来ぬと印刷面がでこぼこになって印刷にムラが出る。時間をかけて削れば何とかはなるのだが、それでは手間と金がかかりすぎてとうてい手に負えなくなる」

「ぼくのような童に聞いてどうなる話でもないと思うけど…」

「普通の童ならばそうだろうがな……何か手がかりのようなものを持っているような気がしたのだ……草太殿ならば」

「………」

たしかにいくばくかの知識は持ち合わせている。

同じ工芸品である鋳込みの技術もある程度知っているので、溶けた鉛を流し込んで作る活版活字の作業風景は想像できる。そして本木昌造らが技術的困難に至っている要所も推定できる。

（蝋で型取りした『雌型』を、金属の熱に負けない材質のものに置き換えるのが難しいだろうな…）

実にめんどくさい工程なのだが、最初の母型はたぶんツゲのような木を削った印鑑のようなものなのだろう。材質が木なのでそれに直接溶けた金属をくっつけるわけにはいかない。いったん蝋で『雌型』を取り、それをいくつかの手順を踏んで耐熱性の高い材質に置き換えていかねばならない。

マンホールの蓋などは原型を突き固めた砂に押し付けて型を作り、そこに金属を流し込むだけで完成する。マンホールなど大物であるならばそれでもいいのだけれど、さすがに活版の活字ともなると砂のブツブツが出てはまずいだろう。

（…ん？　耐熱性？）

そういえば焼物こそ耐熱性素材の王様だよな。

いずれはもっと適切な手法が出てくるだろうけれど、技術的過渡期のリリーフ役ぐらいならばできるのかもしれない。

「『雌型』の作り方で困ってるんだったら、キメの細かい粘土に母型を押し付けて焼いてみたらどうです？」

「…粘土？」

「長崎なら名産地がいくつもあると思うけど。そこで雌型を焼いてもらったらどうですか？　もちろん水蒸気の出ない本焼成で……鉛程度の融点なら、ひびひとつ入らんと思うよ」

「焼物……そうか！」

かっと目を見開いたかと思うと、本木昌造は慌てたように立ち上がった。

この時代に多い熱情系の人物は、たいていせっかちなようである。

顔を紅潮させて草太に一礼したかと思うと、寸暇も惜しむように船宿を飛び出して行った。

そのせわしない背中を見送ってほっとため息をつく草太の横で。

「こういうやつなんや。分かったか」

唖然としているゲンの肩を、次郎伯父がぽんと叩いていた。
何が分かったのかはあまり知りたくはない。

第114章　御用申付

数日後、稲田寺に召しだされた草太一行は、大目付の筒井政憲、下田奉行伊沢政義らに拝謁したあと、先のプチャーチンの手に渡ったていかっぷ代10両とともに、1通の書状を受け取った。

《御用申付》

その一文に始まる書面を流し読み、さっとそれを元のように折りたたんで懐中に差し入れ、草太は幕府の要人たちに平伏した。

それは幕府からの正式な『発注書』であった。

草太は極力とりすました様子を保っていたつもりであったが、内心は激しい動悸により呼吸さえも躍りかねない状態だった。

御用申付……その書面の千金の重さを、少なくとも同席した全ての者たちが認識していた。お役人様たちはもとより、草太の後ろに控えていた次郎伯父でさえも緊張に顔をこわばらせている。

その書状ひとつで、たとえば職工であるなら一族あげてその栄誉に狂喜乱舞しただろう。商人であるならば、その書状に付帯するけっして金銭では購えない巨大な《信用》に将来の展望を夢に描いただろう。

たったひとつのその『書状』が、世に言う『御用達』の証でもあったのだ。

「なかなか見事な品であった。早急に一揃いを用意し、期日までに粗漏なくお上に納めるように」

「かしこまりました……！」

退出するに際し、紹介者として控えるように坐っていた川路様と目が合って、草太はそちらへも深々と平伏する。にこにこと笑みを絶やさず「たゆまず精進されよ」と力強く背中さえ押してくれる。

「この命に代えましても……！」

この瞬間よりのち、《天領窯》は《天領御用窯》と称するようになる。

《天領窯株仲間》にとって、それはまさに天下に飛躍するための翼を手に入れたに等しかった。

＊＊＊

下田を発った草太一行。

順風にも恵まれて3日後には宮宿に着き、休む間も惜しんで翌日には名古屋に入っていた。

今後のこともあるので『浅貞』の主人とはある程度のすりあわせを行っておく必要がある。

簡潔に指示をしたためた手紙をゲンに託し、一足先に大原へと戻らせると、草太は伯父を伴って堀川端の『浅貞』を訪れた。

早すぎる戻りに怪訝な顔をした主人であったが、草太たちの持ち帰った報告に文字通り腰を抜かすことになった。


「幕府御用……ああ、失礼」


草太らを客間で迎えた『浅貞』の主人は、手に取りかけた湯飲みを取り落としてわたわたと落ち着きを失った。

そうして震える手で草太の持つ書状を受け取ると、はらりと広げて食いつくような勢いで文面を目で追った。その目が何度も何度も反復動作を続けた後に、ようやくそのまなざしが待ち構える草太たちに向けられる。

『幕府御用』…。

その言葉はそれほどに重い意味を持っているのである。

蔵元である『浅貞』もまた御用商人といえるわけだが、それは尾張藩の御用であり、幕府の御用とはやはり重みが違う。尾張藩御用がこの地域限定の権威であるのに対し、幕府御用は全国津々浦々で信用というご利益を賜りやすい。

主人は熱に浮かされたように細くため息を吐き出すと、心底うらやましそうな目でとりすました6歳児のまなざしを見返した。


「たった10日で『幕府御用』を掴み取ってくるとは、どんな天佑が働けばこのようなことが起こるのか……もしも旅立ち前に拝んだ神様仏様があるのならわたしもぜひご利益にあやかりたいものです」

「宮の渡しで熱田神宮には参拝しましたが…？」

「熱田さんが商売繁盛などとはあまり聞いたためしがないですが、わたしもそのうちに一度参ってみるとしましょう…」

「今回は予想も出来ぬことが重なり、あのていかっぷを幕府がお買い上げとなってしまったこと、専売の約定を取り交わした『浅貞』さんには大変申し訳ないことをいたしました」

ほんの少しだけ息を詰めて、草太は頭を下げた。

成り行きがどうであれ、先に『浅貞』と交わした専売の約定をたがえたことに違いはない。『浅

貞』の主人は事の顛末を説明し始める草太の言葉に耳を傾けていたが、ひととおりを聞き取った後に盛大なため息をついて、彼の謝罪を当然のように受け入れた。

「そのような事情であるのなら、いたしかたありますまい。お相手がお上のお偉方ともなれば、もはや草太様の一存ではどうにもなりますまい。……わたしはむしろ目先の小金よりも、渭水で龍を釣り上げた呂尚のごときその天運にこそ瞠目する思いです」

「先の約定の通りに、今後《根本新製》は『浅貞』さんの店からしか出荷されません。《天領窯株仲間》が幕府御用をいただいたのなら、それは『浅貞』さんが御用を賜ったのと等しいとお思いください」

草太はそこで懐から代金として受け取った10両を差し出し、それを3枚と7枚に分けて、3枚のほうを『浅貞』の主人のほうに押しやった。

「これが今回の売り上げです。いささか不測の事態などもありましたが、売り買いが成立したこの10両をわたしども《天領窯株仲間》の公認する小売価格として、全体の3分（30％）を『浅貞』さんの取り分としてお渡しいたします」

「問屋の取り分が3分、というわけですな」

わずかに意味ありげな主人の目配せに、草太は出されていた茶で喉を湿しつつ取り澄ましたふうに持って回った言い方をした。

「次回のお上への納品時に、おそらく今後の売値の基準のようなものが定まるものと考えています。そこで定まった売値を今後わたくしども《天領窯株仲間》の希望する『小売価格』の基準としていこうと思います。《天領窯株仲間》の取り分は、その『希望小売価格』の7分です。たとえそれ以上の値がいくらつこうとも、そこから先の利益については口を出すつもりもありません。…高く売れれば売れるほど、『浅貞』さんの利益は青天井というわけです……たとえそれが100両で売れたとしても、わたくしども《天領窯株仲間》の公認価格が仮に10両であれば、そのうちの3両と残り90両全ては『浅貞』さんの取り分となります」

「……ッ！」

そういう破格の価格付けがブランド商売というもの。

暴利ではあるが、けっしてそれはいかがわしい商売などではない。信じられないほどの付加価値が乗せられて且つそれでも欲しがる相手がおり、売買が成立してしまうという特異な状況においてのみ成立するビジネスモデルなのだ。

その破格の利益が保証されれば、ほっといても営業にも熱が入ることだろう。

「ひと月以内に幕府ご指定の品を『浅貞』さんに納入いたしますので、そのときはぼくと江戸までご同行よろしくお願いいたします。ぼくのほうで渡りをつけたお役人様方との顔合わせもありますし。今後は約定の通りにすべて『浅貞』さんが窓口になってさばいてもらわんと」

「江戸へ……下田にではなく？」

「そのときは将軍様に献上する品も用意いたします」

「しょ…公方様に拝謁するのですか！」

「まだそうと決まったわけやないけれど、そういう可能性だってあるとぼくは思ってます。…ともかくここからが勝負やし。流れが向いてるうちに押して押して押しまくらなあかんし」

おそらく川路様に手渡したティーポットは、幕府内の役務の流れに従って上流へと遡上し、いずれはその頂点である老中幕閣、さらには将軍のところにまで至ることであろう。黒船騒動で動揺している徳川幕府にとって、国内産品を露西亜帝国の全権使節が目の色を変えて欲しがったという風聞はまことに耳によく聞こえることだろう。苦境にあるからこそそういった噂は強い力で拡散する。

「茶器を愛好するのは上流の武家ではたしなみみたいなものやし。きっと見たことのない西欧の茶器をお偉方も『見たがる』やろうし、たぶん自身の趣味人を証明したくて『分かりたがる』と思うんです。…やから、新たな品を納めるに当たって、特別な取り計らいでご拝謁なんてこともありえる話やと思うんです」

「あの奇妙な形の茶器を見たとき、このわたしですら値付けに迷ったほどですからな。もしもあの品をお偉方が手に取るようなことでもあれば……まったくありえぬ話というわけでもありませんな」

「やから、ここは一気に土俵際まで寄り切るつもりで勝負に出なあかんと思うんです」


膝をつめて、草太は『浅貞』の主人に耳打ちする。

その企みに聞き入るうちに、主人の顔にもややたちの悪い色が浮かんでくる。


「わたしのほうではともかく交渉前の地ならしに、あたりかまわずその《噂》を流せばいいわけですか」

「ええ。『露西亜帝国の全権使節が目の色を変えた一品』とか、『幕閣のやんごとない方が御用扱いを即決した』とか」

「噂ばかりでその現物はあまりに希少……まさにそれは幻の一品、蒐集自慢の旦那衆が騒ぎ出すこと請け合いですな」

「そこでぼくのほうが…」


腹黒い狸2匹が密談を始めるその脇で。

ひとり蚊帳(かや)の外に置かれた次郎(じろう)伯父が、何かいろいろなものをあきらめたように長いため息を吐いた。

第115章　綱紀を正して

安政2年3月28日（1855年5月14日）、《天領窯》は株仲間合議の末、その名称を《天領御用窯》と改めることとなった。

名称の変更に当たって、関係各位にその旨の説明が行われたわけであるが、『御用』の2文字を入れることの重大さを知らぬ者などありはしなかったので、そこここでひと騒動が起こったのはむろん言うまでもない。

ある者は頭から嘘と決めてかかって使者に食って掛かり、またある者はその証拠を見るまで納得しないと《天領窯》の窯場にまで押しかけた。

そうして美濃で唯一の尾張藩蔵元、『西浦屋』屋敷では、その一報に接した当主、西浦円治が驚きのあまり書き付けていた大福帳に盛大に墨をぶちまけたという。

「あれからまだ半月も経ってないやろうが！」

そんなふうに叫んだとかそうでないとか。

とにもかくにも、《天領窯株仲間》の幕府御用獲得の噂は、近隣諸郷の巷間に瞬く間に拡散していったのだった。

＊＊＊

「またか」

「またですわ」


ややくたびれたようにそのやり取りが交わされたのは、最近《株仲間》の会合の場として定着しつつある根本郷の元昌寺である。

暑気のこもりやすい季節になってきたとはいえ、会合の内容が内容だけに、客間の障子はすっかり締め切られている。額に浮いた汗を手巾で拭いながら、鳩首会議が続いていた。


「またぞろ怪しげな行商がここいらをうろうろしているようですわ」

「また別のやつらやないのか。このあいだは近江の行商やったが」

「…まだそこまでは。今度のは池田町屋の下街道のほうからやってきとるみたいやし、尾張か三河のほうから流れてきとるのかもしれん。何でこんなあっという間に噂がひろがっとるのか見当もつかんが、行商どもが『御用』の話を持ち出しとるのは間違いないらしい」

「流れとはいえやつらも子供の遣いではないからな、いずれは業を煮やしてなにをしでかすかしれん。代官様に早急に窯場の警護を厚くしてもらわねばなるまいな」

「捨て場の割れくずが、最近ようけなくなっとるらしいし、夜中とかこっそり入り込んどるやつがいるのかもしれん……昼間も人の出入りが多いし、何かよい対策も考えんとな……」


人の営みなど前世の頃に比べればまだまだ質朴なものだが、金の匂いに敏い者たちはどこにでもいる。

この数日、《天領御用窯》の窯場には毎日のように怪しげな商人が訪れて取引を持ちかけてくるし、窯に出入りする人間をつけ回す不審者も多数目撃されている。村の女子供は怯えているし、祝賀ムードも抜けた窯場の職人たちもやや苛立ちを隠せなくなってきている。

《天領窯株仲間》の筆頭取締役として全てにおいて責を負わねばならない普賢下林家当主、林貞正は、会合の場を囲む株仲間を見回して、「言うまでもなく発会の申し合わせで決まっていることだが」と口を開いた。


「《株仲間》は窯の営みで得た一定の利益を公平に分配することもあるが、むろん『損』が出たときも応分の負担を仲間内で分散することになる。『根本新製』の製法の秘密を外部に漏らさば、それはとてつもない『損』となって返ってくるのだということをここで明言しておきたい。もしもその禁を破る者が現れたならば、これはすでに代官様と申し合わせ済みのことなのだが、《天領御用窯》大株主であられる江戸のお殿様に対する明確な叛意と認め、厳しく罰されることとなった」

場に居合わせた者たちは不安げに互いを見返して、生唾を嚥下した。


「主家への叛意である。これは極刑をもってして裁かれるものと思って間違いはない。つまりは《株仲間》への裏切りというだけではなく、その家族までもが極刑に《縁座》する『主家への反逆』なのだということを理解してもらいたい」

「え、縁座やと…」

「大げさな……金だけや済まんのか…」

「そのことを周知した上で、ゆめゆめ愚かな甘言などには惑わされることなきよう、家族のもの、身近の職人たちにも注意徹底させてもらいたい」


すでに「株仲間の方のご許可を得ている」と堂々と磁片を持ち去った行商がいたとの報告も上がっていて、処罰の厳しさに色を失っている株仲間たちを見る勘定役の草太の目も厳しい。

(どうせ小遣い銭で捨ててあるごみを融通しただけぐらいに思ってたんやろうけど……そういう『副業』が高く付くってことを身にしみて分からなせないかん)

みな窯場の警備について心配しているふうを装ってはいるものの、裏では冷笑しながら舌を出していたに違いない。

代官様からの指示があったのでそのような外面を作っているだけで、ここでこうして議論していても彼らから真剣味のような熱はほとんど伝わってこない。

危機感を共有できない仲間たちに我慢を続けねばならない草太はじりじりとしてくる。彼らに真剣さが足りないのは、この『根本新製焼』開発にほとんど労も払わず、タダ乗りしているためであるのだろう。血を吐く思いでここまで努力を積み重ねてきた草太から見れば、殺してやりたいぐらいのバカどもである。

先の件の犯人が、袖の下を握らされた代官所手附衆の一人であることはもう職人の証言でわかっている。地震後の年越しの貧窮が背景にあるのだとしても、自分ひとりだけうまいことやってやろうというその心のありようがなんともさもしい。たとえ1株しか持たぬ木っ端株主だとしても、彼らの行動は即《天領窯株仲間》全体の評価へとつながっていく。

これからは尾張藩蔵元の『浅貞』ばかりでなく、幕府とも取引をしていかなければならないのだ。体面を気にする幕府のお偉方相手に、そうした品性に乏しい印象を持たれてしまうと、侮りを買って大切な商機を損なうことにもなりかねない。

「わずかな小遣い銭で焼き損じを横流ししとる手癖の悪い職人も一部におるらしい。…中の人間が協力し始めては抑え込むのも難しくなる。窯場での禁則はむろん周知徹底させるが、なによりも彼らの上に立つ者がまずもって範を示さねばならぬだろう。…草太」

「はい」

祖父の傍らに坐っていた草太は、その後ろの廊下に控えさせていた小者のゲンに声をかけた。そうして障子の向こうから運び込まれた大きな高札に、株仲間たちが大きく息を呑むこととなった。

「《天領御用窯》は、半ば『民』であるが半ば『公』でもある。ここにそれは明らかにされ、この禁を犯さば根本代官所の白洲に引き出されるものと覚悟されよ」

草太の言葉に、会合の場は水を打ったように静かになった。

ただ背筋を伸ばしただけのちんまい6歳児の姿に、株仲間たちが息を飲まれたのは、ひとえにその気構えの強さの差であっただろう。ここ数日の気鬱を思い出したように、草太はみなを見回して軽く咳払いした。

……時は少しさかのぼる。

この会合より数日前、下田から草太らが帰郷したときのことである。

持ち帰った『幕府御用』の土産に羽目を外したようにお祭り騒ぎとなった郷里の様子に、最初は調子を合わせていた草太であったが、その騒動が長引くほどにめっきり口数を減らして、やがてふてくされたように見ざる言わざるを決め込んでしまうようになった。

「これじゃだめやわ」

功績を誉められても、ぼやく。

近頃の大原ではぜいたく品である米の握り飯を渡されても、ぱくつきながらもそもそとぼやく。

ぼやいてばかりの草太に心配した祖父らが問いただすと、

「なんで大切な窯場に、名前も分からんようなのがこんなようけ出入りしとるのか、疑問にも思わんとかあり得んて」

そう言って草太はぷりぷりと怒りを吐露した。

にわかに起こった村を挙げての祭り騒ぎに、その中心部たる《天領御用窯》の窯場が集会の中心になるのは避けられなかった。みな暢気に騒ぐだけであるから、不審者が入り込んでも誰も気にしない。

この窯場には、《天領御用窯》の機密がたくさん隠されている。浮かれ騒ぐことばかりに気がいって、とにもかくにも機密を守らねばならぬという発想を誰も持ち得なかったことが草太の不機嫌の原因であったのだ。

かくしてその重要さに遅ればせながら気付いた祖父の貞正は、すぐに代官様に掛け合って窯場の出入りに規制をかけたのだけれど、時すでに遅し、もうそのときにはいくつか陶片や道具類が姿を消していることがのちに確認された。

さっそく不審者が紛れ込んでいたのが証し立てられた格好である。

かくして危機感を抱いた貞正らは、代官様に働きかけて公権力での機密保持に乗り出したのであった。代官様からの指示のもと、緩やかな警戒態勢に入っていた《天領窯株仲間》であったが、共有すべき緊張感が全員の中で等量となることはついになかったのである…。

そうして現在。

草太は持ち込まれた高札を示して、《天領御用窯》が《天領窯株仲間》とイコールであることを、《天領窯株仲間》が《江吉良林家2000石》とニアイコールであることを順を追って説明していく。

株主たちはおのれこそが《天領御用窯》の主人であるかのような錯覚を覚えているかもしれないが、株の半分近くを握る《江吉良林家2000石》が相対的支配権を持っていて、本家の殿様が所有者と言ってよい状態であることを理解させねばならない。

領民の一人にしか過ぎぬ『1株主』がいかに力のない存在であるのか、社主である本家の殿様が《天領窯株仲間》の意思決定権を握り、さらには公権力さえ持ち合わせる隔絶した絶対者であるのかを過不足なく理解させることが、何よりも肝要だった。

殿様の権威を持ち出すことで草太自身も少々やりにくくなるであろうが、紙防御の情報統制を一気にレベルアップさせるためにはそうするしかなかったのである。技術は漏れてしまったらそれで終わりなのだ。この動きは草太が提案、筆頭取締役の祖父が了承して代官様に働きかけて実現させたのである。

「裏切り者には厳罰をもって対処しますが、その逆、《天領御用窯》に資する貢献が大きいと評価されれば、賞禄が下されることもあります」

賞禄……いわゆる特別ボーナスだ。

鞭ばかりでは馬が走らなくなる。ニンジンも用意するのは企業家としては当然の配慮である。

「《天領御用窯》の経営が軌道に乗るまでは、まだまだひと山もふた山も大きな問題ごとが起こると思う。販売を急がなきゃならないのは当たり前だとしても、この数ヵ年は《天領御用窯》の技術的優位性、唯一無二の材質の特異性を守り抜く戦いになると思う。たぶん貢献第一等に叙されるのは裏切りを監視し、その秘伝を保持するのに一番努力した方になるやろうとぼくは思ってます」

販売の功績といってしまえば、誰も草太にはかなわない。

しかし機密保持の努力であるならば、ここにいる誰にでも払うことのできる努力である。『賞禄』という言葉に目の色の変わった仕方のない御仁がもうすでに幾人かいたりする。

ほんとうならばお上に納品する新作のほうにこそ傾注したい草太であったが、経営者としての彼にはそうした自由がなかなか許されない。つまらない議論をしていると思うのだけれど、これもまた将来に向けた組織強化のためである。

「技術が流出して、ものまね商品が出回ったとき、この株仲間は終わりです。そうした事業破綻後の負債は株数に応じて『公平』に分配されます。その『損』に家が耐えられるのか、いつか甘言を弄する者が目の前にやってきたときに、そのことをよーく胸のうちで吟味して行動されることを切に願います」

人生とは、耐えることと見つけたり、などとは諦観したくないのだけれど。
草太はため息を押し殺すように深々と頭を下げた。

第116章　1個1両

いろいろな対応に追われた10日あまりが瞬く間に過ぎていった。

その間の《天領窯株仲間》は蜂の巣をつついたような慌しさのなかにあった。

セキュリティの再構築と、漏出技術の可能性についての検討と対策、そして人事の刷新……待ったなしのスピードでそれらを捌いていったのはむろんチート6歳児である。

いよいよその《異能》っぷりを周囲に見咎められつつも、もはやどこ吹く風と達観の域にまで達した彼のスルースキルは十全に機能していた。その肩書きにいつの間にか『株仲間相談役』『諸事改め役』などと不思議なものがいくつか追加されていたりするが、やらなければならないことの数があまりに多岐にわたるために彼自身「これでも肩書きが足りないんじゃね？」という状況である。

ただしやはり何事も自分の手でやろうとすると限界が見えてくるので、とうとう祖父に泣きついて何人かの人材を抜擢することになった。

《天領御用窯》周辺の警備関係は代官所役人の若尾様、物品管理を同じく若手役人の山田様に大筋のマニュアルを押し付けて一任する。山田様はあまり面識がないものの、手附衆の森様の身内で計数に強いと推薦を受けて抜擢した。手附衆の身内と言うことで、念のために補佐にうちの太郎伯父をつけることにした。性格の細かさなら普賢下林家一の逸材（？）である。

　人事が発されて後、速やかに窯周辺の警備は強化され、敷地は急造の柵で囲い込まれようとしている。柵の設置には手の空いた村人が大勢狩り出されている。現状で5割ほどの進捗であるだろうか。

　窯への入口である門柱もすでに復旧され、物々しい数の衛士たちが槍を片手に通行人たちを威圧している。窯場の出入りは《株仲間》の公認制とされ、職人とその関係者には勘合貿易のように割符が配布された。

　この割符がまた現代知識が応用されており、2枚の合わせ紙の間に草太他数名しか知らされていないバーコード状の銀箔が挟まれていて、日に透かすことで偽物を暴く代物となっている。

「けったいなことを考えるものだな。が、確かにこれならば偽造などできん符が簡単にこしらえられるな」

『割符』を渡された代官様がものめずらしそうに眺めやっているのを横目に、草太は一覧表にされた『紛失物』をひとつひとつ言葉に出して、それぞれの『紛失』がもたらす損の可能性を論じている。

「型へらはどこにでもあるものやからまあいいとして、造り置きの粘土がなくなっとるのは結構まずいです。素人目には分からんことでも、どこにでも変人みたいな人はおるし、『味見して判別』とかやる人もおるから」

「例の『粉』がなければ作るのが出来んのやろう？　１貫（約３．７キロ）１分（約１２５００円）とか、いす灰並みの値を出せる窯元がおるとは思えんが…」

「うしろに金のうなっとる商家が付いたらどうなるとおもっとるの？　それよりも材料の出どこが知られんうちに、しっかりした『証文』を交わしとくのが先やと思う」

「捨て場の上に蓋を作ってみたが、あれで泥棒除けになるんかは疑問やが…」

「あれは蓋だけやなくて、『音』が出るように細工したるし。なんも知らんとあれに触ったら、吊り下げた鳴子が鳴ってまわりにも分かるようになっとるし」

「もう持ち去られとるやつから秘密が漏れたりは…」

「それはないと思う。既存の粘土をどれだけ混ぜ合わせても、あの透明感は再現できんし。それはわかっとるから大丈夫やけど、それよりも…」

技術漏洩はいまもなお刻々と進んでいると思わねばならないから、対応は待ったなし。延々と議論している場合ではないから草太がバリバリとチートぶりを発揮せねばならない。

おっそろしい子供やなあとやや引き気味の株仲間たちであるが、最近は素直にその意見に従ったほうが間違いが少ないと気付いたようで、反論のようなものは金勘定のとき以外にはほとんど出なくなった。

『株仲間相談役』と言う肩書きは、四の五のうるさい6歳児に圧倒されても沽券に関わらぬよう、株仲間の中から自然発生的に生まれたものであったりする。

腕組みする6歳児に気後れ気味に大人たちの視線が注がれる。

「例の『灰』を押さえとくのが、ともかく最優先みたいやね…」

株仲間の会合は、そうして6歳児の結論を最後に締めるのが半ば習いのようになりつつあった。

かくして鬼っ子伝説は本人のあずかり知らぬところで確実に広がり続けているのであった…。


「これが全量購入に関わる確約書と、手付けの資金。先に書状は送っておいたから、美濃の林家のものだと言ってくれれば通じるはずやわ。理由を知らなあの出どこの怪しい得体の知れん粉に大金出すおかしなのはおらんと思うけど、ひと通りの話が済んだあとで、この書状の判をついてもらって」

次郎伯父がゲンを伴って大阪へ行くことになった。

現在独占状態の骨灰の供給先と正式な専売契約を交わして囲い込むためである。大阪にある膠の独占商人、『柴屋』と直接書面を交わし、ふらちものの乱入を事前にブロックする。

京都での一件に立ち会った次郎伯父には、『柴屋』の名を出しただけでこちらの意図が汲み取れたようだった。


「たしか骨灰1貫について1分の買い取りやったが、たしかにあれは払いすぎやったからな。運び代もかかるんやから、1貫1朱（約3000円）はいい線やないのか」

「これは値引き交渉でもあるけど、真の目的は骨灰の全量独占契約を結ぶことやから。書状には1貫1朱と書いたけど、その値引きの裁量は伯父さんに任すし、相手の言葉を釣り出すのに必要やったら、多少の損も飲み込んで契約成立を最優先してね」

「この粉にまわりが気付くのも時間の問題やしな。その前に独占してまわなあかんのは分かっとる。そのぐらいの理屈なんぞ履き違えるものかよ」


下田へ行ってからまだ間もないと言うのに、嫌な顔ひとつせず次郎伯父は草太の遣いに応じてくれた。このいまだ落ち着かぬ《天領御用窯》から草太が抜けられないことを分かっているのだ。そしてその小さな両肩に普賢下林家の存亡がかかっていることも十分に弁えてくれている。

元来の旅好きであるのも確かであったが、次郎伯父のそうした協力的な態度にどれだけ草太が救われていただろうか。旅立つ彼らの姿が見えなくなるまで見送った草太は、その足で池田町屋に向かい、旦那を借りる礼として嫁のところに次郎伯父の名で見繕った櫛と簪を届けた。

普段からよほど構ってもらえないのか、嫁は感激しきりであったけれど、旅籠であるその実家で次郎伯父はとうに戦力外通告を受けているようで、男手を奪ったことへの詫びはあっけらかんとした笑いで応じられた。

「あの宿六が人様の役に少しでも立つってんなら、どうぞどうぞこき使ってやってくださいまし！」

次郎伯父さん……そのうち家庭でもがんばろうか。

池田町屋から戻った草太は、いま村人総出で急ピッチで作られている《窯》のある丘をぐるりと囲む柵を見て回り、ねぎらいの言葉をかけていく。

《天領御用窯》のあの無防備っぷりはもはや過去のものとなりつつある。

《天領御用窯》が半ば領主の持ち物であると認識が共有されたことで、代官所の正式な警護対象となったからだ。《窯》のある丘をめぐるようにそこここに槍を持った衛士が立っている。《窯》への入口である正門には関所よろしく頑丈そうな門柱と物々しい衛士のこん棒が睨みを利かしており、その様子を折りたたみ椅子に座って監視している警備役の若尾様の姿もある。その神経質そうな硬い顔が、草太の姿を見つけてほんの少し血の気を上らせた。

「草太殿！」

警備役を任せるに当たって、《株仲間》の名で藍染めの真新しい羽織を贈ったのは草太であったが、その『特別感』が若尾様をすっかりと張り切らせてしまっていた。むろん《株仲間》からは月の特別手当てとして2分（約25000円）が支給され始めたことも理由の一つであっただろうが、その半端ないやる気は草太への奇妙な『忠義』めいたものに現れるようになっていた。

警備役の態度に引きずられるように、草太に気付いた衛士たちが、まるで直属の上役にでも出会ったように槍を下ろして左右に分かれた。

「草太殿、いまのところ警備に異常はありません」

「大変だと思うけれど、お役目がんばってください」

「お任せください！」

この代官所の役人がただの6歳児に嬉々として従っている奇妙なやり取りは、正門の前でたむろしていた村人たちの口からまたぞろおかしな風聞となって拡散していくのだろう。

そのとき近くの木立に腰を下ろしていた見覚えのない男が弾かれたように立ち上がり、草太のほうに駆け寄ってきた。

「そん童が『草太様』かい！　わしは伊勢の…ッ」

「まだいたのか！　そいつを鬼子殿に近付かすな！」

どうやら物陰で張り込んでいた行商らしかった。

槍を向けられひるみつつも、そのぎらぎらした目は草太のほうにへばりついたように離れない。

「名古屋の旦那衆が目の色変えて探しとる『根本新製』やら、どうかわしにも売ってくれんか！」

最近近隣の大名や豪商と呼ばれる富裕層が、噂ばかり高まって実際には現物ひとつ見かけることの出来ない『根本新製』を物色しているらしい。

むろん実際にひとつとて市場には流れていないのだから手に入れることは不可能なのだが、無類の好事家というものは手に入らぬものほど渇望するものである。金には糸目をつけないとでも言われているのだろう、男は「1個1両でどうやッ！」と景気のいいことをわめいたが、ほんとに物を知らぬというのは幸せなことである。彼が「破格」と信じているその値ですら『根本新製』の公認価格にすら届いていないという現実。

すぐに取り押さえられた男がなおも睨みつけてくるので、草太は仕方なく男の傍にまでやってきてしゃがみ込んだ。

「うちは『浅貞(あささだ)』さんと専売契約しとるから、他の誰にも売ったらあかんし。そこに書いたるやろ」

草太が指で示した場所には、最近ここいらでよく見かける高札が立てられている。そこには『浅貞』との専売契約の件や、「公認なき者の立ち入りを禁ず」と、この地での禁則がはっきり書かれている。むやみに立ち入ろうとすれば、代官所にしょっ引かれて牢屋(ろうや)にぶち込まれることもありえる物騒(ぶっそう)な内容が書かれているのだ。

「そんなかたいことといわへんと！　焼いたもんが少しでも高う売れるのはええことやないか。『浅貞』はんみたいな大店(おおだな)がひとつふたつのことで目くじら立てるわけあらへん！　なあ、せめてひとつだけでもええんや」

「『根本新製』が欲しかったら、ぜひ『浅貞』さんで買ってください。…代官様が世話に手間がかかるからしょっ引いてくるなって言ってたし、村の外まで連れてって放してあげてやって」

「ちょ、少しは話を…！」

「ここには二度と来たらあかんよ」

連行されていく男を見送りながら、草太は掲げられた高札の内容を矯めつ眇めつ眺めやって、

「脅しが足りんのかなぁ」と首をひねった。

第117章　地縁

いま美濃でもっとも勢いのある窯元とはどこか、そういう問いがなされたならば、業界人は皆口をそろえて「根元の《天領御用窯》や」と答えたことであろう。

まだその窯が作り出した正規の商品を一度も見たことのない人間が大多数だというのに、そんな雰囲気が醸成されているのはまさに異常のひとことである。

こういう品なのだろうと類推ぐらいはできる焼き損じの磁片は多く出回っているのだけれど、絵付けまでが完全になされ、外国の全権使節が目の色を変えたという完成品は地元では《天領御用窯》関係者以外に見たものはなかった。ゆえに幻のような『勝ち馬イメージ』が勝手に一人歩きしたのか……近隣の食い詰めた陶工らが《天領御用窯》の門前に押し寄せるという椿事が出来したのだった。

遠因は安政の大地震による窯崩れから今なおよくは立ち直っていない、地元産業の体力のなさであったろう。冬の農閑期に貴重な収入源となるべき美濃焼が稼動を上げることが出来なかったのだ。多くの職人が急激な収入減に窮し、口に糊する生活苦の中にあったわけで、以前下石郷の職人たちが流れてきたのと経緯は同じであれど、そのときと大きく違ったのは彼らが「西浦屋ににらまれる」ことすら覚悟してやってきていたということである。

「やつら、てこでも動かぬつもりのようです」

「草太殿が見えられる前に、どうにかして追い払っておけ」

《天領御用窯》が多少の金ではとうてい『転ばぬ』と知れ渡ってから怪しげな行商の姿は少なくなったものの、その代わりのように近隣諸郷からやってきた美濃焼職人たちが窯関係者の出入りを待ち構えているようになった。

余所者とはいってもしょせんはごく身近な土地のものである。血縁者は多いし友人の友人とか知己の類はまさしく田舎社会らしく強固に繋がっている。

むろんそうした『コネ』で関係者とつなぎを取ろうとする者はあとを絶たなかったが、機密漏えいを恐れる《株仲間》の決定により、根本代官の坂崎様の姻戚すらも弾かれるというほどで、《天領御用窯》に採用されるためには恐ろしく厳しい実地試験と面接が、そしてそれらを受けるために必須となるのが『大原の庄屋の孫の太鼓判』だというまことしやかな情報が彼らには行き渡っていた。

ゆえに彼らがまなじりを決して『出待ち』しているのはその大原の鬼っ子であったりする。

ほとんど窯場につききりの草太とはいえ、寝床はやはり普賢下の屋敷であるわけで、その出入りのたびに代官所の衛士たちは露払いよろしく職人たちを追い払っていたのだが、時にはそれが間に合わないときもある。

「草太様だ！」

職人の一人がそう叫ぶと、追い払われつつあったほかの職人たちも俄然勢いを取り戻した。

「草太様ッ」

「鬼っ子さま！」

「品野（※瀬戸の産地のひとつ）から来た！　どうかオレを雇うてやってくれ！」

「窯大将やっとった五郎左いうもんや！　職人も大勢おる！　まとめて連れて来たるぞ！」

「ろくろには自信あるし！　雇ってくれ！」

その騒ぎを目にした草太は、最初うわっという顔をしたのだが、すぐに顔を拭うようにうろたえた様子を消して、おのれの安全を図るべく衛士たちの背後にカニ歩きで移動する。

口々にがなり立てる職人たちは大声こそが訴えを届かせると信じているのか、のどが張り裂けんばかりに声を上げている。思わず耳を押さえた草太は、衛士たちのバリケードの隙間から手招きして若尾様を呼ぶと、耳打ちした。

頷いた若尾様が、一喝して職人たちを黙らせた。

「草太殿からお話があるそうだ。静かにいたせ」

ほとんどの職人が自然と土下座状態であったので、ちんまい草太の目線と期せずして同じ高さでぶつかった。

「こんな子供がえらそうなことを言うけれど、少しだけ我慢して聞いてほしい。……ここは関ヶ原以来の幕府直参、江吉良林家2000石の治める土地や。そしてこれは美濃郡代様によって取り決められたことやけど、同じ濃州、同じ幕領ではあっても、この窯で作られる焼き物は『美濃焼』やない。……『根本新製』はそういう取り決めでこの土地では独歩しとる。現状、多治見郷の蔵元、《美濃焼物取締役》西浦屋さんにはずいぶんと迷惑をかけとるやろう……そのうえ他所の窯元から職人を引き抜くなんてことはとうてい許されることやないと思う」

一息にそこまで言って、職人たちの様子をちろりと窺う。

たいていちんまい6歳児が小難しい言葉を連呼するとあっけに取られるものだが、もう大分と大原の鬼っ子が普通じゃないことは浸透しているのだろう、息を呑みつつ次の言葉を待っている雰囲気である。

まあいまだに荷継ぎ屋と取引が出来ないままの《天領窯株仲間》にとって、それを主導しているると思われる西浦屋は明らかな現地商売敵である。希少品商売ゆえ運ぶのにそれほど難儀することはないとはいえ、その商売敵を引き合いに出したのはむろん嫌がらせのためである。

叩き合いをしているのであるから『やり返す』機会があればそれを逃す手はなかった。

草太の口許にやや悪い笑みが浮かんだのに気付く者はいない。

「西浦屋さんと取引のある窯の人間は、もしそれでもうちに来て働きたいと言うのなら、西浦家当主、西浦円治殿からその旨差し許すと『紹介状』を貰ってくるように。その紹介状のないものは一切取り合わないので、そのことを他の人たちにもお伝えください」

「西浦屋さんの！　って、そりゃ無理やわ」

「出してくれるわけないわ！」

「出してくれないと言うのであれば、それはあなた方がそれだけ西浦屋さんから「必要とされている」という証しやないですか。その信頼を裏切ってまで勝手しようという人ならば、たぶんうちに来てもやっぱり「勝手」するひとやと思わなあかんし。そういう信用の置けん人を雇うつもりはないし」

「……ッ！」

面倒ごとはあのクソじじいに投げ返しておいてやろう。

このなかの何人がバカ正直に『紹介状』を貰いにいくのか分からないけれども、それへの対応が確実に『めんどくさい』のは火を見るよりも明らかである。たぶん技術のそれほどでない職人の一人や二人、離職（りしょく）しても痛手ではないだろうけれど、《美濃焼物取締役》の沽券（こけん）にかけて、裏切りを差し許すなどと言う紹介状を外部に出すことなどありえない。
円治翁（おう）の苦りきった顔が思い浮かんで、草太自身めんどくささの中にわずかに喜びを見出（みいだ）すことに成功する。

「それではオレらはどうなんや！　品野から来とるし、西浦屋さんは関係あらへんぞ」

そこで勢いづいたのが尾州（びしゅう）からの越境組（えっきょうぐみ）である。
草太はそちらの方を見て少しだけ思案するように首をひねってから、前世の技術職の入社試験そのままにハードルを上げてみることにした。

「高級品を扱（あつか）ううちにへたくそはいらんし。どうしてもうちに来て働きたいって言うんなら、『自分にはこのぐらいのものが作れる』っていう証明を持ってきてくれる？　品野の窯で働いとる人なら、そうやな……自分で作った『瀬戸新製』を持ってきてよ。自分で作った証明に高台のところに呉須（ごす）で署名して焼き上げたやつを、こちらの窯の人間に預けてくれたらいい。そうしたらちゃんと物を見て決めるし」
「なるほど、オレらは焼いた新製物を持ってくりゃいいんやな！」

こちらの採用基準は非常に明快なものである。

瀬戸新製なら磁器扱(あつか)いだし下絵付けとして絵付けの技量も測ることができる。高台のところに署名というのが味噌(みそ)で、呉須を扱うパートにいないと署名ができないという単純な縛(しば)りである。いま《天領御用窯》が欲(ほっ)しているのは絵付けの技術者であるのだ。

草太じきじきに採用の条件付けをなされたために、ともかく納得(なっとく)したふうの職人たちがぞろぞろと帰り始めるなか、ひとつだけ強い視線を感じて草太はそちらのほうに顔をやった。


「おまんみたいなちんちくりんの、どっからそんな偉(えら)そうな言葉が出てくるんやろうな…」


大人たちの後ろにいたから気づくのが遅れたようだ。

そこにはやや俯(うつむ)き気味にこちらを睨んでいるひとりの子供の姿があった。頬肉(ほおにく)が削(そ)げて痩(や)せた顔に、眼ばかりがぎらぎらとしている。


「弥助(やすけ)やんか。…どうしてここに」

「おまんはこれ見て、どう思う?」

弥助は懐(ふところ)に手を入れながら、片膝(かたひざ)立てに立ち上がった。

その取り出した茶色いシミで薄汚(うすよご)れた布のなかから、ひとつの焼き物が姿を現した。

真っ白いその小さな器は、日本酒とかを注ぐぐい飲みのように見える。骨ばった手がそのぐい飲みを草太に押し付けて、ただ熱に浮かされたようにじっと彼の反応を待っている。

草太は手に取ったそのぐい飲みを品評すべく目の近くに持ち上げると、なかの小さなくぼみに微細な絵付けが施されているのを発見する。

「磁器を焼いたんか」

「《西窯》でも磁器は少し焼いとるんや。陶石があんまり手に入らんし数は少ないけど……それで、そいつを見てどう思う？」

ぐい飲みの底に描かれていた絵は、呉須の鮮やかな青で表された1輪の牡丹であった。

素焼きの素地に絵の具をのせる下絵付けは、すぐに水を吸われてしまうために、不慣れだと重ね塗りしてしまうことが多い。当然ながら重ね塗りするほどに濃く発色してしまい、色合いの均質性と下絵塗りの美しさの一つである淡いぼかしが損なわれる。

その性質を計算しながら描き上げねばならないので上絵付けとは別種の難しさがある。

弥助の稚拙な筆運びを見るに、線幅も一定せず微妙に撚れている。塗りも呉須の置き方に難を残していて、斑があまり美しくない。

が、しかし。

（…なにか鬼気迫るような迫力があるな）

技術的には頼りなくはあるものの、そこに気持ちを乗せようとしている執拗な描き込みは、まるでヨーロッパの銅版画のような独特の空気を作り出している。

手に持ったぐい飲みの造形にはほとんど問題はない。ただ薄手の造りなので、熱燗を飲むときに少し気をつけねばならないことぐらいが問題となるだろう。重さも手ごろである。

（こいつはもしかしたら、いつかものになるのかも知れん……惜しむらくは、《西窯》が磁器原料に恵まれてないことか）

若干粒子感を残したざらついた素地は、純白というよりも薄灰色、不純物を多く感じる。磁器に適した陶石は産地が限られていて、安く買い叩かれる運命にある美濃焼窯に材料を他で買い求める余力はないのであろう。

（こいつ、よく見たら青あざが出来てる……窯で殴られてるのか）

弥助はただ草太の評価だけを待っている。

その痛々しい青あざがこのぐい飲みを作ったせいでできたというのならば、このやせ細った鬼気迫る雰囲気もたぶんそうであるのに違いない。貴重な陶石を弥助のような子供が浪費することに雇い主がどんな反応を示したのか、《西窯》の経営状態も考えれば想像に難くない。ここに持ってきているぐい飲みは1個でも、実際には試行錯誤も含めてその十倍以上の数を焼いてきているはずなのだ。

草太は弥助の眼差しを見返して、何度も何度も、無為と思えるほどに言葉を吟味し続けた。自分はこいつになにを求めているのか。これからは磁器だと背中を押したのも草太自身なのである。

「磁器の色が白くない……絵付けも筆の乗りがまだまだや。呉須の発色もにすい。…やけど、全体としてはそんなに悪くない」

「そ、そうか」

「絵付けはそのうちにものになるかも知れんけど、まず土が悪い。陶石の粒が粗すぎる」

「それは……ぜんぶオレの手で挽いとるからや。水簸もうまくいってないから粘りもあらへんし…」

「スイヒも満足にやってない磁器なんて商品以前やと思う。お客はたぶん変わった本業（陶器）焼きぐらいに思うやろう」

「……ッ！」

相手が真剣（しんけん）なのだから、ここで草太が偽（いつわ）りの評価を下すのはよくないだろう。

いまはまだ結果を伴（ともな）っていなくても、こいつの情熱はいつか美濃焼を発展させる大きな原動力となるはずであった。

《天領御用窯》に引っ張るほどの技術はない。しかし歳（とし）も近いためか、弥助の焼物に対する情熱には大きく共感するところもある。

（在庫の水簸粘土（ねんど）をこっそり分けてやるか…）

わずかに仏心を見せようとした草太であったが、そのとき予想もしないところから声がかけられて、草太ばかりでなく弥助までもがぎょっとしたように目を見開いた。

「土が悪いだけなんやったら、ここで雇ったげたら！」

声のしたほうに目をやると、いつの間にここにいたのか、西浦屋のでこ娘（むすめ）がやたら偉そうに、ない胸を張っていた。

「祥子（しょうこ）ならきっとそうするわ」

祥子お嬢様はそう言ってから、フリーズしたままの子供たちの様子に気付いて、慌てたようにぱたぱたと手を振った。「そう祥子が思っただけよ！」見た目ほど自信がなさそうなのは祥子お嬢様クオリティであった。

第118章　ちょっと待て

どうしてこうなった。

黙ってお腹(なか)をさすっているのだけれど、シクシク痛んでたまらない。

「ほんっと、何にもないわねえ！　春画（※この時代のエ〇本）のひとつでもあるのかと思ってたけど」

「あの……少しは自重して…」

「これって、上絵の下書きでしょ？　へえ、こんなのやらせてるんだ」

「ちょっ、勝手に見んな！」

草太(そうた)の精神的なサンクチュアリが無自覚な侵略者(しんりゃくしゃ)に目下侵(おか)されている最中です。どうしてこうなった！

あの《天領御用窯》の正門で顔を合わせた後、なぜだかそのまま普賢下林家(ふげんしたはやし)に転がり込んだ祥子(しょうこ)お嬢様は現在客人としてもてなされている。

むしろ痩(や)せこけた弥助(やすけ)にこそ栄養のあるご飯でも食べさせてやりたかったのだけれども、微(び)

妙な関係にある窯元同士、下手な饗応は裏切り者扱いを生み出すもととなるので、懐に忍ばせていたお幸ちゃん用の金平糖を握らせるだけで彼は帰らせたのであるが、弥助が去ったあとも草太の動向をうかがうようにもじもじとしていた祥子お嬢様は、ほっとけば口笛でも吹きかねない不自然さで草太の帰宅についてきて、そのまま普賢下林家の屋敷に上がりこんでしまったのだった。

対応した家人たちは美濃焼業界のドンの娘であるこのお嬢様をとりあえず下にも置かぬふうにもてなしたが、もともと神経が太いのか電波系なのか、突然押しかけた迷惑など欠片も想像していないようで、やれご飯に混ぜ物が多いだの味噌汁が薄いだの糠漬けが口に合わないだの……ようは晩飯全ての品目にけちをつけてさらにはデザート、金銭的にゆとりが出てきたとはいえまだまだ林家では高級品の甘味まで要求して、すっかり家内の女性陣を敵に回してしまった。

女扱いに長けた父三郎は小娘には関心を示さずいつものように夜這いに出かけてしまい、太郎伯父は口下手のために端から戦力外、祖父の貞正も若い娘の話題についていけずもごもごするばかりで、結局ホスト役は草太しか残らなかった。

食事が済み次第客間のひとつに通してそのままずらかろうとしていた草太であったが、ぱっと袖をつかまれ捕獲されてしまった。

「今度はあんたの番よ」

「……？」

「祥子はちゃんと蔵の宝を見せてあげたでしょ。だから次はあんたの番」


そういえばいろいろと行きがかりみたいなものはあったっけか。

西浦コレクションに触れられたのはうれしい誤算だったが、あれがお嬢の中で『貸し』みたいな感じになってしまっているのなら、利子がつかぬうちに返済するにしくはない。お嬢を自室へと招くに至ったのは、ほんとうにその程度のささやかな気まぐれだったのだ。

それがまあ、この有様だ。

大人の対応に徹しようと黙して座る草太をよそに、祥子お嬢様の遠慮のない家宅捜索が始まった次第である。


「いいじゃない、減るもんじゃなし！」

「減るッ！　めっちゃくちゃ減るし！」


知識や情報に目減りするような価値を見出すのはそれで金を稼ぐ目ざとい商人ぐらいのもので、田舎の人間にはどれだけ説明したところで理解させるのは難しかったろう。

祥子お嬢様の脳内にその上絵のデータが格納された瞬間に、情報は西浦屋側に漏れて価値の希薄化をもたらす。ここまで堂々と産業スパイをやられるといっそ清々しさすら感じてしまうから不思議である。

もみ合っているうちに押し倒してしまうとかうふふな展開があるわけもなく、体格差であっさりと背後から抱きかかえられてしまい、草太の自由を制したお嬢様が勝ち誇ったように耳元で笑っている。あれだ、歳の離れた姉にからかわれてる末っ子状態だ。

背中にあるかないかの柔いふくらみを押し付けられたときは多少ドキッとしたのは確かだが、《根本新製》の新作情報をもてあそばれている怒りがすぐに勝って、つかまれていた腕に噛み付いた。


「いったッ！」

まさか抵抗されるとは思っていなかったのか噛みつかれた腕を振っている祥子お嬢様の隙をついて、奪われていた紙の束を奪還する。


「痕になったらどうすんのよ！」

「そんなの知らんし！」

「嫁入り前の乙女を傷物にしたらただじゃすまないのよ！」

「嫁入り前とか、そんなの知ったこっちゃないし！　だいいち嫁入り前の乙女とか言うぐらいなら、その前に男の部屋とかに平気で入ったりすんなっての！」

「男って……あんたガキじゃん」

「そういう問題やなくって！　なんでそこでニヤニヤしてんのかな！」

「あんた、祥子のおっぱいに興奮したんでしょ」

「………」


ぶわっと一気に赤面した草太をみて、言った祥子お嬢様自身もつられて赤面してしまう。

おいおい、どこのラブコメだっつうの。すぐさま突っ込みを入れつつ、そうした微妙な空気に流されてしまわないのが三十路（みそじ）のおっさんクオリティであっただろう。

草太は真っ赤になっている祥子お嬢様の鼻をつまんで引っ張った。


「いっ、いひゃい！」

「乙女がおっぱいとか言うな」

「おとこって、女のおっぱいがすごい好きなの知ってるし！　何かあるとすぐにじろじろ見てくるし」

「…だからおっぱいいうな」

「……わ、わひゃったかりゃ」

この遠慮のない応酬（おうしゅう）でようやく心の壁（かべ）が取り払（はら）われたのかもしれない。

草太は弛緩した空気を読んで、ようやくにして聞きださねばならない話の核心について問いただした。

良家のお嬢様が友人（？）宅で急なお泊りなど、普通は許されたりはしないしたぶんあのクソじじいが許可するなどおよそ想像もできなかった。


「…はぁ？　家出⁉」


われながら頓狂な声を出してしまった。

こくりと頷いて事の顛末を語り出した祥子に、草太は一気に肩の力が抜けていくのを感じた。

あの半月ほど前の西浦家アウェイ訪問のあと、かなりきつめにお灸を据えられた祥子は、そのあともことあるごとに円治翁と衝突して、ついには土蔵に閉じ込められるまでに至ったらしい。

あのお嬢様が粗相をすると侍女が叱責されるという理不尽な父親のやり方を、体当たり的に反抗を続けることでようやく罰を自らに向けさせることに成功した祥子であったが、それから3日間土蔵に軟禁されている間にいろいろと考えさせられることがあったのだという。


「土蔵の中って、いろんなものが仕舞ってあるの。どこかの偉い絵師が描いたきれいな梅の花の掛軸とか、漆塗りのつやつやなものっすごく細かい螺鈿細工の小箱とか、怖い妖怪の描いてある衝立とか…」

「…………」

「仕舞ってあった振袖とかも暇つぶしに着てみたりして…」

子供がよくやるひとりファッションショーというやつである。

まあ暗闇が怖いとか言いそうなやわな子じゃないし、3日間も閉じ込められてたら暇つぶし始めるだろうなぁ。

次々に高価な着物を出しては飽きたらポイするお嬢様の姿が目に浮かんで、草太は小さく苦笑する。

「祥子は気付いたの。あたしって、すっごくきれいなものとかが好きなの」

目をきらきらと輝かせて、顔を近づけてくる。

男に対してと言う警戒心が働いていないのだろうけれど、こういう純粋な『乙女成分』は意外と男には強い訴求力を持つものである。

まだそうした欲求とは無縁のおのれの幼さに感謝しつつ、草太は祥子の次の言葉を半ば予想しつつ待った。

「祥子は、あんなふうなきれいなものが作りたいの！　みんながびっくりするような振袖を作って、うわぁきれいってほかの女の子たちに言われてみたいの！」

デザイナーになりたいんですね、分かります。

この開国以前の江戸時代に、そのような浮ついた感じのカタカナ職業などむろんありはしない。幕末、明治の文明開化を経て文壇などに『女流』が誕生していくのだけれど、女性カリスマデザイナーがアパレル方面で生まれるのは百年は後のこととなるだろう。

にわかに得た大望に心を燃やす祥子であったが、その実現への道が果てしなく険しいことを知る草太には気軽にかける言葉など持ち合わせがない。むろん否定するつもりもないし、人はみなおのれの人生の充足のために努力すべきだと草太は基本思っている。

だけれど、どれだけがんばっても無駄なことがあるのも事実である。社会的な基盤が熟成して初めて拓けてゆく分野というものがあって、デザイナーなどは正に最たるもの、時代的にほぼ無理ゲーである。

ゆえに、草太は不必要な言葉を黙って呑み込んで、語り続ける祥子のよき聞き手となるべく努力した。

ひととおり思いのたけを吐き出した祥子は、心持ち息を切らせながら天井を見上げていたが、草太のコメントがないことに気付いて自嘲気味に笑った。

「どうせそんなの、祥子には無理だと思ってんでしょ」

「不可能ではないと思う」

草太の応(こた)えに、祥子が瞬(まばた)きする。

「絵師というより、どっちかって言うと仕立て屋なのかな……自分の目でいい反物(たんもの)を見つけて、着物に仕立てる感じ？」

「あ、うん…」

「友禅(ゆうぜん)みたいに絵柄(えがら)の染付けなら産地で弟子(でし)入りしなくちゃ始まらないし、仕立て屋ならまず何着か着物を実際に仕立てて、街の人たちに自分の感性を証明する必要がある……認められるまでに初期投資がだいぶかかると思うけど」

「やっぱり、あんたなら笑わないと思った。祥子の夢を」

「…お父上が分かってくれなかったから、家出してきたの？」

「話すら聞いてくれなかった。なにを馬鹿(ばか)なことをとか、鼻で笑われたかと思ったら、次の日には縁談(えんだん)だとか言ってきて…」

「…それで、家出したと」

「…うん」

まあ事情は分かったのだけれど。

草太自身、仕事に忙殺されてくたくたになっての帰宅である。正直他家の揉め事などそっちで何とかしてくれと言いたいところである。

が、もうこのお嬢様にはうち懐に入り込まれてしまっている。マイルームに侵入を許した時点で対岸の火事どころか足元に火が移っている。

(またぞろクソじじいが難癖つけてくるかもなぁ…)

ふうとため息をついた草太をじっと見つめていた祥子は、本当に何気ないふうにぽつりと言葉を漏らした。

「どうせ縁談なら、あんたのお嫁になったほうがましだわ」

とんでもない爆弾を投下して、祥子はぷいっとそっぽを向いた。

第119章　鶏図

あの祥子お嬢様の襲来から数日。

翌日には何事もないかのようにお付きのお松さんが迎えに来て、お嬢はおとなしく屋敷へと帰っていった。無邪気に手なんか振られて家族からは生暖かい視線をもらってしまったが、男女の仲などと考えたこともない草太はすぐに全力疾走の日常へと舞い戻っていった。

一度筋道をつけられた『根本新製』のていかっぷ作りは、成形、焼成、絵付けの各工程のノウハウの蓄積が進んだことで、割合スムーズに完成品を吐き出せる状況となりつつある。

形状的なものは草太の前世知識により完成体が持ち込まれているので試行錯誤の無駄がなく、『定番品』的なバリエーションの拡充もかなり進んでいる。数種類の取っ手、カップ形状の組み合わせだけで幾通りもの展開が可能なので、現在は仕上げのレベルアップが図られている最中である。

上絵柄もまた前世知識の確認作業の様相を呈しており、新しい着色法、焼成温度の調節、顔料の混合などで新色が多数開発され始めている。とくに適切な焼成温度の確立で鮮やかな朱色が使用可能となったことで、柿右衛門などの『赤絵』に対抗しうる下地が整いつつある。その新色である朱色に創作意欲を掻き立てられたのか果敢にも新たなモチーフに挑戦した牛醐は、門派でなじみの深いモチーフである鶏を図案として練り上げ、鮮やかな朱の鶏冠を磁肌の上に表現した。

それが草太をもうならせる一品となった。

いわゆる『鶏図』というやつである。その新色赤を用いた絵付けの完成度は、確実に前作のひとつ上のステージに到達したと断言できる。一目見ただけで好事家の物欲を掻き立ててやまない蠱惑的な吸引力は、まさに美術品の持つオーラといえただろう。

牛醐が絵師としてその手に練ってきた巧緻な筆捌きは鶏の躍動感を生み出し、磁肌の白を利した雪のような羽毛、鶏冠の新色赤の中に巧みに合わせられた金泥がその嘴へと流れてその鋭角なシルエットをきりりと際立たせている。

（…まずは、会心の出来）

完成品を手に、草太はほうっと肺の奥から息を吐き出した。

前世の知識を彼が持ち込んだことは間違いなかったが、なによりも質の高い職人技が濃厚に息づく江戸と言う時代こそが商品レベルを予想以上に高まらせたのだと思う。

おのれは運がいい。

草太は心底からそう思った。

「これならばお眼鏡にかなうと思う。こいつを納めよう」

草太の一言で、固唾を呑んでいた職人たちが一気に溜め込んでいた息を吐き出した。職人たちにとって、いまやもっとも恐れるべきものは草太の検品に他ならなかったのだ。

かくして、準備は整った。

＊＊＊

安政2年4月10日（1855年5月25日）、それは夏のように日差しの強い日のことであった。

万が一のこともあってはならぬと、代官所からは護衛の名目で5名の人員が出され、さらには近郊の宿駅から借り受けた馬までもが引き出された。

それはほとんど諸藩の献上品輸送のノリに近いものものしさで、たった一つのケースを載せるためだけに荷車まで持ち出されそうになったのはもはや笑い話の類であったろう。もちろんそれは草太によって即刻拒否されたのだけれど。

見送りも関係者どころか村中総出となった。甲子園出場の球児たちを見送る地元応援団的な光景にそれは近かったであろう。

「いこう」

5騎の人馬のなかには代表として手附衆の森様が交ざり、同じく貴重な『根本新製』を抱え込んだ草太もまたいまひとつの馬に便乗することになった。

ルートはむろん名古屋への最短コースである下街道である。前回のときと同じく、名古屋で『浅貞』の主人と合流し、宮宿から海路下田を目指す。

騎行とはいえ割れ物の輸送であるからその進みはゆっくりとしたものだったが、万が一物盗りに襲われたとしても馬の機動力があれば易々とその包囲も突破できるであろう。それに武器を携行した役人まで控えているのだ、セキュリティ的には万全に近いものと言えた。


「ちっ」


どこかで誰かが舌打ちをしたのを聞いた。

草太の目は、見送りの村人たちとは異質な余所者たちの姿をすでに捉えている。門前払いしてきた行商人たちか、それとも《天領御用窯》の躍進に苦虫を噛み潰している近郊の業界人たちか……それらの非友好的な視線を背中に受けながら、草太はその掌中にある『根本新製』を抱きしめて身を硬くする。

前回までは価値の定まらぬ異形の焼物に過ぎなかった『根本新製』も、今回にいたって付加価値が急騰している。西洋人たちが磁器を指して『白い宝石』と讃えたのも頷ける。彼の手のなかにある宝にも等しいティーカップは、それなりの額の黄金に等しい財物に他ならないのだ。

それを喉から手が出るほど欲している者たちがいることは当然考慮すべきで、代官所が役人を護衛に貼り付けた配慮は、ここ最近の窯周りの不審人物の多さをかんがみれば至極当たり前のことであったのだ。

草太は生唾を飲み込みつつ、改めて考える。


（さて、こいつにどれだけの値をつけよう…）


草太はおのれのだいそれた想像に身震いする。

それは恥ずかしながら武者震いなどという勇ましいものではなく、単純に現実感のない価値付けに恐れを抱いたためである。

品の出来は明らかに向上しているわけであるから、今後の『根本新製』の公認価格を定めるに当たって、最初の値付けは可能な限り高めに持っていきたい。品そのものの価値付けもそうなのだが、草太はおのれの周りの大勢の人間たちを見て、運搬に関わる出費の多さにも正直頭を悩ませねばならなかった。


（この運搬のコスト……軽く見てると痛い目に遭うぞ…）

本業焼きの徳利ならば、100個売っても銀七匁半で取引されている。それが薄利に苦しむ美濃焼の相場というものである。それに比して、たった一つの箱に収められた『根本新製』の価値は10両を下らず、その差は数百倍では利かぬほどに隔絶している。

金に目のくらんだ物盗りの出現を想定すれば、護衛は必須である。

しかしそのリスク対応に過度な出費を強いられれば、売価に跳ね返ってくることは間違いない。

15両？

それとも20両？

それがいかに大金であるのか知っているからこそ、想像するだけで舌の根が干上がってくる。

これからの途上、適正な護衛の人数とその所要コストを見極めておこうと思い決めて、草太は内津峠に向って上り続ける下街道筋をはるかに見つめた。

整備の届かない路面の荒れた下街道が、美濃尾張を分け隔てる峠へとゆっくりと上っている。はじめて名古屋に向った半年ほど前のことが、昨日のことのように思い出されてくる。彼の人生は恐ろしいほどに加速を始めている。

草太はその小さな手で荷の包まれた風呂敷を、ぎゅっと胸元に抱え込んだ。

一行はその日のうちに名古屋、堀川端で『浅貞』の主人と合流し、そのお付きの人数も合わせて総勢10名となった。

代官所から借り受けていた馬はそこで帰し、一行は堀川を船で宮宿へ、宮の渡しで一日廻船待ちしてのちに船上の人となった。途中二日ほど時化で足止めを食らったものの7日後には無事伊豆下田に上陸し、安政2年4月19日（1855年6月3日）、下田奉行の仮所である稲田寺へと到着した。

事前に書状を届けておいたので一行は速やかに奉行所の中へと通された。

案内された客間には、すでに勘定奉行川路様を始め、大目付格筒井様、下田奉行伊沢様等幕府の上級役人たちが居並び、障子を割って姿を現した客人たちをはなはだしく恐縮させた。

草太らは畳に額をこすり付けるようにして、注文の品である『根本新製』を謹んで納品する。納期を守ったことを儀礼的に誉めつつその品物の実見に当たった幕府要人たちは、そこに現れた純白の磁器に素直に驚嘆し、そわそわと仲間内で回し見ていたが、平伏したままの草太ら《天領窯株仲間》と尾張藩御用商の『浅貞』の主人に気付いてようやく居住まいを正した。

「この出来栄えであるのなら、例の話を進めてもかまわぬだろう」

こくりと頷きあった要人たちの中央、大目付格西ノ丸留守居役筒井政憲様が、『根本新製』の品物ともども、草太らも江戸城登城に付き従うように申し付けた。先に彼らに渡してあった

『ていぽっと』が幕閣のやんごとなき方々に渡っていること、その品物のとつくにでの交易価値について幕閣でも関心が高いことなどが告げられ、平伏したまま畳の目を睨んでいた草太は胸の動悸を抑えきれずに畳にしがみつくように額をこすりつけた。

「これは内密のこととなるが、上様がことのほかあの品を気に入られたらしい。そこで新たな品の御用話が持ち上がるかも知れぬが、無理難題あろうがけっして口ごたえをしてはならぬ。その場で謹んでお受けいたすように」

「か、かしこまりましてございます…」

予想はしていたものの、現実のものとしてそれが目の前にやってくると、いささが半信半疑な心持ちも湧き上がってくる。

腿の肉をそっとつねってみて、そのちくりとした痛みに草太は震えるように小さく息をついた。

（このオレが……とうとう将軍様に拝謁か…！）

今にもつぶれそうだった零細企業家が、時代変われば将軍様に拝謁とか、とうとうチート小説めいた展開に至ったことに感無量である。まさに大波にさらわれるがごとくの展開である。

ただその大波に、唯々諾々とさらわれるのか、それとも計算高く潮目を読んで乗り越えてゆくのかで、今後の人生は大きく変わってゆくことだろう。

（ともかく、これで『根本新製』の名は天下に鳴り響く）

天下に、と言葉にしてみてもいまひとつ現実感が伴っては来ないのだけれど、たぶんそうした環境の激変はいずれ確実にやってくるのだろう。そうなるべく草太は努力してきたわけであるし、焼物などという消費財は広く天下を相手にしていかねば商売はけっして大きくならない。名ばかりが先行して世間の風当りに辛苦するほんの少し先のおのれの背中が見えたような気がして、草太は下腹に力をこめた。これはすでに予想されていたことなのだから、企業の先頭に立つ草太がこの程度で揺らいでいては話にもならない。

（腹をくくって、いい物を出し続ける。ただひたすら、それを続けていくしかないし）

面を上げることを許されて、草太は上座に並んで座るお役人様たちをひたとうかがった。大目付筒井様の右隣にいる川路様が、孫でも見るようににこにこと微笑んでいる。

どうやら川路様のご期待には添えたようだ。進呈したていぽっとはその手を離れてしまったようであるから、いずれまた別の品でお礼をしようと草太は心に決める。

告げられた江戸へ向けての出発は、明日朝未明。
状況の進行はもはや急流のごとく待ったなしのようであった。

第120章　きざはしを上りて

江戸までの足は、幕府の公用船であった。

海運が盛んになるとともに大型化が進んだ昨今の廻船と比して、船齢も古くやや小ぶりな感じな和船であるが、一朝事あれば軍船として使用されるものだけに総矢倉を備えている。関船ではなく似関船というらしい。遠く蝦夷まで行ける頑丈な造りで、お役人方は「沖乗船」などと呼んでいた。

船尾のあたりには船旗が風にたなびいている。

その船旗、幕府公用船なのだから葵の御紋かと思ったら、なんと前世でも馴染みの『日の丸』であった。水夫にそのことを尋ねると、

「縁起もんの旗だからな！　お上の船だっつう目印みたいなもんだわ！」

国旗とかそういうものではなくて、漁船の大漁旗のような定番の『縁起物』意匠であったらしい。最近は多数来航するようになった外国船と区別するために、国内船はすべてこの日の丸を掲げるよう指導されつつあるという。おそらくこの『外国との区別』が後の世に『国旗』と

認識される由縁なのであろう。

同乗するお歴々が陣取って動かない船楼には近づけないものの、舳先のほうによじ登り海風を満喫する草太は自然厨二的な妄想に遊んでいる。


（和船だって、十分外洋を渡れるんじゃないの！　いけるじゃん！　蒸気船はまだ早いけど、和船いけるよ！　龍馬くんには悪いけど先に世界行かせてもらいますわ！）


そのぐらいに和船は波しぶきを立てながらぐいぐいと海路を進んでいたのだ。

船とか専門家ではないのでよく分からないけれども、倭寇が跋扈したぐらいだから和船でもいけるんじゃないだろうか、などと想像してしまう。

もっとも、倭寇の正体はほとんどが中国人、船もジャンク船だったぐらいのことは草太も分かっている。遭難が多いとの先入観を払拭するに足る数度の航海経験が、いけるという確信を後押しする。

1隻で危ないというのなら、船団を組んで運行すればいい。波を間切れないというのであれば、簡単な話、船体の全長を伸ばして十分な大きさと重さを与えてやればいいのではなかろうか。

船倉にボーンチャイナ他交易品を満載して、西海岸のウェスタンな荒くれアメリカ人たちの度肝を抜いてやったらさぞや痛快なことだろう。

「そこのぼうず！　気いつけえや！」

どこかから水夫の注意喚起の声が上がった時には、盛大な波しぶきが草太に襲い掛かった。

波しぶきに圧されるように転がった草太を『浅貞』の用人が受け止めてくれなかったら、そのまま落差のある船底まで転がり落ちてしまったことだろう。

全身びしょぬれになっても、草太はかえって腹の底から愉快そうに笑った。

ハイテンションの子供に怖いものなど何もないのだ。

船はやがて江戸湾の波穏やかな内海に入り、湾の奥へ奥へと進んでいく。

この時代的には江戸前といったほうがいいのだろうか。たくさんの小船が漁の最中で、銀色に輝く魚を次々に引き上げている。産業文明に汚染される前の江戸前の幸である。条件反射的に江戸前寿司を連想してつばを飲み込んだ草太を誰も責められはしないであろう。

海苔を養殖しているのだろうか、竹がマス状に刺してある遠浅な風景を横目に、草太たちの乗る船は多くの廻船が停泊する護岸された小さな島に近づいていった。

江戸百万の庶民の腹を満たすためにひっきりなしにやってくる廻船がひしめくなか、幕府公用船はそのお上の威光にあやかって誰に邪魔されるわけでもなく一番対岸に近い一等地に碇を下ろし、それを目ざとく見つけた役務の小船が近づいてくるのを悠々と待った。

その廻船の停泊地となっているのがあの佃煮でおなじみの佃島であるのだという。佃島、石川島などの小島を含む隅田川河口付近を大きく『江戸湊』と呼び、廻船から下ろされた荷は茶船という小船に詰まれて対岸の問屋倉庫へと運び込まれていく。

陽気のせいかほとんど真っ裸の人足たちが掛け声を合わせて荷を移している活気ある風景を眺めつつ、下田からの一行を分乗させた2艘の小船は、掘割のような石積みの水路へと滑るように進んでいく。

この時代の江戸という町は、水運の盛んなベニスのような水郷都市である。縦横無尽に開削された水路はむろん江戸城のお堀へも繋がっているのだろう。浮世絵でも特に有名な歌川広重の日本橋に似た橋もいくつか見かけた。

水路沿いに続く道も、渡る橋も、江戸湊から吐き出される膨大な物流を担う商人や人足たちでむせ返るような熱気に包まれている。

（…って、これ浮世絵まんまだけど、ほんとに日本橋じゃないの？　いま下くぐったけど！）

人のざわめきとどこか懐かしい学校の部室のようなひなびたにおいが頭の上から降ってくる。

忙しく行きかう人たちのなかには、悠々と水路を行く船にうらやましげな眼差しを向けるものもいる。

子供が無邪気に手を振ってきたので振り返してやると、気付いた母親が慌てて子供を抱え上げて逃げていった。

一瞬頭に『?』が浮かんだ草太であったが、同乗する幕府のお歴々たちのいかにもな格好を見て、すぐに納得する。まあどう見ても下っ端の役人には見えないし。

このまま船で城内まで行くのだろうか、などとぼんやり考えていた草太であったが、さすがにその予想は外れて、やがて巨大すぎて公園にしか見えない豊かな木々を戴いた江戸城の石垣が見えてきたあたりで、小船は蓮の葉を間切るように船着場に腹を寄せた。

そうして石段を上って徐々に目線が上がるほどに、江戸城の全景が明らかになっていく。


(でけえ…)


前世では林立するオフィスビルの谷間に癒し空間としてその緑を認識していた皇居……それがここでは恐ろしいほどに威容を誇っている。比較対象の現代建造物が取り除かれると、ここまで存在感が大きいとは。

城郭ならではの『天守閣』を無意識に探してしまうが、それらしいものをすぐには発見できない。○れん坊将軍で江戸城として背景処理されていたのが白鷺城こと姫路城なのは無論草太も知っている。大名イコール城住みみたいな短絡思考なら、大名たちの棟梁である幕府は一番立派な天守閣を構えていて当然であるのだけれど、残念ながら21世紀の東京に江戸城天守閣は存在しない。

江戸城が第二次大戦とかで焼失してしまったのではと誤解している人も多いけれど、実際には江戸城の天守があったのは江戸時代の前半くらいで、なんども出火と建て替えを繰り返したのち後半は財政難のために「天守いらないんじゃね？」という結論にたどり着いて以降『天守なし』の状態が続いていたというのが真実である。

ぱっと見で発見した3層の小城のような建物……『富士見櫓』を「これウチの天守閣」と臆面もなく言い張っていたというから、見栄っ張りなふうの強い武家社会にあって、幕府の天守閣無用論の現実主義っぷりが実に興味深い。歴史というのは、噛めば噛むほど味が出てくる魔性のおつまみのようなものである。

迎えの案内役を先頭に、川路様らお歴々、その後ろに『浅貞』の主人と草太が並んで歩く。この奇妙な行列は当然ながら道行く人の注目を集めた。

好奇の目にさらされて、みなが一様に身だしなみに気を回し始めた。草太も旅の汚れでしわしわになった着物を目立たぬよう伸ばしながら、無意識にお役人様たちの衣装の粗探しをし始める。出発のときに火のしを当ててはいるのだろうけれど、海風に数日もさらされれば同じようにしわしわである。変な安心の仕方をしながら、草太は目前に迫っている城門に目を移した。

目印になるビルとかランドマークがないためにその門が『何門』であるのか特定できない。門番らが接近するこちらの姿に気付いて、胸を張るように居住まいを正した。

（大手門とかじゃなさそうだけど…）

橋に差し掛かる際に、案内役が門のほうへと走り、草太らが橋の半ばまで来たあたりで重厚な門扉が左右に開かれた。

全身に痺れが走ったような気がした。草太はカラカラになった喉を何度も上下させたが、つばなど少しも出てこない。いよいよテンパって来た。

門から落ちかかる暗がりがわずかに涼気をもたらした。この門をくぐった人間が、いままでどれほどいたのか分からないけれども、おそらくそのほとんどが国の支配層、大名や旗本など上級武士たちであったのだろう。

江戸城に初めて足を踏み入れたとき草太の鼻をくすぐった最初の匂いは、なぜかあの箪笥の樟脳の匂いだった…。

将軍、徳川家定との面会は、あっけないほど簡単に行われた。

連れて行かれたのは本丸御殿という建物だった。

広大な敷地に作られたその平屋建ての御殿は、天守閣がなくても幕府の中枢として幕閣が胸を張っていられるのも頷ける、呆れるほどに大規模なものだった。

(建坪だけで1000坪以上あるんじゃなかろうか…)

腰の低い用人たちが立ち止まって挨拶していくのに何度も付き合いながら、その巨大な御殿をめぐって裏手のほうへ行くと、なぜだか使用人の出入りする勝手口に物々しい警護の人垣があった。

目のあった警護の一人が、大目付格西丸留守居役の筒井様の姿に気付いて、恭しく片膝をついた。


「上様はあちらか」

「すでにお待ちにございます、筒井様」


警護の人垣が割れる。

そうして歩き出した筒井様に引きずられるように、草太らも勝手口の敷居をまたいだ。

少しすっぱい漬物の匂いで、そこが煮炊きする御膳所(厨房)であることに気付く。その建物自体にしみこんだなじみの匂いの中に、この時代ではとんと嗅いだこともなかった甘ったるい蜜の焼ける匂いがふうわりと漂っている。

竈(かま)の前に立っている、料理人としてはいささか金をかけすぎた立派な服を着た小男の背中が目に入った。両閉じのフライパンのようなものを持ったその男は、2度3度とひっくり返していたそれを手に持ったまま、こちらを振り返った。

「やっときたか」

ずいぶんと小柄(こがら)で、肉付きの薄(うす)い男だった。
やや不機嫌(ふきげん)そうに眉(まゆ)をしかめ、小さなおちょぼ口を引き結んでいる。
第13代将軍、徳川家定そのひとであった。

第121章　カステラ将軍

第13代将軍、徳川家定。

自分で焼いたカステラを箸で崩しながらもくもくと食べている小男が、徳川八百余万石の頭領であるのだという。

こちらが平民であるとはいえこれから会見しようという展開であるのだから、改めてどこか別の部屋にでも通されるのかと思っていたのだけれど、なぜだか将軍様はお勝手の板の間に胡坐をかいて座ってしまい、勢い草太は土間に膝をつけたまま会話が始まった。


「これが此度買い上げた例のやつか」

「左様にございます」


カステラをむぐむぐと咀嚼しながら客の相手をしようというのは、いささか礼を失していると思うのだけれど、絶対権威である将軍様であるならたいていのことは許されてしまうのだろう。

カステラといえば包丁か何かでスライスすべきだと草太は思うのだが、御膳所の隅で息を潜めている板前や女中たちがそれを進言するわけでもなく静かに眺めている辺り、これはいつものことなのだろうと想像がつく。食べるのは自分ひとりなのだからきれいに切り分ける必要もない、ということなのだろう。

わがままなひとりっ子が、クリスマスのホールケーキに直接フォークをブッ刺してしまうノリに近いのかもしれない。

たまに喉に詰まるのか、傍らに置いた湯飲みから茶をすすっている。驚くことに、その茶すら急須を手元に置いて自分で淹れていたりする。

差し出されたケースの中から『根本新製』を取り出した将軍様は、そのときばかりはほうっと嘆声を漏らして、ひとつひとつ手にとって眺め始めた。

「『鶏図』か」

将軍様の言葉に誰も相槌を打たないので不安になった草太がほんの少し顔を上げて様子を窺うと、なんと将軍様と直接目が合ってしまった。どうやら草太に話しかけているらしかった。

「…はっ、新色の『朱』がよい発色でしたので、その鮮やかな色合いを鶏冠に託してみました」

「このように小さな器だというのに、まるで屏風絵のような見事な出来栄えである。なるほど、白磁の白が鶏の白の地色というわけだな」

「『根本新製』の妙(みょう)はまさにその透(す)けるような柔(やわ)らかな白にこそあります。ただきれいな絵をかぶせるだけではその地色が生きません」

「うむ、気に入ったぞ」

木箱の中には、カップと対になったソーサーも収められている。

その小さな皿の使いようを分かっていない将軍様は、取り出したそのソーサーに手製のカステラを載せてみて悦(えつ)に入っていた。

「天目(てんもく)【※注1】皿が一番合うと思っていたが、この柔い白ならばかすていらの黄色も馴染むようだ。…どうだ、なかなかうまそうだろう?」

箸でグズグズにされたカステラはいかにも食べかけ然として食欲をそそらなかったが、ここは将軍様の面子(メンツ)を慮(おもんぱか)ってリアクションしておくべきなのだろう。ほんの少し躊躇(ちゅうちょ)していた草太よりも先に、こうした状況に耐性(たいせい)のあるらしい筒井(つつい)様が子供にも見抜(みぬ)かれよう作り笑いで揉み手せんばかりに追従(ついしょう)する。

「まことに。皿の出来栄えもそうではございますが、上様の玄人(くろうと)顔負けのかすていらが見事な焼き色をみせていてこそのよい塩梅(あんばい)なのでございましょう」

「ふはは、そうか。でも分けてはやらぬぞ」

「いずれ何かの折に恩賞として賜りとうございますれば」

「卵と蜜を目利きできねばおいそれとこの色と香りは出ぬのだ。そうか、色の違いが分かったか」


なんだよ、かすていらの焼き色って…。

どんだけカステラ作りにこだわってるんだこの将軍様。箸で崩してる時点で美意識は相当に疑わしいだろ。

もう構図としては、筒井様の手のひらでコロコロと転がされている扱いやすい子供というていである。すっかりと自意識を満腹させた将軍様は、ティーカップの取っ手に指を這わせながら、型取りしたその独特の形状を堪能しているふうであったが、つと膝を進めるように草太のほうに身を乗り出すと、

「ずいぶんと南蛮の茶器に詳しいそうだが、その歳でなかなかの博識ではないか。大学【※注2】にも問うたが、日の本に南蛮の茶器を講ずるような蘭書は見たこともないと言うておったが、どこでこのようなものを見聞きしたのだ？　わずかな聞きかじりでここまでのものを作れるとはとうてい思われぬが…」

「それは…」

ずばりと、聞いてほしくない急所に切り込んできた。

生唾を飲み込みながら将軍様の目を見返した草太は、言葉を濁しつつおっさん脳で言い訳を模索する。『大学』と言うのはこの時代の幕府付き学者のことなのだろう。たしか大学頭とかいう役職（？）があったはずである。そんな知的権威に諮問した上でこちらの怪しげな部分を突いてきたのだから、なにか狙いのようなものがあるのではないだろうか。

いや、あるいはこのカステラ将軍っぷりからしてそこまで深い考えがあるようには見えないので、だれか『二人羽織』した識者に操られてのことという可能性もある。

だとすれば誰だろう。幕府という巨大組織に知恵の回る能吏が多いのはもう分かっているのだが、いかんせんなまっちょろい歴史好き程度で幕府の組織図やら人物相関やらが分かるはずもなく、高まる不安感に思考が空転しそうになる。

将軍様の耳にささやける人物などは、幕閣でもほんの一握りの主要な人物だけであろう。

この時代の老中首座は誰だ……あの有名な井伊直弼はたしか最後の将軍慶喜のひとつ前の14代将軍様の後継問題で大老に躍り出たはずである。…と言うことは、このカステラ将軍の跡継ぎの治世で幕府の実権を握ったわけであり、いまはまだ実力はあれど押さえ込まれた状況であるのだろう。

たしか井伊直弼の前は……この時代の権力闘争はごちゃごちゃしすぎていまひとつ分からない。

そこまでの考えをめぐらせるまで数瞬。

返答に窮したという印象を残すわけにはいかない。ここは煙に巻くのが常道だろうと草太は意を決して口を開いた。

「…絵師探しに京に赴いた際、たまたま知己を得た学者先生のお屋敷で見聞きした知識でございます。根っからの本の虫でありますので、ずいぶんと読み散らした覚えがございます。…どなたかが直接書き付けたような帳面で、あれはもしかしたら本でさえなかったのかもしれません」

「帳面…？」

「はい、書き散らしたものをあとで綴ったような……紙も不揃いでめくりづらかったような覚えがあります」

「図帳のようなものだな……なるほど、本でなければそうは出回らぬか」

「そのときは世にもずいぶんとおかしな器があるものだな、と。…長崎あたりで蘭人の生活雑器を書き写したものではないかと思います」

言い終えて、ぺろりと唇を湿す。

梁川星巌先生の名前を出そうとも思ったけれども、人物を特定してしまうと迷惑をかけるかもしれないので思いとどまった。正式な本ではないと言うことにしておけば、いくら博識な学者でも追及は難しいだろう。

相手が将軍様でなければ「企業秘密」で突っ張っているところだけれど。

「ふむ…」

少し思案するふうに顎を指で掻いていた将軍様は、肩越しに廊下のほうを見返して「らしいぞ、伊勢」と呼ばわった。

草太が思わず顔を上げてそちらを見ると、御膳所の廊下のほうでこそりと人の気配が動いた。

「ばらさぬお約束でしたぞ、上様」

「どうせ余の『ひとりごと』なのだから、後には残らぬだろう。興味があるのなら、自分で問いただせばよい。余は忙しいのだ」

「これはこれは。余計な手間をおかけいたしました」

小男の将軍様と比べて、なんとも大柄でふくよかな人物が膝をするように身を進めて来た。

前世では町でよく見かけたものだが、この時代にメタボな体格はなかなかに珍しい。まろやかな鼻筋が公家然としたその人物が、『二人羽織』のもうひとりであったのだろう。

そのとき草太の周りにいた板前やら女中やらが慌てたように平伏した。筒井様ほかお歴々たちも、さらに深々とお辞儀する。

「これでは伊勢のほうが偉いようではないか。まったく、面白うないの」

「お御膳所で鍋を振るう公方様など普通はおりませぬ。いちいち平伏するなと命ぜられたのは上様でございましょうに」

「面白うないのは面白うないのだ」

「…上様は、どう思われました」

「どうもこうも、平然と小難しい言葉を使いよる舌の回る小鬼よ」

「そうですか、小鬼ですか」

むふふと上品ではあるけれど含むような笑い方をする。

将軍様が対等な物言いをするその人物、むろん幕閣のお偉方の一人であるのだろう。

「老中首座、阿部伊勢守様であられる」

川路様の呟きが草太の耳に届いてくる。

老中首座、阿部正弘。

草太に間違いを起こさせぬよう川路様が教えてくれたのだろう。伊勢とは、伊勢守という福山藩主でもあるこの人物の名乗りに対してのものであったようである。

幕閣の最高権力者にしてはずいぶんと若い印象がある。まだ三十路半ばという感じで、てかてかと汗で光る頬には若さの艶もある。

が、その若さには似つかわしくない油断ならない厳しさを目元に漂わせる阿部正弘に、草太は圧し負けまいと下腹に力をこめた。

会見が予想外の次のステージに移ったことを、草太は察知していた。

【※注1】……天目。黒く焼きあがる鉄釉を『天目釉』と言います。ここでは黒く焼きあがった皿そのものを指して『天目』と言っています。

【※注2】……大学。この時代の幕府役職のひとつ。林大学頭。朱子学の権威である林家が家督とともに継いでいたようです。

第122章　カードを切ろう

現代でも江戸時代でも、この国を実際に切り回しているのは、良しにつけ悪しきにつけ官僚と呼ばれる役人たちである。徳川幕藩体制での老中幕閣とは、まさしく官僚機構のトップである。

老中、と言う役職を現代のそれに置き換えるならば、それは各省庁の事務次官クラスであるだろうか。国政は実質彼らの合議によって方向付けられ、将軍の名のもとに動かされていく。

さて、この老中職。

徳川譜代の特定の大名家がその役職者を持ち回りのように輩出していた様子なのであるが、後世から歴代の老中たちを俯瞰するに、既得権的な向きが強いものの無能でも務まる名誉職、という印象が薄いのはどういうことなのであろうか。

特定の家門がただ血筋のみによって輪番にその顕職にあやかっているというのなら、どうしようもなく知恵の乏しい凡人とかがその座を占めがちになるのではないか、と想像しそうになるのだが、意外にもそこまで『使えない』人物がその職に就くことは少なかったようである。

それはなにゆえか？

おそらくはこのシステムを考え出した人間にも予想外なことであったろう。

『江戸詰め』の宿命ともいえる過大経費というハードルが、偶然にも峻別の役割を果たしたのだと思われる。

老中の職に就く者たちは、その付随する権力によって吸える『旨み』以上に激しい出費に呻吟せねばならず、就任には相応の『覚悟』が要求されたからにほかならない。

老中就任イコール江戸常駐、立派な屋敷を構え人を雇い、老中にふさわしい『格』を維持せねばならない。譜代の大名というのは10万石以下の中小大名が多かったから、その身の丈に合わぬ過大な出費に藩財政は火の車とならざるを得なかった。

藩財政を傾けてもなお老中就任に執着する者たちというのは、当然のように国政に参与する意識が高くなる。大金を使ってその役職を勝ち取るのだ。費用対効果ではないけれど、勝ち取った権力を操って利益誘導できるくらいには優秀でないと出費を取り返すことすらおぼつかない。いきおいそれなりに有能な人材が参集することになるわけである。

その老中の定員がだいたい4名から5名。

そして幕府権力を掌中とするその小グループを統括するのが、老中首座であり、当世では備後福山藩当主、阿部伊勢守であった。

本来ならば最高意思決定者である将軍の輔弼が主な役割である彼らであるが、その将軍の個々人の資質によって……ありていには政治に関心があるかないかで、その影響力は格段に変化することがままあった。

その点で当代将軍徳川家定はというと……まあ見たまんまカステラ作りにうつつを抜かして

いるような蒙昧な主君であったのなら、現在の老中幕閣がどれほどの政治的権勢を持っていたかは押して知るべし、であった。

本丸御殿の台所である御膳所で将軍への拝謁がおこなわれた理由は、将軍との直接の顔合わせが直参旗本にしか許されないご法度を回避するためであったのだろう。

結局カステラを食べ残した将軍様が、『ひとりごと』を口にすることに飽いて御膳所をあとにした後、その場に残された阿部伊勢守は目配せだけで大目付格の筒井様以下下田奉行所組を立ち上がらせ、あらかじめ用意されていたらしいひと間へと導いた。むろん草太たちもその流れに引きずられていく。

そこは御膳所からそれほど離れてもいない、やや縦長に襖で仕切られた10畳ほどのひと間だった。

「長旅で疲れているだろうが、この伊勢にいましばらく付き合ってもらいたい」

くしゃみをしただけで諸藩を震え上がらせる幕閣の最高権力者が、上座に腰を据えながら意外なほどに謙虚な物言いをする。先ほどまで体格的に無理のある正座をして顔色ひとつ変えていなかった阿部伊勢守であったが、さすがに格下しかいない場になるや、伸ばした足を揉みさすりながら胡坐をかいた。

「なかなか見事な出来栄えの器であった。…《天領窯株仲間》であったか、こぞう、名をなんと申すのだ」

「はっ、林丹波守勝正の裔、林太郎左衛門貞正が三男、三郎左衛門の子、林草太と申します。このたびは…」

「長ったらしいあいさつなどはなしにせよ。名乗るだけでよい」

手を振って草太の自己紹介を制して、阿部伊勢守は草太に顔を上げるように命じた。短気であるというより、無駄や冗長を嫌うたちであるのだろう。

我田引水に議論を進めたがる某深夜討論番組の司会のように、唐突な感じに討論テーマを口にした。

「そちはここにおる川路に、あの焼き物が異人に高く売れると申したそうだが、それは何か確証があってのことであったのか」

まあ、その話の成り行きは覚悟していた草太である。

カラカラの喉をつばを飲むように何度か上下させて、草太は最初に口にすべき言葉を吟味する。

まさか幕閣の首座自身が出てくるとは思わなかったけれども、これは政治中枢にコネを得る恐るべきチャンスなのである。

平時であったならば、どれだけ傑作の焼物を持ち込もうとも、こんな事態にはまずなりえなかったであろう。幕末という時代の急流に国が揺れ始めているいまこのときでなくては、この出会いは間違いなく生まれなかった。

運がよかったのだ。

ただ、そう思った。

明治維新まで悠長にときを浪費していたら、この天運を得ることなどけっしてなかったのだろうと思った。生き急いだがゆえに、彼は天から垂らされた幸運の糸をその手に掴んだのだ。

(千載一遇の天運、けっして無駄にはしない)

肝を据えて、このビッグウェーブを乗りきってみせる。現代チートをさらすことで招来するいろいろなデメリットを心配するおのれのなかの小心を追い出して、ここはやり過ぎない程度にカードを切っていくべきところと思い決めた。

「…その『確証』を得るために、わたしは戸田村の異人のもとへ赴きました。そしてその思いが正しかったことの証明を得るに至りました」

観念的なことを言っても、そうした抽象的な物言いはたいていひとの耳に入っては行かない。何より目の前のこの人物は『政治家』である。

プチャーチンとの一幕を川路様に見せ付けることによって、『根本新製』の海外での商品性はすでに証明済みである。その事実を明瞭に告げて、草太は夢見がちな若者の妄想の匂いを残しつつ言葉を重ねた。

「伊勢守様におかれましてはすでにご承知のことと思いますが、あの唐土の大帝国、清王朝をアヘンで苦しめた鬼畜のようなエゲレス人の話を、わたしもひとづてに聞きました」

「…ッ」

「そしてこうも聞きました。『エゲレスは清王朝から茶や磁器を買いすぎて金に困ったらしい』、と……むちゃくちゃな話ですが、彼らの国では唐土の茶や絹織物、美しい磁器などが珍重されておりまして、王侯貴族らが競うようにそれらを買い漁ったがために破産寸前にまで陥ったのだそうです。流出した莫大な銀を取り戻さねばならない。しかし気位の恐ろしく高い清王朝は南蛮国の品になど見向きもしない。首が回らなくなった彼らは、ついに禁じ手に手を染めて……人を狂わせるアヘンを彼の地でばら撒き始めました。…それが唐土でのアヘン騒ぎの始まりだったそうです」

どこまで「聞いた話」を装えることだろうか。

幸いにしてネットもないこの時代に世間の全てを把握している知識人などいるわけもなく、交通も発達していないがためにローカル性が強まればとたんに事の真偽を確かめられなくなる。

地方で聞いた話とすれば、少なくともこの場でそれを否定できる人間はいないに違いない。

そう読んで、腹をくくった。

「少なくともエゲレス人は、アヘンをばら撒くという非道をせねばならないほど、金に困っていたのです。清王朝の優れた『磁器』を買い漁ったがゆえに」

この時代、武士たちがなにゆえ海外の列強を恐れたのか……それはむろん黒船や大砲などの優れた軍事兵器を恐れたためもあるが、潜在的により恐怖心を抱かせたのは、人を蝕み破壊するアヘンという毒を、平然とばら撒いたうえに戦争まで吹っかけたイギリス人の恐るべき悪辣さ、そのあまりに良識を欠く『異常性』にあったのだ。

アヘン戦争については、この時代の識者はすでに知りえていただろう。ほんの十数年前に起こった、隣国での悲劇である。

「磁器は売れるのです。現に有田(ありた)の器もあちらではずいぶんと評価されているとうかがっています。川路様ならば、あのオロシア国の全権使節、プチャーチン様の『根本新製』を見たときの様子を覚えておられると思いますが、まるで得がたい宝でも扱うような様子でありました。…そうしてわたしはついに確信を得たのです」

「『磁器』は商売になると」

「その通りでございます。…そして大切なことがいまひとつございます」


ほんの少し息を整えるために言葉を切ると、耳を象のようにそばだたせていたお役人たちが身じろぎする気配を感じられた。

やや前のめり気味の阿部伊勢守様が「申せ」と次の言葉を催促(さいそく)した。

草太は軽く頷(うなず)いて、まっすぐにその眼差しを見返した。


「わが国の焼物は、わが国の生活に密接に結びついた形で長らく作られてきました。ごはん茶(ちゃ)碗(わん)は飯を盛るため、湯飲みは白湯(さゆ)を飲むため、皿はおかずをよそうために作られました。…それらは必要であるからこそ作られ、それを必要とする者に売られました。逆の言い方をすれば、それが必要とする形を持っていたからこそ、買いたいと思う者がいたのです」

「まるで禅問答(ぜんもんどう)だな」

「伊勢守様は、長崎(ながさき)の出島にいる異人たちが、どんな食事をしているのか知っておられますか」

「あいにくと出島を見聞したことはないな」

「彼らは米の飯をあまり口にはしません。『ぶれっど』とよばれる蒸（ふか）した饅頭（まんじゅう）のようなものを食しています。皿に置けばいいだけの饅頭しか食べない相手に、ごはん茶碗は売れません。買っても使いようがないので、彼らの目にはなんとも無価値なものとして映ることでしょう。……彼らは『ぶれっど』を置く皿は買い求めても、ごはん茶碗は興味本位で手に取るくらいで、よほど美しい名物としての価値を見出（みいだ）さなければ買いはしないでしょう。それは当たり前の話です」

「うむ……」

「有田の磁器は評価を受けているようですが、それは食器としてではなく見て楽しむためだけに買われているものと推察します。ゆえに売れるのは大皿や壺（つぼ）ばかり。評価はされますが、そこまで数は売れません」

「………」

「プチャーチン氏にお贈（おく）りした茶器は、あちらで日常的に使われるていかっぷと申しますものでありました。彼らの『必要』に触（ふ）れるものであったからこそ、あれほどに喜ばれたのだとわたしは考えます」


美術品としての需要（じゅよう）など高が知れている。

彼らの生活習慣とマッチさせてこそ、商売は太くなる。

「美しいが使いようのなかった東洋の磁器が、その高い技術で彼らの生活雑器の市場に進出したならばどのようなことが起こると思われますか」

「……ッ！」

「彼らはあちらで東洋の焼物の模造品まで作っていると聞きます。白い宝石とまで讃えられる本物の東洋磁器がそこへもたらされれば、さてどのようなことが起きますことやら……面白そうではありませんか」


おのれの見通しを吐き出しつくして、草太は荒らげた呼吸を押し殺した。

第123章　鬼っ子の微笑み

息のつまるような束の間の静寂の後、広間に響いたのは阿部伊勢守の忍び笑いであった。

その小さな笑い声が届いた瞬間に、草太はぶるりとおののいた。

言いたいことは全部言ったつもりなのに、何か致命的な粗漏があるのではないかと畳の目を睨みながら何度も思い返した。おのれが危うい薄氷の上に座っていることを自覚しているからこそ、こそりとも身動きが出来ない。

なぜ幕閣の最高権力者が草太らのような下々の人間を召して、わざわざ事情を聴取しようとしたのか。なぜ笑われたのか。

ややして笑いを収めた阿部伊勢守は、川路様を目配せで呼び寄せて扇子の陰でなにかれと問いただしているようであったが、やがて得心がいったように小さく鼻を鳴らした。

「なるほど、たしかにあの焼き物は取引の品として使えるかも知れぬ」

阿部伊勢守のつぶやきに川路様が控えめに首肯し、周りにいた筒井様らが顔色を明るくした。

それから一気に会話が華やいだものとなっていく様子を静かに観察していた草太は、末席に同じく黙したままでいる『浅貞』の主人の方を見て、その目の奥に彼と同じような打算の光を見つけ出す。

この尾張商人も今回の予想外の展開に圧倒されつつも、これを奇貨として幕閣とのコネクションをいかにして作り上げるべきか算段しているのだろう。

普賢下林家の雄飛のための両輪として見込んだ『浅貞』の主人が、ここで思考停止していなかったことに安堵しつつ気持ちを落ち着ける。

徳川幕府の時の執権、阿部伊勢守とその一派が『ていかっぷ』に見事に食いついたのだ。相手は思いもかけぬ大魚であるが、糸を切らさぬよう慎重に手繰り寄せていかねばならない。


(阿部伊勢守様は、すくなくともウチの磁器が『売れる』ことだけは理解してくれた)


二百有余年にわたる長い鎖国体制がやぶられ、徳川幕府が動揺していることを本人たち以上に草太は知っている。

幕末を前に押し寄せてきている列国は、幸いなことに切り取り強盗のような真似はせず、技術的に圧倒している自国商品を売りつけることで、ごく紳士的に我が国から金を巻き上げようとしている。

相手側の先進性を『黒船』という非常に分かりやすい実例で見てしまった幕閣は、彼らが求めている通商で我が国にしかるべきものが……海外に通用するほどの売り物があるのかと不安を抱いていたのだろう。その不安を解消させる『当て』が、いままさにひとつ見出されたのだ。

（洋食器はバカ売れする。明治期にそれは証明されてるんやから）

歴史を知る草太には揺るぎない自信がある。明治期……正確にはいまから30年ほど後には、多治見という美濃の片田舎に過ぎない町にかなりの優先度で官設鉄道が敷設され、明治33年7月25日（１９００年）には開業を果たしている。国家の有力な貿易商品である美濃焼を、迅速かつ大量に輸送するためであった。

むろん後世の歴史そのままに廉価品で席巻するのもひとつの手だが、できうるならもっと効率のよい、美濃焼業界人であることを誇りに思えるほどのブランドを築き上げて、前世合わせて三十数年来満たされたことのなかった自尊心を充足してみたい。転生などという奇跡が起こったのだから、願わずにはいられない。

平伏した姿勢で人目にさらされないでいると、そうした妄想がついはかどってしまう。少しぼうっとしていたようだった。

軽く肩を叩かれて居眠りをとがめられた中学生のように慌てて顔を上げた。

「草太様…」

『浅貞』の主人が小さく声をかけてくる。
一瞬そちらの方を見、そこで主人の伏し目がちな目配せに出会う。

「…よろしいのですか」

主人の控えめな眼差しが、阿部伊勢守様と下田奉行所組の談義へと向けられている。下々の者が聞き耳を立てているなど想像もせぬように、彼らの間に割合にはっきりした声音で盛んに「有田」という単語が飛び交っていた。
一瞬どきりとして、草太は聞くことに気持ちを集中した。

「…あの焼き物はまだまとまった数集めるのは難しかろう……さいわい今回買い上げた良い『見本』もあるのだ、どこぞの名窯にでも命じて同じものを作らせれば…」
「有田が最有力でありましょうが、鍋島などでも……肥前殿とはいささか交友がありますゆえ、いかようにも話は…」

おいっ！
光の速さで《天領窯》外しかいっ！
焼物の名品として天下の《有田焼》や《鍋島焼》が、彼らの脳内に条件反射的に浮かんだのは仕方のないことなのかもしれない。この時代、国内で実績名声ともに最高の評価を得ていたのが彼の焼物であるのだ。

新参である『根本新製』のネームバリューなどいまはまだあってないようなものに過ぎない。鍋島で作らせればもっといい物を作るに違いない、そんな短絡的な思考ラインが目に浮かぶようである。

むろんすでに草太の額に青筋が浮かんでいる。

やつらののっている畳ごとちゃぶ台みたいにひっくり返してやりたい……合計体重100キロを超えていようと、いまならきっとひっくり返せると確信さえ抱けた。

どれほど腹を立てようとも幕閣の首脳たちの話に割って入るわけにもいかず、ただぎらぎらと気持ちをたぎらせる眼差しを向けるしかない草太であったが、その刺すような視線に気付いたのか愛想笑いを貼り付けつつ会話の輪のなかにいた川路様が、絶妙なタイミングで咳払いして話の腰を折ってくれた。

「ていかっぷを作り上げた功労者を待たせておりますが」

そうして草太たちの存在を思い出したかのように言葉を呑んだ阿部伊勢守たちは、いささかばつが悪そうに「むろんそちらをないがしろにするわけではないが」と付け足し感満載にうそぶいてみせたが、当然ながらそれを信じるほど草太もお人よしではない。

阿部伊勢守にはここできつく釘を刺しておかないと。老中首座ならではの権力と豊かなコネクションで、ていかっぷぐらい即行で産業化しかねない。

「南蛮茶器に先鞭をつけたのはわが《天領窯株仲間》でございます。急ぎ生産体制を整えているさなかでございますゆえ、どうかいましばらくはご猶予くださいますよう…」

「ないがしろにはいたさぬが、しかしだな…」

「そしていまひとつ、おそれながら申し上げておきたき儀がございます」

無駄な言葉を吐かせる前に強引に言葉をかぶせ、草太はきっと阿部様を睨め上げた。不遜ととられようがここで引くことは出来ない。どれほど頭の回る知恵者だとしても、しょせんは生まれたときから武家社会にどっぷり浸かっている人たちである。売り手がいて買い手がいる、その商取引のやり取りのなかにある基本的な常識を彼らが理解しているとはとうてい思われない。

「売れそうな品があるからといって粗製乱造し、蔵に積み上げてから纏め売りしようなどとお考えでしたら、それはおやめくださいますよう……商売として下の下でございます」

「…ッ」

「異人にていかっぷをひとつ手に取らせ、欲しいと言ったら１００個か？　１０００個か？

と、まとめ買いを持ちかけるおつもりでしょうが、そんなことをすれば1個10両のていかっぷを、100個1両で売るハメになるでしょう」

『根本新製』は一点物であるがゆえに高価なのであり、ていかっぷだから高価だというのではない。

想像してほしい。たとえば1点100万円のブランドバッグがあるとして、高級店の一番高そうな棚に厳かにディスプレイされていれば欲しがる人間もいるかもしれないが、まとめ買いOKと張り紙して山盛りにされているバッグに100万円を払う人はいない。正気を疑われるのがオチである。むろん値段の説得力のなさが原因である。

「けっして、『押し売り』だけはなさいませぬよう。…欲しがっていない相手に品物を押し付けて代価を要求しようなど、それはまさに下の下策。いたずらに国産の焼物の価値を毀損し、金の卵を産む鶏を絞め殺してしまうようなものです」

「………」

「相手が欲しがっても、もったいぶってなかなか出してやらないぐらいでよいのです。喉から手が出るほど欲しがっている相手なら、それを購うためにいくらでも洋銀を積み上げることでしょう」

客に自分から財布の紐を解かせる……それこそが商売の至上の手管である。

「しばらくは、訪れた国賓に手土産だと太っ腹にばら撒くことです。『貴重なものなのだ』と申し添えて、あなただから『特別』なのだと渡してやるのです。…人間万事塞翁が馬、その手土産が国許の貴顕の目にでも留まれば、黙っていても商談が舞い込んでくるはずです。そのときに黒船が購えるほどの大金を要求してやればよいのです」

はた、と。

阿部様の手の中でいじられていた扇子が、畳の上に転がり落ちた。
目を瞠ったままに、6歳児の言に聞き入っている。

「そこまで魚が食いついてくれれば、あら不思議、いつのまにか手の中に取引の『鬼札』が入っているなんてこともあるのではないでしょうか」

そうして草太はにっこりと微笑んで、頭をたれたのだった。

第124章　綱渡り

阿部伊勢守との会話は、もともと政務の合間を縫った四半刻ほどのわずかな時間を予定されたものであったようである。

そのなかで6歳児の恐るべき識見に出会ったのはまさに予想外のことであったに違いない。

阿部伊勢守は平伏する草太の腕をつかんで、引っ張り上げるように顔を覗き込んできた。まるで人の皮をかぶった物の怪であることを疑うようにまじまじと凝視されて、さすがに面の皮の厚い草太といえども一気に冷汗を掻いた。

「…まことの人の子か」

至近で目を合わされて、どういう表情をしていいのか迷った草太は、ほとんど反射的に前世で慣れ親しんだビジネススマイルで韜晦した。

ただ自然と目が泳ぎ気味であったことは素直に認めるところだけれど。

「…恐れながら」

こうあることを多少なりとも予想していたのか、川路様が草太の異常性を擁護し始める。ロシア人たちに愛された気配りの人は、どこまでも精神の安定性を保っていた。

「物の怪憑きとはたいてい衆人にも明らかなほど気が触れているものにございます。何年も前に『キツネ憑き』と申すものを見たことがありますが、始終わめき散らしてまともな会話もかなうものではございませんでした。…その童の話の筋を外さないその明快な論理こそ、物の怪憑きにあらずというたしかな証し。…恐れながら愚考いたしますに、まれに世間を騒がします『神童』なるものではないかと推察しております」

「…神童、とな」

「まだ7つ（数え）にしかならぬ小童が、大の大人をやすやすと説破するなどあるまじきことではありますが、門弟の多い私塾を覗けばどこにでも一人や二人、そう呼ばれる早熟な童を見かけるものです」

なるほど、著名学者の経営する有名私塾なら、優秀な子供の一人や二人は確かにいるだろう。いささか強引な論理のように思えるが、この時代、江戸では私塾は乱立の様相を呈していて、その所在さえも明らかでない三流どころはそれこそ掃いて捨てるほどであったから、どこそこに神童がいるらしいと言えば調べようもなかったりする。

もっとも、ただ『頭がよい』ことと、不自然なほど『知識がある』ことはけっしてイコールではない。おのれの立ち位置のあまりのあやうさに草太は唾も出ないのに何度も喉を上下させた。

「…それよりも、市井にこのような前途有望な人材が生まれていることこそ、この未曽有の国難にあっては何よりの慶事かと。有為な人材はいくらいても足りることはなく、とつくにとの交易に明るい者であるならなおさらでありましょう」

「なるほど、『神童』…か。たしかにとても童とは思えぬ舌の回りの良さよ。どこで仕入れた知恵かは知らぬが、この童ほど知恵と舌が回れば、構えて仏像みたいになっておる下手な交渉役よりもよほどうまく立ち回れるかもしれん。…うむ、この時勢に使える『駒』を無為に野に放すのは惜しいかもしれぬな」

「伊勢様…?」

「いちおう『士分』の端くれにはおるようだし、そういうことなら無理押しできぬこともない……ふむ、となると、この鬼子を当てて面白そうな役所は…」

えーっと。

なにか阿部伊勢守様が暴走しているようなんですけど。

て、適当な役所って、どういう意味なんでしょうか。

ずいぶん前向きな発言を耳にして、草太はぶわっと全身に鳥肌(とりはだ)が立つのを覚えた。

彼自身、沈(しず)み行く幕府に接近しすぎる危険を想定していたばかりである。おのれの幼さに胡坐(あぐら)をかいていた草太は、老中首座による『英断』という権力チートを見逃(みのが)していた。

まずい、まずい、まずい！

一気に血の気が引いて、頭が芯(しん)からひやりとしてくる。

このとき草太は知る由もないが、この阿部伊勢守という人物、実は人材登用に『英断』を次々行った人物で、川路様をはじめ韮山反射炉(にらやまはんしゃろ)の江川英龍(えがわひでたつ)、言わずもがなの勝海舟(かつかいしゅう)ら有能な人材を引き上げ、幕政の改革に大きな役割を果たしていたりする。世に言う『安政(あんせい)の改革』であるのだが、彼が有能な人士を身分の隔(へだ)たりなく登用した人物であることは歴史が証明していたりする。

どうする、どうする…。

幕閣最高権威(けんい)である老中首座の『英断』は、武家社会の慣例などやすやすと払いのけてしまうであろう。彼が是(ぜ)と言って、否と言える人物などどれほどいるものか。


（…あ、思いついた）

窮余(きゅうよ)の一手を思いついて、草太は千々に乱れた思案の束を急いで手繰り寄せる。なかなかに一か八かな賭(か)けだけれど、もはや逡巡(しゅんじゅん)する暇(ひま)さえない。

それを実行したときのリスクと、その回避法……検討しようとするも今にも口を開こうとしている阿部伊勢守の様子に決断の瞬間はあっという間にやってきた。

(もうやるしか……ない)

草太はわずかの逡巡に身もだえした後に……乳児期の葛藤を走馬灯のように思い出しながら全身を弛緩させた。

決断したのはおのれだというのに、なんだろうこのやっちまった感は。

チョロチョロチョロ…

一度踏ん切りをつけたとはいえ、下半身に広がり始めた熱い感覚に身を硬くする。

「…ッ!」

「伊勢様!」

ことを実行する前のわずかな瞬間に送ったアイコンタクトを、川路様が拾ってくれたのかどうか。阿部伊勢守がそうと気付く前に飛び掛かるように川路様が間に割って入った。

そのときになってようやく草太のしでかした醜態に気付いた阿部伊勢守は、慌てたようにぱっと手を突き放して、後ろにずるように身をのけぞらした。

「誰ぞッ、女を呼んでまいれ！」

適当なところで膀胱の栓をきつく締めた草太は、恥ずかしさと狼狽とで目頭を熱くさせて阿部伊勢守を見ている。

川路様の声に障子を割って入ってきた側仕えらが、室内にわずかに広がった独特の臭気に状況を把握して泡を食ったように踵を返していく。

さあ、やっちまったぞ。

権威主義に染まった愚かな人物ならばたとえ子供相手でも容赦なく手討ちにしてもおかしくはない失態である。あまつさえ、そこは天下の主たる徳川将軍家の在所。殿中で刀を抜いただけで切腹させられた浅野内匠頭長矩がいるくらいである。よもやの失禁に厳罰が下される危険性は非常に高かった。

しかし、と草太はほぞを噛む。

相手は幕府という権威の池で泳ぐ『錦鯉』であったが、同時に外敵に揺れるこのあやうい時代に、川路様ら開明的な人材から忠誠を得ている『英明な領袖』でもある。

本来殿中になど上がることの出来ない半庶民の草太らを呼び寄せたこの秘密の会合で、粗相をしでかしたとはいえ子供一人を手討ちにしたとなれば噂は瞬く間に広がり、いやでもいらぬ注目を集めることになるだろう。

将軍家定との接見があった直後でもある。阿部一派に敵対的な派閥……攘夷派などの反動勢力が痛くもない腹を探り始めるだろうところにまで、その英明さで推測の手を伸ばしうるだろう。

たぶん、状況的に殺されはしまい。

突き放されて尻餅をついた草太は、呆然とした様子を取り繕って額を畳にこすり付ける。小便たれの小僧になにを期待されるのですか？　と、全身全霊をもってアピールする。

「たっ、大変失礼をいたしました！　ひらに！　ひらにご容赦を」

前世で、テレビ収録中に本当にわざと失禁して、捨て身のかなたにネタを成り立たせた某お笑い芸人を思い出しつつ草太は周囲の空気を読み取り続ける。

突然のお漏らしでシリアスな話は完全に腰砕けになっている。

むろん失態を演じたまま愚かな童として江戸城を去るわけにはいかない。ここからはまさに一世一代の大芝居で、最低限の名誉だけでも回復していかねばならない。

「伊勢様の天下に鳴り響くお厳しい《威》に当てられまして、とんでもない失態を…！　不肖林草太、『成人の儀もいまだいたさぬ年端の足らぬ若輩』なれど、この期に及んではこの腹搔っ捌いて……！」

むろん成人もしていない草太が江戸城まで帯刀してきたはずもなく、腹を搔っ捌こうにも刀どころか脇差すらない状態である。刃物を貸してもらわねば自刃も何もあったものではないわけであるのだが。

唾がまったく湧いてこない。

ひと口水をもらえたなら、もっと口のすべりもよくなろうというのに。

計算どおりなら、たぶん大丈夫。この勢いのままに状況を押し流していく一手だ。

彼らが理解しやすい最大限の詫びの表現……それこそが『切腹』であり、ことの重大性を彼自身が認識し悲壮な決意のなかにあることをダイレクトに伝えうるパワーワードでもあると踏んで。

草太はあからさまに、血走らせた目を周囲に走らせる。

草太の様子にぎょっとして、阿部伊勢守らが慌てたように周囲を見渡したのは、この部屋に切腹を遂げうる刃物があるかないかを確認したのに違いない。基本殿中では大刀の持ち込みは許されない。が、殿中差と呼ばれる小さな脇差ならば各人が帯びている。自身らが油断して奪われでもせぬ限り切腹など不可能と断じられてから、全ての刃物の所在を確認してようやくほっとしたように彼らは居住まいを正した。

彼らの目には、わずか7歳（数え）にして『切腹』の覚悟を見せた草太に対する『理解』の色が現れている。死をも覚悟したこの童を、いかに静まらせるか。これ以上騒動を大きくしたくない『大人の武士』の都合によって、寛恕という結論が速やかに導き出された。

阿部伊勢守が、脇にのけていた茶を手に取って、無言で草太のおそそ跡に堂々と取り落とした。

「いかぬ。手が滑ったわ」

盛大にぶちまけられた茶によって濡れ跡が覆い隠された。

阿部伊勢守と草太の目がぶつかって、そこで一方のほうからこらえきれぬように軽く笑いの震えが起こる。むろん阿部伊勢守のほうである。

喉を鳴らすように笑っている。

「し、失礼いたします！」

そこに廊下を滑るように姿を現した女中たちであったが、たたらを踏んだ彼女たちを出迎えたのは予想外の場の笑い声であった。

子供のおそそと聞いていた汚れがいつの間にか茶こぼしになっていることに女中らは目を白

黒させたが、汚れ仕事がただの茶拭きとなって気が楽になったのか、てきぱきと仕事をこなしてそそくさと退出していく。

その後ろ姿を見送って、

「ふふふ、なかなか肝の据わった小僧よ」

ぽつりと漏れた阿部伊勢守の言葉に、草太は平伏したままぎゅっと目を瞑った。いやはや、恐ろしいことに全部見透かされてしまったらしい。

「小便垂れにお役など論外、ということにしたいわけだな…」

「………」

「…まあそういうことでよかろう」

後ろで言葉もなく見守っていた『浅貞』の主人が、そこでたまらず小さく噴き出した。平伏しているので顔は見えないのだけれど、その全身がかすかに震えている。

阿部伊勢守の脇にいる筒井様の咳払いで、軽く場の空気は改められた。

「この次も、品はそちが直接ここへ持って参れ。あれと同じものをあと5つ、御用申し付ける」

立ち上がった阿部伊勢守が、また小さく笑った。

その気配が完全に部屋から出て行ったのを確信してから、草太はようやく肺の中の息を吐き出し、湿気(しつけ)っぽい畳に額をことりと落とした。

とるに足らぬ子供であることが幸いすることもある。

「並の胆力(たんりょく)ではありませんな」

『浅貞』の主人がおかしくてならぬというように、また忍び笑いした。

第125章　縁談

人の口に戸は立てられないものである。

将軍と草太ら《天領窯株仲間》の面会は、身分の差から本来ならばありうべからざるものであり、偶然を装ったとはいえ交わされた両者の非公式な面会は次第に尾ひれを付け加えながら周囲に伝わり、全国津々浦々に拡散していったようである。

地元に帰郷し生産体制の強化に腐心していた草太のもとに、噂の『根本新製』を一目見ようと向学心の高い同業者や好事家、美濃郡代役所からの視察役人に美濃焼に専売権を持つ尾張藩の勘定方役人など、まさに千客万来のていで来訪者があとを断たないようになった。

いささか過剰なほどに価値付けされてしまった『根本新製』に群がる人々は、概して身分の高いものや資産に恵まれた富裕者であることが多く、対応も門前払いなどもってのほか、上客として扱わねばならないことが多かったものだから、その対応に草太は大いに難渋することになった。

『根本新製』が国内で他に例を見ない未知の原料による新磁器であること、製品のラインナップが本来あるべき和食器だけにとどまらず、海の向こうの南蛮食器にまで及んでいることなどもすでに知れ渡っており、たいていの来訪者はそれらの基礎知識を当然のように仕込んでやってくる。生半可に知識があるものだから余計にたちが悪い。

お決まりのように仕込んできたにわか知識を客に披露され、それを接客側はやや引き攣りつつも受け答えするという状況があまりに多くなったことで、草太は頭を掻き毟りつつも見学者用のサンプルを用意して、システマチックに対応する前世の工場見学的な体制を整えることとなった。

むろん国内ではほとんど未知の物である『洋食器』の秘を極力漏らすまいと、和洋どちらにも相通じる『皿』に絵付けを施したものを幾点か用意し、実物を見せねば揉め事の起きそうな厄介な客に対して『あなただけ特別ですから』的に閲覧許可レベルを数段階に分けて、極力出し惜しみしつつ『秘蔵品』をチラ見せすることにした。


「ほほう、これが噂の『新製焼』ですか…」


洋食器の形状についての情報は開示しなくても、見る者が見ればその磁器の肌色が他の産地の自然陶石を原料としたほの白いものと違うことにすぐさま気付いてくれる。

骨灰（リン酸カルシウム）を主成分とする『根本新製』は他の国産磁器に比べて暖かな乳白色をしている。さらにはよりガラス質で、透明感も強い。ボーンチャイナは成分的に強化ガラスのそれに近い。チッピング強度は磁器よりも優れていて、とにかく欠け難い。

同じ重さの黄金にも等しい価値があると噂される『根本新製』を、実演販売よろしく立て板に水のごとき解説とともに雑に扱ってみせ、その丈夫さを伝える草太の大胆さに客たちから時折悲鳴が上がる。むろん試し焼き用のサンプル皿のひとつなのだが、価値ある物を見にきた客には肝の冷える光景であったろう。

場の熱気を操りながら、あとは口八丁手八丁。

そうした特長を口酸っぱく謳うことで、『根本新製』の高評価の原因がそこにあるかのように思考誘導する6歳児に客らはまんまと煙に巻かれていく。

円山派の本格絵師が手ずから描き付ける上絵付けの付加価値、海外の需要を満たすための『洋食器』デザインなど、『根本新製』の成功を決定付けたその他の要素は完全に秘匿してしまっている。

まったくもって恐るべき6歳児であった。

＊＊＊

さて。

いわずともこのとき草太は界隈の『時の人』……たとえ数え7歳のちんまい童だとしても、そのようなことを言い出す者たちが出始めるのも人の世の常であったろう。

窯場で難しい顔をして座り込んでいた草太のもとに、裾をまくった次郎伯父が駆け込んできて、がははと笑いながら「悪い知らせだ！」と、小さな背中を叩いてきた。座ったまま椅子から転げ落ちそうになって、文句を口にしようとした草太であったが、伯父のもの言いたげな笑いを見てきゅっと口を引き結んだ。本人は半分冗談のつもりのようであったが、嫌な予感というのはよく当たるものである。

それは降って湧いたような意外な『縁談』であった。


「西浦家との、縁談ですか」

「おまえも知っている相手だが、あのご令嬢だ」


大急ぎで家へと戻ると、そわそわと待ち構えていた祖父にそのまま部屋まで連行された。

美濃郡代、岩田様からのそれとない『お話』であったらしい。

ほとんど交流のない普賢下林家と西浦両家の間で自然発生するような話でもなく、それは美濃郡代様のお取り計らい……利権絡みでぎくしゃくする両家と美濃の焼き物業界繁栄を鑑みてのお話であるそうで、筋的に断れるような話でもない。

なるほど、ウチはあのクソじじいと縁続きになるのか。

どこか他人事のように聞いて、勝手に納得しているふうの草太を腕組みして見下ろしていた祖父の貞正は、「お前の縁談だぞ」とつぶやいた。


「はっ？」

「だから、西浦家のご令嬢の相手は、おまえだ」

ようやく縁談の当事者がおのれであると気付いた草太は、ややして短い悲鳴を上げて後ろに正座を崩してしまった。

あの顔を合わすたびにいじめてくる勝気なお嬢が、自分の嫁？　物理的に尻に敷かれている光景しか思い浮かばなかった草太は、素早く正座しなおして祖父ににじり寄った。

「…まだ7歳（※数え）ですが」
「それでもよいそうだ」
「断ってください」
「郡代様のお口聞きだぞ」
「………」

『根本新製』が西浦家支配の美濃焼流通網から独立を保っていられるのは、ひとえに郡代岩田様の後ろ盾あってのことである。損得の算盤をはじけば、草太が口に出来る回答はおのずとひとつしかなかった。

父親のクソじじいすら持て余す暴れ馬みたいなご令嬢を、6歳児に果たして御せようものか。胃の腑がきりきりと痛み出す。

「なんで泣く」

「……心の汗です」

「…………」

「……っ、謹んでお受けいたします」

これはおそらく政略である。

東濃一の豪商西浦屋にとっても、昇竜のごとく首をもたげつつある新興勢力『天領御用窯』は座視しえぬものとなっていたのだ。

終章

1869年（慶応5年）。

17歳となった草太はいま、日本から太平洋を隔てたアメリカの地を踏んでいる。

美濃の片田舎に育った、血筋がかろうじて士分というだけの子供が、現代知識によって生み出された一式のティーセットによってその資質を見出され、窯元は幕府御用に、そして本人はなんと幕臣に取り立てられてしまった。

いまでは立派な所領持ちであり、陶林颯太を名乗っている。この時代次々に訪れる諸列強の公使たちに、洋式茶器……本場の東洋磁器で作られたティーセットは手土産としてことのほか喜ばれ、彼が経営する『天領御用窯』は幕府の注文をさばくだけでフル回転状態となっていた。

陶林家の所領はわずかに40石にしか過ぎなかったが、その実高は万石に達しているのではないかと巷では噂されている。彼は懐に入る巨額の利益をそのまま投資へと回し、米を産するだけであった40枚の田圃を次々に製陶工場に作り変えていったのだ。

そして初めてアメリカの地を踏んでからの数年は、早手回しの技術革新によって工場群を近代化していき、作り出される『天領御用窯』ブランド以外の量産製品も狭い国内向けの和食器から海外輸出用の洋食器へと大転換を果たした。

当初アメリカ人所有の商船をチャーターすることがほとんどであった日米定期航路も、日本製洋食器という『ヒット商品』が誕生したことで利益が膨らみ、いまでは幕府が買い取った商船数隻と、『陶林貿易商会』所有の2隻が便船の過半を担うまでになっている。その取引から得られる莫大な利益は疲弊していた幕府財政を大きく立て直し、洋食器貿易というドル箱を生み出した陶林颯太は、旗本として驚くべき速さでその職位を累進していった。

初めてこの地の土を踏んだときは、桑港領事配下、勘定方勘定組頭の肩書きを持っていた。それがいまではアメリカに3人いる外国奉行、桑港領事も回り番で務めることもあるトップエリートのひとりとなっている。


「あれが伊勢様の懐刀という小天狗か」

「初めて見た。…嘘かまことかたった7歳で役方に召し上げられたんそうな」

「奉行の3000俵の役料だけでもすごいが、切り回している店は三井や鴻池もやっかむほどの儲けっぷりだとか」

「40石取りの大大名ってやつだろ」


業務拡大を続けているサンフランシスコ領事館は、上司の顔も知らぬ新任の者を加えつつ人員を膨らませ続けている。

日本の武士が紋付袴でサンフランシスコ市街を闊歩するのは、日米修好以来変わらぬ名物となった光景であったが、多少現地化も進んでその端々には変化も見られた。

まず二本差ではなくなり、持ち歩きにも軽い脇差のみを腰に吊っている。代わりに着物の合わせにはリボルバー拳銃が差し込まれている。刀のみでいくら虚勢を張っても銃を手にしたアメリカのゴロツキ相手に威嚇とはならなかったからだ。脇差は何かあったときの最後の手段というよりは、武士の覚悟のため……腹切り用という意味合いが大きい。

面目を重んずる日本の侍は、いつでもどこでも自傷行為に及ぶ。まだ10年にも満たないアメリカとの交流の間にも、すでに両手では数え切れないほどの『ハラキリ』が起こっていた。日本国内よりも多分に即物的で金さえあればかなわぬことなどないと思えるほど、アメリカの拝金主義は巷にはびこっていて、初心な日本人にとって非常な害毒となっていた。持ち金はおろか公金にまで手をつけてしまった愚か者が、加害者の前で『ハラキリ』に及ぶのだ。

この壮絶な自傷行為の文化は、アメリカ人たちにことのほか恐れられた。そして『ハラキリ』が起こると、駐米領事館が事の真相を定かにすべく動き出すわけだが、その領事のひとりにアメリカの法理にやたらと詳しい人物がいて、豊富な人脈金脈を臆面もなく使いこなすために、サンフランシスコ界隈のそれなり以上の実力者たちは、けっしてサムライ関係には手を出すなと部下たちに厳命していたりする。向う見ずに差別むき出しに突っかかった幾人かの資産家が商取引で大失敗して破滅し、シスコ港湾地区を根城にしていた非合法組織が保安官と覆面の武士団にかち込まれてキャンと泣かされた。

以来、脇差を差した侍は、大手を振って町を歩くことが出来るようになった。

「あれよ！　あれが欲しいの！」

そんな東洋の侍たちに囲まれるように、陶林颯太は歩いていた。

むろん囲んでいるのは彼の護衛たちである。幕臣でも番方と言われる、いわゆる『武官』方面の者たちで、少ない役職ポストを得られなかった二男三男の冷や飯食いたちが、昨今在外公館の駐在武官という新ポストにこぞって手を上げだしたのだ。職に就かねば嫁ももらえない彼らは、異人の土地に行くとなっても尻込みもしなかった。

颯太の隣にはいま一人、歩みを同じくしている人影がある。若い女性であった。

身に着けているものは日本人らしく町娘のような明るい色合いの着物であるのだが、その結った頭の上に、アメリカのご婦人がたがよそいきに被るような花飾りの丸っこい帽子をちょこんと載せている。

待ちきれないふうに絡めた腕を引っ張られて、颯太のほうも苦笑しつつ駆け足になった。陶林颯太の嫁、祥子であった。

颯太が元服するのを待って嫁となった西浦屋の娘、祥子が今回の渡航でともにアメリカへとやってきたのだ。

正式な輿入れから3年目、すでに二十歳を過ぎている祥子はその生活感のなさで驚くほど幼げであり、年齢差をほとんど感じさせない。アメリカ滞在が長くなる夫に一緒に連れて行けと、幕府定期船にまで強引に乗り込んでしまった祥子は、夫の肩書きに忖度を余儀なくされた船長の計らいで貴重なアメリカ行きの切符を手に入れたのだった。

祥子がドアを潜ったのは小奇麗な文具屋だった。ショーウィンドーにはビロードのうえに高級そうなペンが並べられている。中には使い勝手のよさげな万年筆もいくつかあり、祥子がひとり品定めを始めたのを幸いと颯太も少しだけ見てまわる。

白髭を蓄えた初老の店主は『ハラキリ』侍の襲来にはっきりと困惑していたが、品定めを終えた颯太が袖袋から小さな冊子を取り出すと、とたんに表情を明るくした。

それは稼ぎのあるアメリカ紳士の証でもある小切手帳だった。

小切手帳は、銀行にしかるべき額の貯蓄がなければ出してもらえない。それが信用ある『ウエルズ・ファーゴ』の小切手だと知れて、店主は忙しく揉み手する。


「How much is this?」

「It will be 20 dollars.」


20ドルか。

この時代のアメリカの労働者は、月収がだいたい5ドル以下だ。10セント程度でわりと豪勢な食事が出来る感覚である。

アメリカの東海岸から辺鄙なこの土地までの運送代が含まれているのだとしてもかなりのぼ

ったくり価格だろう。だが颯太は小切手帳をめくり、さらさらとサインする。

すぐに使うからいらないと言ったのに、店主は包装するからとうきうきとペンを持っていってしまった。文明の火がまだ十分届いて間もないこの町では、高級万年筆などなかなか売れるものでもないのだろう。

店主の背中を見送った颯太は、そのとき袖をくいくいと引かれて、そちらのほうを見た。たくさんの画材を抱えた祥子が満面の笑みで「買って」と立っている。画材売り場を浚えてきたんじゃなかろうかと疑うほどの大量買いで、店主が慌ててこちらへと駆けて来た。


「How much in total?」

「Wow!」


油絵具一式にイーゼル、キャンバス数種、最近売り出された画材パステルの12色セット、筆類一掴みとテレピン油ひと瓶までのお買い上げだ。

渋い顔はするものの、また小切手にさらさらサインする。

店主は思っただろう。これはかなりの資産家、『上客』だ、と。

その想像は当たらずとも遠からずだった。

なにせこのときの颯太は幕府の肩書きとともに日本最大の商社『陶林貿易商会』のオーナーでもある。いち資産家ではあるもののそのレベルは一般的な富裕層に収まるものではなく、アメリカ人的感覚をもってしても『大富豪』と言わねばならぬものだった。

いま『陶林貿易商会』はアメリカ国内の主要都市に支店を設けつつある。

この年、アメリカでは世界初の大陸横断鉄道が開通した。サンフランシスコから程近いサクラメントから大陸中央に近いオハマという街まで、陸上輸送の大動脈となりうるものが誕生したのだ。その誕生を知っていたかのように陶林颯太は工業国アメリカの核心地である東海岸への進出を終えており、近日中に彼自身がその横断鉄道の乗客となる予定だった。


（…ちょっと贅沢し過ぎたか）


その日の買い物は１００ドルにも満たないものだったが、颯太は少しだけ後悔しつつため息をついた。まあ嫁のご機嫌を取るための出費ならば仕方がない。

会社の資金がショートした時のために、保険がてら個人名義の貯金をしているだけで、その持ち金すべてが実際に自分のものなどとは考えていない颯太である。事業に対しての投資ならば目が飛び出るような額の金でも惜しみなく投じられるのだが、日常の費えに溶かすことには抵抗を覚えてしまうのだ。


「お次のご予定は？」

「『ウェルズ・ファーゴ』へ。頭取と約束がある」

い。

随分と稼いできた自覚はあれども、事業拡大を続ける颯太には金などいくらあっても足りない。

サンフランシスコ在地の有力銀行である『ウェルズ・ファーゴ』から資金を引っ張って、アメリカ最大の都市にして巨大な港湾までをも持つニューヨークにはすでに支店を出している。それなりに大きなビルを1棟買いしてあり、いずれは『陶林貿易商会』の本社として機能する予定である。

颯太の目はすでにアメリカ東海岸からさらに東、世界で最も金がうなっている欧州列強諸国へと向けられている。『陶林貿易商会』は独自に極東航路も開拓しつつあり、そちらから西回りにロシア皇室との付き合いを利して進出を開始している。ニューヨークからの東回りルートはやがて欧州のどこかでぶつかり合い、世界をぐるりと1周する商路を『陶林貿易商会』はその手に握ることとなるだろう。

まずは廉価かつ高品質な洋食器を先兵として…。

いち早く石膏型と水ガラスによる鋳込み成形を実用化、次いで焼成時の燃料単価を下げるために石炭窯を作った『天領御用窯』は、摺り絵技術の熟成と相まって非常に廉価かつ高品質な製品を大量生産するための準備が整いつつある。

狭い土地にレンガ壁を巡らし、石炭窯の煙突をいくつも並べ立てた陶林領40石は、さながら時代を間違えて生まれた巨大工場のようになっている。地元では吐き出す大量の煙から『天狗の地獄窯』などと呼ばれているらしい。

『陶林貿易商会』はむろん商社であるから、扱うものは焼物などとは限定していない。地元の特産を売りたがっている藩はいくらでもあったし、そちらの輸出品も年を追うごとに量と種類を増やしつつある。すでに生糸はその売り上げを伸ばしており、その殖産に力を入れ出している藩もいくつか出てきている。

歴史的には明治期の産業は紡績をはじめとした繊維業など軽工業が先行する。すでにそうした殖産に力を入れる藩には、『陶林貿易商会』も投資を行っている。

しかしいまこの時点で『陶林貿易商会』が目指すべきものは、世界を股に掛けた総合商社としての成功であった。日本の生産物だけにこだわる必要はない。どこの国のものだろうと構わない。欲しがっている国に該当商品を探して持っていく。それだけで利益という銭はいくらでも生み出せるのだ。


「オー、ミスタ・ファーゴ」

「ゴ機嫌麗シュウ、トウバヤシ領事閣下」


向かった『ウェルズ・ファーゴ』の応接室で、颯太は頭取その人と抱擁を交わし、ずいぶんと上達した日本語を褒め称えた。『ウェルズ・ファーゴ』も颯太との取引が始まって以来、急増した日本向け売掛金の決済でかなりの利益を叩き出していた。

颯太はアメリカ東部行きに当たって、アポイントの取れる政治家やメーカーなどを『ウェルズ・ファーゴ』に紹介してくれるようお願いしていたのだ。

その便宜を図るための見返りに求められたのは、ちょっと度はずれて土地の水に慣れてしまった者たちへの、領事館からの『注意喚起』だった。


「中央政府、怒ッテマス。投資ハ大歓迎。デスガ、ヤリ過ギハ『ダメ』デス」

「…いやー、ごめんごめん。ちゃんと釘刺しとくから」

「オ願イシマス」


幕府は海外への進出時に、大阪の堂島から血に飢えた銭の野犬を何人かアメリカへと連れ込み、『ウェルズ・ファーゴ』の斡旋で幕府資金の運用をアメリカ市場で開始していたのだ。

銭の野犬。言い得て妙であった。

堂島米会所という世界で最も歴史ある鉄火場、その深淵で生き抜いてきた海千山千の米商人たちが、幕府資金を与えられてアメリカの市場に解き放たれたのである。通詞付きで当初は動いていた彼らであったが、金のやり取りにまつわる符丁をすぐにおのがものとして、アメリカ市場を荒らしまわりだした。戦債市場などについては颯太からの情報注入もあって、そら恐ろしいほどの金がアメリカ市場から抜かれていったのだ。幕府の最初の担当勘定役は納められだした多額の取り分……アメリカ銀貨に卒倒してしまったという。

むろん金を抜き過ぎるのは恨みを買う。

そこで颯太率いる『陶林貿易商会』は、幕府念願の中古アメリカ軍船を買いあさり、随時資金をアメリカ市場へと注ぎ戻すようなことをしている。

頭取との話し合いを終えた颯太が、この土地でエリートとされる銀行員たちに最大限の敬意を払われながら外へと出てきた。護衛の者たちは自国の立役者が尊敬を集めていることに胸をそらし、いっそう警護に熱を入れた。

買った荷物を護衛のひとりに持たせ、手ぶらで待っていた祥子は、なんだか感心したように腕組みしておのれの旦那を見ていた。いろいろな場面を見て、颯太という男がいかに偉い人間なのかということを再確認したようだった。


「さすがはあたしが惚れただけのことはあるのね」


そういうことをへっちゃらで言うのがお嬢のクオリティである。

廻りの耳を気にしてわずかに赤くなる颯太のことをお構いなしに、にたにた笑いながらおでこを指で突いてきた。


「最近お父さまがよく言うのよ。すっごい自慢げに」

「…なにを」

「美濃はきっと日ノ本いちの焼き物の郷になる。あの天狗が作った大窯場もきっと日ノ本いちの大きさだ。評判を聞きつけた尾張様が、お供をつれて大窯場を見にこられたときは、それはもう驚かれて一同をお褒め下されたって」

夫婦となってもその上下関係はなかなか改まらない。お嬢も改める気など全くない。三つ子の魂ではないが、颯太も自然と受け入れてしまっている。

『天領御用窯』の急成長で人、金、物が郷に引き寄せられ始めている。尾張様は下街道の整備に手を付けられ始めた。史実でも、美濃焼を輸出するために名古屋からの鉄道が多治見までいち早く延伸される。尾張様の計画する『新街道』は、土岐川の川べりを平坦路として作られるのだと聞いている。

維新が起こらなかったために、工事の事業者が尾張藩ということになったのだ。

「この郷はきっと焼き物の『都』になる、って」

岐阜の片田舎の地方都市で、つい口にしてしまう分不相応な土地自慢。

わがまち『陶都』なり。

きっとあのクソじじい、西浦円治のなかにもそんな泥臭い土地自慢があったのかもしれない。

そう思うとなんだか急に親近感がわいてくる。

「あんたならきっとできるわ。…日本一に」

「…ああ、もちろんそうするつもりだよ」

どんなに田舎であろうとも、そこはおのれの生まれ育った故郷である。

陶都、か。

ここまで進んできたんだ、やるなら国一等でなくて、世界一等を目指さねばうそだろう。転生者の中のおっさんの、開き直った厚かましさはまさに底なしであった。

颯太は何かを掴み取るように、拳を握り締めたのであった。

あとがき

すでに本文のほうを読まれた方はお分かりかと思いますが、書籍版陶都物語はこの第３巻をもちまして完結ということになりました。ここまでお付き合いくださいましてありがとうございました。

ＷＥＢ版はいまだ草太がはっちゃけ続けておりますが、本来のプロットでは当巻で成功の尻尾を掴んだ主人公がいささかの紆余曲折を経て、生まれ育った郷里に錦を飾って凱旋するという慎ましやかなものとなる予定でした。いささか寸足らずの観は否めませんが、主人公が成功の端緒に着くところまで語りを進められ、ラストのシーンをまがりなりにも書き加えられたことに、いまはただ胸を撫で下ろすばかりです。

ＷＥＢ版はもちろん納得のゆくまで書き続けるつもりではありますので、続きが気になると思われましたならばぜひご来訪くださいませ。

第３巻刊行のチャンスを与えてくださった出版社様並びに担当編集者様、厚く御礼申し上げます。

イラストを担当していただいた一乃先生にも、短い間でしたが本当にありがとうございました。

2019年　12月

まふまふ

著／保利亮太
イラスト／bob
ウォルテニア半島に
居を据えた
御子柴亮真の
躍進は続く――。
2020年春　発売予定！

コミック版も好評連載中！
漫画：八木ゆかり
原作：保利亮太
キャラクター原案：bob
コミックス
①～⑤巻発売中!!
コミックファイア公式サイト
http://hobbyjapan.co.jp/comic/
ウォルテニア戦記XV

著／かたなかじ
イラスト／赤井てら

発売予定!!

魔眼と弾丸を使って
異世界をぶち抜く!
第7巻 2020年春

『レベルアップ』&『スキル奪取』で
いきなり
最強冒険者!!
『』チート 第4巻
発売予定!!

著／かたなかじ
イラスト／teffish
才能がなくても冒険者になれますか？
ゼロから始まる『成
2020年春

HJ NOVELS
HJN23-03

陶都物語三 ～赤き炎の中に～

2020年1月25日　初版発行

著者――まふまふ
時代考証：上川畑博

発行者—松下大介
発行所—株式会社ホビージャパン
〒151-0053
東京都渋谷区代々木2-15-8
電話　03(5304)7604（編集）
03(5304)9112（営業）
印刷所――大日本印刷株式会社
装丁――BEE-PEE／株式会社エストール

乱丁・落丁（本のページの順序の間違いや抜け落ち）は購入された店舗名を明記して当社パブリッシングサービス課までお送りください。送料は当社負担でお取り替えいたします。但し、古書店で購入したものについてはお取り替えできません。
禁無断転載・複製
定価はカバーに明記してあります。
©Mafumafu

Printed in Japan
ISBN978-4-7986-2108-1　C0076

ファンレター、作品のご感想お待ちしております
〒151－0053　東京都渋谷区代々木2－15－8
(株)ホビージャパン HJノベルス編集部 気付
まふまふ 先生／一乃 先生

アンケートはWeb上にて受け付けております(PC／スマホ)
https://questant.jp/q/hjnovels

● 一部対応していない端末があります。
● サイトへのアクセスにかかる通信費はご負担ください。
● 中学生以下の方は、保護者の了承を得てからご回答ください。
● ご回答頂けた方の中から抽選で毎月10名様に、HJノベルスオリジナルグッズをお贈りいたします。